西方古典学研究

New Frontiers
of Research
on the Roman
Poet Ovid in
a Global Context
Vol.2

全球视野下的
古罗马诗人奥维德
研究前沿
（下卷）

刘津瑜 主编

北京大学出版社
PEKING UNIVERSITY PRESS

图书在版编目（CIP）数据

全球视野下的古罗马诗人奥维德研究前沿. 下卷 / 刘津瑜主编. —北京：
北京大学出版社，2021.7
（西方古典学研究）
ISBN 978-7-301-32209-3

Ⅰ.①全…　Ⅱ.①刘…　Ⅲ.①奥维德（Ovid 前 43—约公元 17）—诗
歌研究　Ⅳ.①I546.072

中国版本图书馆 CIP 数据核字（2021）第 104466 号

书　　　名	全球视野下的古罗马诗人奥维德研究前沿（下卷）	
	QUANQIU SHIYE XIA DE GULUOMA SHIREN AOWEIDE YANJIU QIANYAN (XIA JUAN)	
著作责任者	刘津瑜 主编	
责 任 编 辑	王立刚	
标 准 书 号	ISBN 978-7-301-32209-3	
出 版 发 行	北京大学出版社	
地　　　址	北京市海淀区成府路 205 号　100871	
网　　　址	http://www.pup.cn　新浪微博:@北京大学出版社	
电 子 信 箱	pkuwsz@126.com	
电　　　话	邮购部 010-62752015　发行部 010-62750672　编辑部 010-62752025	
印 刷 者	北京中科印刷有限公司	
经 销 者	新华书店	
	730 毫米 ×1020 毫米　16 开　20.5 印张　220 千字	
	2021 年 7 月第 1 版　2021 年 7 月第 1 次印刷	
定　　　价	79 .00 元	

目 录

下 卷

第五部分
奥维德与流放主题

奥维德《哀怨集》与《黑海书简》中的二次流放与对言词的逃离

加雷思·威廉姆斯，哥伦比亚大学

（Gareth Williams, Columbia University）

熊莹　译

　　我首先提出一个问题，我希望，它并不像乍看之下那么平淡乏味，即奥维德是何时流放的？诚然，在某种意义上，答案是再明显不过的：通过细致梳理奥维德自己在其流放诗集中的各种说法，我们可以发现，他是在公元 8 年的下半年、也就是他刚刚过了自己的 50 岁生日时被流放到黑海沿岸的托米斯（Tomis）的。不过，今天，我建议对这个问题采取一种更宽广的视角，即从奥维德的流放诗集与其《岁时记》（*Fasti*）及《变形记》（*Metamorphoses*）之间的时间和主题关系入手来进行更细致的考察。笔者论证的总的主旨在于，奥维德的流放并不只是启发了《哀怨集》《黑海书简》与《伊比斯》（*Ibis*）创作的一则"事件"（event），一场悲惨的命运倾覆；我急于想补充的一点是，我反对任何所谓流放从未发生、流放诗集不过是一场过分虚张声势的骗局的猜测。我的目的毋宁说是将奥维德的流放当作一种心境或心理状态来探究，其形成早于公元 8 年；笔者认为，我们尤其在《哀怨集》中所能看到的，不仅仅是对流放**影响**的一种描述[1]，而且是对奥维德流放之前以及

---

① 译者注：文中的黑体为原作者所加，以示强调。

在诸多方面预示了这场流放的罗马氛围的一种回顾再现。笔者进
一步想探究的是众所周知的奥维德在托米斯时的语言危机，这与
他甚至在公元 8 年之前就已逐步形成的一种疏离的、某种意义上
可称为流放的心态有关。作为在托米斯时身处两个世界之间的诗
人，奥维德身份认同中最根本的一点就是语言认同上的模糊性：
一方面，他努力保持他的拉丁语；另一方面，正如他所声称的，
他逐渐学会了用当地的盖塔语（Getic）交流。不过笔者认为，假
如我们从公元 8 年奥维德被正式流放前奥古斯都时代的背景（我
们不如将之称为"言论环境"）来看，他拉丁语的退化就具有了
更大的意义。然而，我在文章开头所提出的问题就需要更细致地
重新表述：奥维德何时**真正**开始进入他的流放状态？

　　流放诗歌的一个最显著的特征是黑海沿岸时间的畸形扭曲：
身处托米斯漫漫无尽的永冬之中，奥维德在计时上的混乱，与在
意大利时所能感受到的季节变换、奥古斯都时代罗马的井然有序
以及他本人所丧失的那种整体的生活节奏，始终处在一种张力当
中。不过，现在我想聚焦于可被称作其"边界诗学"（borderline
poetics）中的时间界限的模糊上。所谓"边界诗学"，就是不仅限
于流放诗集，而是将其他作品，尤其是《岁时记》与《变形记》
都包括在内的一种诗学。我在这里所说的"边界诗学"特指奥维
德在流放后对《岁时记》与《变形记》的重构，使其尴尬地徘徊
于在他流放前与在托米斯的两个不同的时区之间；这两部作品本
身被创作者的灭顶之灾所改变，因而每部作品都自带了流放诗歌
的有趣属性。先来简单地看一下《岁时记》：在《哀怨集》2.549-
552 中，奥维德写道，他先是创作了"六卷的《岁时记》，而后又

写了六卷"，"这部书，是新近以您，即恺撒·奥古斯都的名义创作的，也是献给您的，然而我的厄运却打断了它（*sors mea rupit opus*）"。当然，《岁时记》只有六卷保存了下来，而且存世的版本是献给提比略的养子日耳曼尼库斯的：假如我们将以上奥维德的话当真，那么《岁时记》的题献者是何时从奥古斯都变为日耳曼尼库斯的？以及，这一变更与《岁时记》在托米斯所经历的任何较大改动之间有何关联？诚然，针对这类问题，学者们已有过很多的争论，疑问也依然不少。不过，用史蒂文·格林（Steven Green）犀利的总结来说，"公元 14 年以后进行了某种修订，这一点无可置疑"；[①]并且，这一过程包括了格林所认为的对第一卷的彻底修订，因而它呈现出"对于日耳曼尼库斯的一种持续关注"。[②]毫无疑问，对奥维德来说是出于策略上的、希望获得垂怜的考虑。但格林接着指出了很重要的一点，即从公元 14 年以后又被修订这一点来看，"无论创作于何时，**这部诗作的所有部分都蕴含了被当作流放诗来解读的可能性**：了解情况的读者能意识到奥维德身处流放中的困境，不可避免地会带着这一想法来看待这部诗作"。[③]基于**这一思路**，从一种托米斯的视角来看，《岁时记》第 1 到 6 卷中人为建构起来的罗马节历坐标非但不合时宜，也不合地宜；奥古斯都统治下的线性时间指标在流放时间无形流逝的对比下变得既遥远又过时。

　　在这些观点中，我最想强调的一点是，奥维德有关时间的诗

---

①　Green 2004, p.22.

②　Green 2004, p.23.

③　Green 2004, p.22.

作《岁时记》本身被变化的时间所改变，因为它横跨奥维德被流放前后。而正是由于这种分裂的认同，它制造出了语意与奥古斯都政权信息传达上的矛盾性。《变形记》亦是如此，它同样被描绘为被奥维德的流放所打断的一部作品：在《哀怨集》2.552 中，《岁时记》据说是"被他的厄运所打断"（*sors mea* **rupit opus**）；然而早在《哀怨集》1.7.11-14 里，他已经哀悼自己有关变化的诗作，即"因其作者的悲惨流放而被打断的作品"（*fuga* **rupit opus**）。① "作品被打断"（**rupit opus**）这个词组因此处的重复而变得异常响亮，因此，我们会很快回到《岁时记》与《变形记》的这种双重断裂上。但让我们先来看看《变形记》这部作品本身所经历的转变，即奥维德在《哀怨集》1.7.35-40 中邀请读者将六行哀歌体序言加到他这部关于"变化"的六音步格诗作上。这段序言将《变形记》重塑为未完成的、被玷污的、好似被从奥维德象征性的火葬堆上被夺走的：这一想象或扭曲所具有的变革与打击力量是如此剧烈，以至于《变形记》原作开头寥寥数语所宣称的变形主旨——"我要叙说各种形体如何变化一新"等等——倒有可能显得相形失色与反高潮了。② 所有的变形故事中最可歌可泣的一则，看来并不是在《变形记》原作的**内容里面**，而是在**它自身**。在十五长卷中徐徐展开的所有有关变形的虚构故事如今都让位于**奥维德自身的**转变这一冷酷和高于一切的现实。在此重新解读的基础上，受害情节便在整部《变形记》中具有了一种不同于以往的回响，尤其是当我

---

① 译者注：这里所用的翻译译自作者的英译文。句子中的动词 *rupit* 虽是主动语态，但作者用被动语态来翻译这个动词。

② 《变形记》1.1-2。

们将神明或神意许可下的对诸如阿拉克涅（Arachne）、玛尔叙阿斯（Marsyas）以及皮厄鲁斯的女儿们（Pierides）这类具有自由精神的艺术家的报复同奥维德的被流放联系在一起时：无论是魔法般的巧合，还是借由托米斯时期的构思，通过这层关联，奥维德自己的命运都已在他有关变形的诗歌中昭然若揭了。

此处，我想超越《岁时记》与《变形记》同作为"边界"（borderline）产物，或同在"流放前"与"流放后"这两个属性之间游移不定的这层共性，我的下一步是强调这两部作品之间的紧密互动，它们不但在构思上互补，在内容上也是相互启发，甚至是紧扣在一起的。时间在这方面是一个关键的联结点。正如我们所见，两部作品都在流放诗集中被形容为被出其不意地提前打断。至于时间本身，奥维德在《岁时记》中所宣称的主题，就像他在第 1 卷第 1 行所道出的那样，是"（拉丁姆一年的）时节和缘起"（*tempora cum causis*）。"时间"这个词当然在《变形记》的开篇中同样的醒目，那里奥维德庄重地祈求众神赐予他新作的灵感，并且"从万物之初，引导我的诗歌，绵绵不绝，直至当下（*ad mea tempora*）"。① 不过，将这两部诗作发人深省地互相接应的是比对"时间"的泛泛关注更精确的某样东西。《变形记》第 15 卷卷末，在进入奥古斯都时代的高潮之前最后一个独立的情节讲述了医神阿斯克勒庇俄斯（Asclepius）从希腊移入罗马的故事。② 为阿斯克勒庇俄斯所建的神庙落成于公元前 293 年的 1 月 1 日，正如

---

① 《变形记》1.3-4。

② 《变形记》15.622-744。

巴尔基耶西（Alessandro Barchiesi）极其敏锐地指出的那样，这个日子作为通向《岁时记》中年历开端的桥梁，实在是再自然不过了；① 仿佛是有意强调这一点，奥维德自己后来在《岁时记》第 1 卷中也谈及阿斯克勒庇俄斯神庙是于 1 月份所建这一点。一旦这两部诗从历法上看可以产生这种交叉，那么《岁时记》就能被当作《变形记》的直接后续来解读。除此之外，《岁时记》的首词（incipit-word）"时间"（Tempora）也可以按照古代的习惯作为该作品的一个替换标题。如此说来，当奥维德宣称，他的《变形记》将从万物之初一直述及当下，我们是否能在"直至当下"（ad mea tempora）中听出一种对于《岁时记》的直接指涉呢？他明确建立起这种言词上的接续，是否是为了标示两部作品之间存在着某种观念上的延续性呢？

　　有关两部诗作的这种交集，当然我们还可以有更多的补充。不过就目前来说，我希望，《岁时记》与《变形记》之间的特殊关系已经可以确定下来了；不过，我接下来的一个主张是，我们可以将这个关系紧密的联合体成员身份进一步扩展，至少将奥维德流放作品中的《哀怨集》包括进来。假如说"一首诗和一个过失"（carmen et error）几乎可以作为《哀怨集》背后故事的一个代名词，人们至少也会忍不住用相同的词来形容《岁时记》，这样做自有他的道理。毕竟，这部有关岁时的"诗歌"（carmen）本身就是由一个显眼的"过失"（error）而开始的，至少从罗慕路斯误设 10

---

① Barchiesi 1997.

个月，而非 12 个月的年历这一点上来说是如此。^① 通过在《岁时记》第 1 卷中使用 *error* 一词^②，用史蒂文·格林的话来说，奥维德选择了 "令人联想起诗人被流放" 的措辞。^③ 不过以一种更宽广的视角来看，在《岁时记》与《变形记》被突然打断后，《哀怨集》有充分的理由**同时**作为两部作品的续篇。《变形记》的时间弧从世界起源一路划过 "直至我的当下"（*ad mea tempora*），或者说直到 "我所在的奥古斯都时代"。然而随着 "我的当下"（*mea tempora*）的故事在《哀怨集》中渐次展开，奥古斯都时代本身迅速地收拢为纯粹的奥维德时间。奥维德在其流放诗首卷中的转变是如此巨大，以至于就像斯蒂芬·惠勒（Stephen Wheeler）所说的，《哀怨集》第 1 卷可被视为新近用哀歌体所作的《变形记》的第 16 卷。^④ 不过，与此同时，《哀怨集》第 1 卷在某种意义上也可被看作是被抹去的《岁时记》第 7 卷，只不过《岁时记》1 至 6 卷中井然有序的时间流转如今被时序上混乱的流亡诗所取代了。在《哀怨集》1.1.39-40 中，奥维德哀叹 "我的当下（*tempora nostra*）布满了突如其来的灾难"：如果我们能从 "当下" 中听出《岁时记》的起首词（*incipit*），那么用海恩兹（Hinds）的话来说，奥维德如今必定是 "修改他的

---

① 《岁时记》1.29-34: *scilicet arma magis quam sidera, Romule, noras,/ curaque finitimos vincere maior erat./ est tamen et ratio, Caesar, quae moverit illum, /**erroremque** suum quo tueatur, habet./quod satis est, utero matris dum prodeat infans,/ hoc anno statuit temporis esse satis.*（罗慕路斯啊，你了解武器无疑胜过星辰，/ 征服邻邦是你更关心的事。/ 但有理由驱使他那么做，恺撒啊，/ 他的错误情有可原。/ 足够婴儿离开母亲子宫的时间，/ 他认定也足够成为一年——王晨译）

② 《岁时记》1.32。

③ Green 2004, p.47.

④ Wheeler 2009, pp. 150-152.

诗歌（carmen）以符合更阴郁的岁月……包括那些他（在《岁时记》中）所写的有关'岁时'的诗歌"。①

　　就这些存在于《变形记》《岁时记》与《哀怨集》之间的各种各样的接触点，我们可以进行进一步的申发；不过笔者的当务之急是将《哀怨集》呈现为徘徊于流放前与流放后阶段的三个一组"边界"作品集中的第三部；《哀怨集》的"边界性"不仅在于其表面的意义，也就是说，《哀怨集》第 1 卷首先讲述的就是奥维德从罗马赴流放之地的穿越边界之旅。除此之外，奥维德在《哀怨集》中所刻画的诸多焦虑在他动身之前就隐隐出现，并伴随他一路来到托米斯，在那里，它们萌发了一种重要的回溯力（retrospective force），仿佛过滤并最终吐露出一种含有前托米斯时期成分的心绪。基于这一思路，奥维德现实中的流放便构成了一种"二次流放模式"（secondary mode of exile），或者**在某种程度上甚至可能是一种预想比喻的具体化**。在这方面至关重要的是经罗纳德·塞姆的推广而为人所熟知的一种观点，即奥古斯都的宫廷自大约公元 4 年以后经历了一种氛围上的改变。围绕着皇位继承的风风雨雨，由奥古斯都的女儿和外孙女大小尤利娅一手制造的皇室丑闻，对奥古斯都道德改革的不满所产生的长期的涓滴效应，国外的军事惨败与国内的饥荒成灾：这些连同其他的因素全都导致了公元 4 年以后明显可以觉察到的一波异见压制浪潮、奥古斯都权力朝着专制君主的方向不断加强以及在对待"自由"（libertas）问题上态度的转变，最后这一点对于我的论证目的来说尤为关键；就像塞

---

① Hinds 1999, p.55.

姆所说的，"言论自由如今借社会和谐的名义被限制和推翻了"。[①]
面对奥古斯都统治下言论空间的这种收紧，奥维德的《变形记》
与《岁时记》捕捉到了变化的时代里被禁声的氛围。尽管从某个
角度来解读，它们与奥古斯都的官方声音是那么地同气和声，然而
还是通过讽刺性的提示与暗示展现了一定的思想自由，这也是为何
其中那些流动性的意符是如此难以明确其所指。就诗人对于煌煌奥
古斯都政权在态度和反应上的这种变化多端及难以把握，近来学界
已经进行了极其谨慎的探讨。不过，如果说《变形记》小心翼翼
地挑战了严密的话语体系；《岁时记》则通过探究历法"允许"（fas）
和"禁止"（nefas）中言论控制与权威的基础而稍微试探了这一体
系；那么我会将《哀怨集》称为对奥古斯都时代"边界性"评注
的第三种模式，只不过它带有其自身独特的轨迹：如果说《岁时
记》与《变形记》试探和戏弄了话语体系，那么流放诗集则以一
种主要是（假若不仅仅是）压抑而非狡猾隐秘的反表达（counter-
expression）的诗学探索了其令人窒息和无所不包的影响。

　　此处笔者论证的关键，并不只是将重点从公元 8 年作为**事
件**的流放转移到该年前后作为一个**过程**或一种漂移现象（drift-
phenomenon）的流放；我的核心论点是，奥维德对拉丁语的使用
（Latinity）并不是**突然之间**在托米斯的蛮荒之地变得隔绝且濒危
的，而是在公元 8 年遭受命运打击之前就**已经**处在胁迫下了。我
所考虑的这一现象可被称为一种"对言词的逃离"（retreat from the
word），这是我从乔治·史坦纳（George Steiner）1967 年的著作《语

---

① Syme 1978, p.214.

言与沉默》（*Language and Silence*）中借用来的一个术语。这种逃离就是指在语言被当权者利用、管控或强迫的情形下，作家对所运用之言词的一种疏离感（a sense of alienation）。比如说，在由一位奥古斯都掌控面向所有人并替所有人代言的一套官方话语的情况下（例如，我们可以将他的《功业录》（*Res Gestae*）看作是对这一倾向的一种最冠冕堂皇的表达）；在口号、谎言与隐语层出不穷、在官方修辞与当下现实存在明显出入的情况下；当这些情形出现时，具有自由思想的作家无法再同以前一样体验或**拥有**语言，词语通货必得小心运用与消费。因而，人们甚至会被诱使趋向沉默；或者，如史坦纳激烈指出的，"对于一位有感语言环境出了问题、词语失却了某种人文精神的作家来说，有两条基本的道路可供选择：他可以寻求使自己的习惯性用语变得能体现普遍危机，通过它传达出交流行为的危险性与脆弱性；或者他可以选择自杀性的沉默的修辞策略"。① 在最惨痛的情形下，史坦纳将他眼中 20 世纪语言的贬值同恐怖骇异的社会政治现实，尤其是纳粹德国联系在一起：当语言被改用于阐明和支持像纳粹这样的一种政体时，语言本身便好比一具被摧残殆尽的空壳，脱离了所有的道德约束与中心意识。

　　我现在不是想将史坦纳提出的 20 世纪的语言模板勉强套用到具有截然不同的社会政治景象的奥古斯都时代的罗马。但史坦纳所描绘的对语言所有权的焦虑，对集权话语的疏离感，以及要么模仿和揭露主流氛围要么陷入退避和沉默的诱惑：我认为，这些

---

① Steiner 1967, p.103.

倾向在处于流放状态的奥维德的语言认同危机中找到了一个强有力的类比。没错，为了适应在托米斯的生活，又因为缺少对话者的缘故，这些有可能导致了他拉丁语的退化。然而为了论证奥维德在罗马，即他的第一个"流放"地点（locus），在语言方面**就已经**受到限制，笔者将举出六个例证，这些例证中的语言氛围让人联想到或归咎于他自我存在之中心（即罗马）。

　　首先是沉默与谨慎之必要：在《哀怨集》1.1 中，诗人想象他的第一部流放诗集被送回罗马，其外表同内容一样忧伤，罗马城到处都以谨慎和缄默为戒。假如这本书碰巧遇到一个探问奥维德境况的人，最明智的是用一种不带感情、看似以防人告密的口吻这样说道："你说我活着，别报我安康 / 我活着还是拜神之赐。/ 若有读者追问，你要缄默不语（tacitus），/ 切勿不经意说出所不当言。"[1] 这里放入作品口中的话仿佛是一段一五一十照本宣科的原声摘要，绝不至于触怒当权者。假如作品遇上存有敌意者，它不应为诗人做任何辩解；假如它碰见了同情奥维德之遭遇、哀其流放者，希望那个人"他自己默默祈愿（tacitus secum optet），以防居心不良之人听到，/ 祈愿恺撒心软让我的惩罚得以减轻"。[2] 类似这段文字所释放出的恐惧与犹疑的气氛奠定了许多奥维德在流放期间所作的被驯化之诗歌的基调，我们当然可以将这种不安全感解读为由一个**极端不寻常**的案例所引发的极其**个人化**的结果；但我们疑心，奥维德所再现的罗马那种万马齐喑、充满戒备的**普遍**氛围早就出现了，既然他捕捉或想象到了当公元 9 年左右

---

[1]　《哀怨集》1.1.19-22，刘津瑜译。

[2]　《哀怨集》1.1.27-30，刘津瑜译。

他的书进入罗马城时，此地早已弥漫着一种戒慎恐惧的气氛。

无论如何，让我们再想想人所共知的奥维德在《哀怨集》中不肯透露对方姓名这一点：尽管他一再声称他以匿名作为掩护，然而究竟有多大可能官方圈子里不知道或无法探知其密友的名字？如果说《哀怨集》中机关重重的语言多少会令知悉内情的人认出他们自己或其他人就是奥维德陈情的对象，那么我们真的以为其他窥探的眼睛就无法读出那些讯号吗？此外，如果说匿名策略真的意在被当作一种迫在眉睫的安全策略，为何在紧接其后的《黑海书简》中却没有预兆、看似毫不费劲地转向了指名道姓？学者们自然也注意到了这些问题，并开始思考对奥维德诉诸匿名手段的不同解释：例如，通过隐去姓名，他夸张地表现了流放如何阻碍了"友谊"（amicitia）的运作；也可以说他利用这种缄默作为对奥古斯都的谴责；抑或，比起姓名他更看重类型，对道德的强调甚于有名有姓的身份。这些林林总总的观点不一定要相互排斥，不过于我而言，匿名策略还意味着其他一些东西：每次奥维德拒绝提及一位对话者姓名的时候，奥古斯都的名字都会间接然则始终如一地、无声地出现；公元8年以后，随着流放岁月的流逝，奥维德在《哀怨集》中对匿名策略的执着制造出了一种"凝固瞬间"（frozen-moment）的效果，仿佛他依然在流放前所处的以罗马为中心的一间回音室里，在一种偏执和脆弱的状态下写作。此外还有一个效果，《哀怨集》中每多一个不具名的对话者，在罗马的藏身之所又多了一处：眼看着流放诗的累积，我们对奥维德适应托米斯当地风土民情的了解也随之增多；然而，一种类似的涵化叙事（narrative of acculturation）此时也在罗马齐头并进地发展着，以至于我们领悟到，《哀怨集》的书名不仅仅是指向黑海的；它同样捕捉到了作为作品接收地的罗马的一丝阴郁气氛。

　　第三，也是以前两点为基础，扩写后三卷本的《爱的艺术》（Ars Amatoria）可能早在公元前2年年末、最晚肯定也不迟于公元2年就出版了。假如像奥维德自己在《哀怨集》第2卷中所声称的那样，《爱的艺术》是他在公元8年被流放的两个原因之一，那么如何解释在《爱的艺术》出版与奥古斯都的惩罚性举措之间隔了这么长的时间呢？或许《爱的艺术》是奥古斯都在公元8年采取行动的主要原因，而奥维德那神秘的"过失"则是直接借口。我对这个问题的孰是孰非并无强烈的主张；不过，假如我们考虑到在《爱的艺术》被制裁之前过去了六年左右的时间，那么我所感兴趣的是，流放中的奥维德一再坚称，他那被驯服的缪斯女神放弃了年轻时的游戏。"唉！"他哀叹道，"为何我的缪斯曾顽皮？……/若不可战胜的恺撒，对我的怒气有所平缓，/我会寄君充满欢乐的诗篇。/我的文字不会戏谑玩笑，如它曾经那样：/我的厄运只享受一次放纵足矣。"① 在与年轻时的游戏断然作别之后，奥维德在《哀怨集》中的阴沉语调不但在其悲伤状态与哀歌之间建立起了一种诚实对应；而且也符合据说奥古斯都惩罚奥维德时的"严词峻语"（tristia verba）。② 然而，正如学者们早就注意到的，《哀怨集》

---

① 《哀怨集》5.1.20, 41-44，刘津瑜译。
② 《哀怨集》2.1.133-134。

第 2 卷可以说是对《爱的艺术》的一种近乎"归谬法"（*reductio ad absurdum*）的辩护，淋漓尽致地展现了某种解读的狭隘和片面，这种解读就是奥维德所"声称"的希腊罗马文学史上的最伟大作品皆沉迷于色情描写；为何独有他一人因为这一普遍会犯的错误而遭到打压？如果说在《哀怨集》第 2 卷中，奥维德暗示奥古斯都片面地误读了《爱的艺术》（首先假定，奥古斯都**的确**花时间读了它），他的个案就又一次指向了我所关注的在"边界"年代里奥古斯都统治的一种更为普遍的倾向：在自由岌岌可危、一切事物均处在皇帝时时刻刻冷酷无情的监视之下、丰富多彩的《爱的艺术》在奥古斯都统治的阴霾下压根无容身之所的时代，奥维德的缪斯新换上的所谓严肃面孔被用来转喻式地投射出对罗马缪斯女神的一种更大规模的净化清洗。

第四，我称之为"净化效果"（sanitization effect）的一个极好的例子就在《哀怨集》3.1 中，奥维德的书向主人报告它在向首都的一座图书馆里避难时所收到的答复。沿途，它设法召来了一位向导来向它指出并解释一路上所碰到的各种地标，其中有维斯塔神庙与"坚守者"朱庇特（Jupiter Stator）神庙、以及帕拉丁山上的"奥古斯都家宅"（Domus Augusti）。① 正如卡洛儿·纽兰兹（Carole Newlands）注意到的，这里所描绘的旅途强烈地使人联想起《岁时记》中的地名起源论模式；不过，就我们所知，此处奥维德的《岁时记》让位给了最好被形容为一种微缩的奥古斯都**钦定版本**（authorized version）。当向导用文中所记录的那种语气说话

---

① 《哀怨集》3.1.27-32。

时，他好像带着奥古斯都真实信徒的那种排练后的流利；当这本书
以《岁时记》里面那样的问答式问起，为什么奥古斯都家宅的门道
装饰着橡树花环与桂冠时，它看上去也像是被同样的虔信之心所感
染：公民花冠象征着拯救公民生命的义举，奥维德的书用顿呼法
（apostrophe）殷殷地恳求奥古斯都特别拯救其中的一位公民。① 我
们此刻是在公元 9 年前后；然而，此处《岁时记》的阴影将我们带
回了流放前的岁月，尽管这一回摆出的是一副看似更直接、维度更
单一、毫不含糊地恭维奥古斯都的姿态，也就是对《岁时记》的一
种范式修改，使其符合这一风声鹤唳时代受管制的修辞。

第五，然而，奥维德的书在《哀怨集》第 3 卷第 1 篇中仍然
不胜惶惧："我何其之不幸！"（me miserum!）它在奥古斯都家宅外
嗟乎道，"我惧怕此地，惧怕掌权之人"（vereorque locum vereorque
potentem）。② 这是在这首诗的"官方"修辞坚持了对奥古斯都
开恩召回的希望（无论这种希望是多么不切实际）之后。而更宏
观地来看流放诗集，表象与事实之间的这种紧张关系因为身处托
米斯的奥维德局外人一般的洞察力而进一步加剧，他使我们敏感
地意识到奥古斯都中央集权化的形象建构工程所内含的虚伪矫
饰。此外，这种流放直觉的一个副作用具有重要的回溯价值，因
为如今我们可以带着奥维德一直以来都没看错的这种自信回顾流
放前的阶段并重新解读像《岁时记》与《变形记》这样的作品中
对于奥古斯都形象的挑战甚或架空。这里至为关键的是一种语言
的失准（linguistic slippage），它最好地体现在了《黑海书简》中

---

① 《哀怨集》3.1.35-40, 47-50。

② 《哀怨集》3.1.53，刘津瑜译。

较早的一篇精华诗作里，它是写给奥维德流放诗集当中最显赫的一位通信者、奥古斯都的心腹保卢斯·法比乌斯·马克西姆斯（Paullus Fabius Maximus）的。正所谓人如其名，其内在的高贵也是"无与伦比的"（*maximus*）：从一开头，奥维德就提出了词与意、名与实之间的一种紧密关联。[①] 而当奥维德接着描述到他所谓戍边在托米斯的军事环境、整日"在被敌人环伺和危机四伏中"生活时[②]，表象与真实的这种关联就变得更加复杂了。如果我们还记得的话，法比乌斯的祖上差一点遭遇灭门之祸，因为根据传说，300 多位法比乌斯家族的成员在公元前 477 年的克雷梅拉战役中被维伊人伏击。除了一个年幼无法上战场的男孩以外，其余所有的人都战死了（奥维德自己在《岁时记》第 2 卷中回顾了这一情节）。通过将他自己的困境描绘为有如遭遇了伏击似的一败涂地（《黑海书简》1.2），奥维德悄悄地借用了法比乌斯家族的故事，我认为，就是为了将人们的注意力吸引到被不假思索地被接受的传言与活生生的现实之间的关系上，而这种关系是问题重重的。在这一切之后，诗作便演化成了对奥古斯都形象塑造与在地现实的一种深入探究：奥维德将奥古斯都颂扬为一位无所不知的神，只不过针对这一恭维他立马就补充道，尽管奥古斯都拥有神明所掌握的一切知识，然而仍不免昧于帝国边陲的实情。奥维德恳请法比乌斯运用他那闻名遐迩的口才为诗人说情，用他的"声音"（*vox*）安抚奥古斯都的耳朵；不过假如我们留意到《黑海书简》1.2 中出现的诗歌"声音"，就可以发现这封信在对法比

---

① 《黑海书简》1.2.1-4。
② 《黑海书简》1.2.13-14。

乌斯的明确的信心之上施加了一层限定，即对神话背后的奥古斯都的一种较为负面和远不抱希望的直觉：这位伟人名义上"崇高"（august），实际上却并非如此。

第六，流放的根除效应（deracinating effects）以另外一种方式导致了严重的语意失准（slippages of verbal meaning）。奥维德如今还能仰仗其朋友的忠诚吗？好吧，他的好友、《黑海书简》4.13 中的对话者卡鲁斯（Carus）算一个，他也的确名副其实：他名字的原意是"坦诚"，在忠实于朋友方面看来也同样"坦诚"（carus）。①但是，从更一般的角度来说，奥维德所表达的对朋友的信任是否能令人信服，还是说它们实际徘徊于合理希望与潜在的自欺欺人之间？这里关键的是一种语言的流放漂移，词语的力量通常被悬置起来，直至结果坐实它们或解构它们。不过，我当下感兴趣的是奥古斯都统治下奥维德流放前与流放后的一种言语氛围，至少在奥维德的笔下，在这种氛围里面，准确的语意与细微的区分要么很难把握，要么从根本上不是我们所能掌控的，好比语言被当权者视为禁脔藏了起来，以制造出我们对自己确切的地位与前途的不安。以奥维德的实际流放为例：他详细叙述了在驱逐他的官方法令里，从严格意义上来说他是被放逐（relegatio）而非流放②，这一区别很重要；放逐至少意味着不会丧失公民权以及被自动没收财产。然而，当奥维德执着于令人感到安心的词语的准确

---

① 《黑海书简》4.13.1-2。

② 《哀怨集》2.135-138：*adde quod edictum, quamvis immite minaxque, / attamen in poenae nomine lene fuit: / quippe relegatus, non exul, dicor in illo, / privaque fortunae sunt ibi verba meae.*（此外，那谕令，尽管严厉又咄咄逼人，/ 所定的罪名却温和：/ 对我的判决是放逐而非流放，/ 措辞特地针对我的命运。——刘津瑜译）

性时，笼罩在大部分流放诗作之上的压倒一切的气氛却是，奥古斯都的话才是真正起作用的，无论奥维德的地位被如何界定。因而，就奥维德扑朔迷离的"错误"（error）来说：是一桩不检点之举，因而也是该受责备的一件事，即一桩"过失"（culpa），不过却够不上一项罪行（crimen）或恶行（scelus），更不是带有预谋的一项大罪（peccatum）。无论如今无可复原的事实真相为何，他对这桩"过失"的反复提及只能引导人们更加关注他拒不透露之谜。如果我们将被多次强调的"无心之失"放在首位来考虑，那么这种重复模式就可以被视为对奥古斯都的批评。此外，尽管奥维德不懈地寻求定义，筛选合适的词汇，坚持微妙的差别：所有这些操作都凸显了一心想要确定含义的努力，而他处的话语环境中，语言虽说可以协商，但条件并不由他来定。他的案子只有一位裁决者，语言所有的细微色调都在那高深莫测的权力来源面前变得暗淡无光。

有关奥维德的临界时间，我想，我们可以提出更多这类生动的瞬间特写。不过，通过考量我已给出的六个瞬间特写，我想以一则归纳、一则主张及一则更正来结束本文。

首先是归纳：随着我们进一步深入流放诗集，语言本身就变得愈发夸张，仿佛不止经历了一种生存和认同危机，就像奥维德所声称的，丧失了他对拉丁语的把控并且耗尽了他的诗才；他在时间以及距离上越是远离罗马中心，他对语言的掌控就越是丧失方向感和没有准星，这不仅仅是由于他假装诗艺衰退，更是由于身处托米斯的一种更大范围内的分寸感与平衡感的消失。时间在流放中变得混乱了，他与他在失落世界中最亲近者的关系也变得不可靠、岌岌可危以及不固定了。他的诗同样如此：假装衰退只不过是迷失倾向的一部分，这种倾向更生动地体现在以下这些例子中：《伊比斯》（*Ibis*）中难以索解的诅咒名录的极端反智主义；《黑海书简》2.9 里致色雷斯国王科提斯（Cotys）的奇怪信件；或者《黑海书简》4.13 中惊人的宣告，即他在公开场合用盖塔语朗诵了一首赞美皇帝家族的诗。

其次是论点：流放诗集告诉我们的最重要的一个道理就是，语言、语言能力及其运用关键是被环境因素所塑造的；被流放到托米斯的不仅仅是奥维德个人，还有拉丁语本身。但是，当我们回头去看公元 8 年奥维德流放之前罗马的气氛与岁月时，流放诗集所传达出的有关环境塑造的道理不由地让我们发问：环境是如何塑造奥古斯都统治中心的言论状态的？实际上，基于这一思路，我们对奥维德在托米斯语言困境的监测就具有了**一种紧迫的类比刺激**（an urgent analogical provocation），它迫使他的罗马读者在家里自我审视，即便他写的是在遥远的本都所发生的事。

最后是更正：许多年以前，当我第一次接触流放诗歌的时候，我就被奥维德的策略性掩饰（tactical dissimulation）所吸引，即他假装自己的艺术创造力在托米斯退化了；我曾经希望加入这一方向的批评，即认为这种衰退是他"假装"出来的，并由此试图论证流放诗集的内在价值。不过现在我要收回我之前的观点：奥维德在托米斯的拉丁语危机以及诗歌创作力的退化是**再真实不过的了**；即使他以矫饰的方式宣称自己诗艺衰退，但衰退是千真万确的。这一点从他对当语言在一个限制性、恶劣以及陌生的社会环境里受到重压时会发生之事的如实刻画中便一目了然。有鉴于此，我认为，奥维德在他"边界性"的《哀怨集》中涉及了罗马的气氛，这气氛甚至在公元 8 年之前就使他成了某种意义上的一名流亡者：奥古斯都时代的不合时宜者与局外人。由此回到文章开头我提出的那个有关奥维德何时流放的问题：假如你认为是在公元 8 年的话，那么你就迟了。

奥维德流放诗中的记忆与遗忘

安德烈亚斯·N. 米哈洛普洛斯，雅典国立卡波季斯特里安大学

（Andreas N. Michalopoulos，National and Kapodistrian University of Athens）

曾毅　译

在本文中，我将探讨记忆与遗忘在奥维德流放诗中的角色。《哀怨集》和《黑海书简》中随处可见提及记忆和遗忘的内容。奥维德创作于流放期间的诗歌拥有丰富的层次，记忆和遗忘则是渗透其中的主题和重要元素。考虑到篇幅问题，我将集中考察从奥维德流放诗中挑选出的部分哀歌，并尝试探索可称为"奥维德的记忆与遗忘诗学"的概念。我将讨论的部分问题包括：记忆与遗忘如何在奥维德流放诗中发挥作用，又以何种形式呈现？奥维德铭记或选择遗忘的对象是什么？奥维德的记忆如何塑造他的流放者身份？

记忆的关键性

关于记忆与遗忘在奥维德流放诗中的多维度角色，《黑海书简》中致阿提库斯（Atticus）的哀歌 2.4 可以作为个案研究的理想起点。让我们先来看这首诗的开篇部分（《黑海书简》2.4.1-10）：

accipe conloquium gelido Nasonis ab Histro,

　　Attice iudicio non dubitande meo.

ecquid adhuc <u>remanes memor</u> infelicis amici

　　deserit an partis languida cura suas?

non ita di mihi sint tristes ut credere possim

　　fasque putem iam te non <u>meminisse</u> mei.

<u>ante oculos</u> nostros posita est tua semper <u>imago</u>

　　et videor vultus <u>mente</u> videre tuos.

seria multa mihi tecum conlata <u>recordor</u>

　　nec data iucundis tempora pauca iocis.

请允许奥维德从冰冷的多瑙河畔向你诉说，

　　阿提库斯啊，在我眼中，你无可怀疑。

你是否还<u>记得</u>你不幸的朋友？

　　抑或你的友爱已经消耗衰减？

诸神对我并非那样残酷，并未令我相信

　　<u>你已将我遗忘</u>，也不认为那是理所应当。

<u>我的眼前</u>时刻浮现你的<u>形象</u>；

　　我的<u>心中</u>仿佛看见你的面容。

我还记得你我之间的无数倾心谈论，

　　也记得我们共度的悠长快乐时光。①

---

　　① 本文中拉丁文的译文来自译者。文中所用的"哀歌"一词，既指格律，也指诗集中的单首诗。

　　按照信函书写的惯例，奥维德在开头两行中提到了写信者的名字（*Nasonis*），他所在的地点（*gelido ab Histro*），并以名字称呼收信人（*Attice*）。他还将自己的信称为交谈（*colloquium*），以此体现通信的一种传统特征，即一封书信是一场对话的一半，是"缺席者的交谈"（*colloquium absentis*）。①

　　接下来奥维德开始表达他主要的忧心之处：他担忧阿提库斯已经将他遗忘，想要确认这并非实情。友人的记忆对奥维德至为重要。② 他用了两个双行来讲述此事（第 3-4 行、第 5-6 行）。他在发问时使用了宾格中性不定代词 *ecquid*，这暗示了他的焦虑。③ "记得你不幸的朋友"（*memor infelicis amici*）这个词组尤为重要：可以说只用了这三个词，奥维德便为自己和友人分别赋予

---

　　① 将通信视为交谈与对话的一种形式是古人的书信理论中的一个常见看法。参见德米特里乌斯（Demetrius）《论风格》（*Eloc.*）223 及之后部分。西塞罗在《仿反腓力辞》（*Phil.*）2.7 中将书信称为"不在场的友人的交谈"（*amicorum colloquia absentium*），而小塞涅卡在《书信集》（*Epist.*）40.1 中则宣称书信是"它们带来朋友不在的真实迹象、真实证据"（*vera amici absentis vestigia, veras notas adferunt*）。另可参见西塞罗《致友人书信集》（*Fam.*）12.30.1，小塞涅卡《书信集》75.1。奥维德多次将他的信件比作谈话（*colloquium*，见《哀怨集》4.4.2，《黑海书简》1.2.6，2.4.1 等处）。此外还可参见 Cazzaniga 1937, pp.1-6，Peter 1965, pp.19-20，Thraede 1970, pp.19-24, 39-47（关于西塞罗）、pp.52-61（关于奥维德），Schindler 1989, p.14，Gaertner 2005, p.7, 25-26, 32，Michalopoulos 2006 中关于奥维德《拟情书》16.3 的部分，Gaertner 2007, p.169，Roussel 2008, pp.44-48。关于将信视为两人之间的桥梁的观点，参见 Rosenmeyer 2001, p.116。关于将奥维德在流放中的书信视为"缺席者的话"（*sermo absentis*）的看法，以及为何我们在理解这些书信时需要小心注意它们与真实的散文体信件不同，参见 Claassen 1999。

　　② 关于作为友人通信（ἐπιστολαὶ φιλικαί）中的一种主题和要素的"记忆"（*memoria*），参见 Helzle 2003 中关于《黑海书简》1.4.55-56 的论述，以及 Helzle 1989, p.19。

　　③ 参见 Pinkster 2015, p.334。关于 *ecquid* 一词的文体（style），还可参见 Helzle 2003，关于《黑海书简》1.1.37-38 的部分。

了角色和身份。记忆被当作一种构建个体身份的手段。一方面，身处罗马的阿提库斯和奥维德的其他友人必定都是"记得奥维德"（memores Ovidi），这是他们被赋予的角色和身份。① 至于他自己，奥维德选择的身份是"不幸的朋友"（infelix amicus）。② 他希望罗马的友人们记住他的不幸遭遇，并且为他能回到罗马而不断努力。同样重要的是，奥维德将对友人的记忆（memoria）与他们对他的爱和关切（cura）联系在一起。换言之，关切（cura）就是记忆（memoria）所必需的前提，反过来又因记忆而得到滋养：关切者必铭记；铭记者必关切。

　　在下一个哀歌长短句双行中（第5-6行），奥维德引人注目地将对友人的记忆与诸神联系起来。这多少等于宣称：铭记他乃是诸神希望他的友人们做到的事，而忘记他（non meminisse），即遗忘，乃是一种过错（nefas），罪恶而有违神圣的律法。奥维德向记忆倾注了特别的重要性，赋予其宗教维度。鉴于放逐奥维德之人是神圣的奥古斯都，奥维德在流放诗中时常将他描述为一位神祇，描述为大地上的朱庇特 ③，这一点的重要性便愈加突出。

---

　　① 　这层含义因词源意义上的双关语"还记得"（remanes memor）而得到强调。瓦罗在《论拉丁语》（LL）6.49 中称："'记忆'（memoria）可以说是源自'停留'（manere），犹如 manimoria。"（memoria...quae a manendo ut manimoria potest esse dicta）

　　② 　关于奥维德的"不幸"（infelix），还可参阅《哀怨集》1.2.62、1.7.14 和《黑海书简》2.3.38、2.7.48。

　　③ 　在《哀怨集》和《黑海书简》中，奥古斯都总是被描述为一位神，被比作朱庇特，例见《哀怨集》1.1.20、1.2.3-4、12，1.3.37-40，1.5.77-78，2.37-40。参见 Owen 1924, pp.79-81，Scott 1930, pp.52-58，Green 2005, pp.xxxii-xxxiii 及关于《哀怨集》4.3.63-70 的部分，Claassen 1999, p.227，Claassen 2001, pp.36-39，Claassen 2008, pp.29-33, 125-126, 177-183，Ciccarelli 2003 中关于《哀怨集》2.33-38 的部分，Gaertner 2005, p.14，McGowan 2009，第 3 章，Inglehear 2010 中关于《哀怨集》2.33-42 的部分。Warde Fowler 1915 探讨了奥维德流放诗将奥古斯都（转下页）

在这两个双行中，奥维德希望自己能成为阿提库斯的记忆对象。紧接着，他提到了自己的记忆。他声称友人的形象（*imago*）时常浮现在他眼前（*ante oculos*）。[①] 记忆的鲜活与清晰取代了身体的在场和真实的视觉：奥维德仿佛在心中看见（*videor mente videre*）自己的友人。[②] 记忆作为一种纯精神过程，成为感官的替代。尽管身处流放之中，奥维德仍心怀对罗马生活的温情回忆，并通过心中所见来回忆过去。他可以运用自己"精神之眼"（*oculi mentis*）的能力拜访罗马和自己的友人。[③]

奥维德回忆起与友人阿提库斯共同的经历和时光，以此

（接上页）表现为朱庇特这一做法在时间上的发展以及变化。关于奥维德流放诗中作为"受伤的神"（*laesus deus*）的奥古斯都，参见 Helzle 2003 中对《黑海书简》1.4.43-44 的探讨。奥维德对奥古斯都最具对抗性的陈述见于《哀怨集》3.7.47-52：他在这里声称这位皇帝无力控制诗人的思想、天才和声名。参见 Evans 1983, pp.17-19 以及 p.182 注 20 的参考书目。关于诗人对皇帝的大胆不敬的各种可能解读，参见 Claassen 2008, p.38。

①　关于"在眼前"（*ante oculos*），参见 Helzel 2003，关于《黑海书简》1.9.7-8。西塞罗感觉写信的对象就站在自己面前（《致友人书信集》15.16.1）："我也不知这是怎么回事，当我给你写点什么的时候，你就像在我面前一样。"（*fit enim nescio qui, ut quasi coram adesse videare, cum scribo aliquid ad te*）关于所谓"在场母题"（παρουσία-Motiv），参见 Thraede 1970, pp. 44, 52。在其书信中，奥维德努力让自己与罗马的友人更加接近（例见《哀怨集》5.1.79-80，《黑海书简》3.5.29-30）。

②　"仿佛看见"（*videor-videre*）这一叠叙的运用强化了这层含义。它是奥维德最常用的叠叙之一。参见 Wills 1996, pp.295-298。

③　这是一个众所周知的隐喻，参见 Evans 1983, p.186 注 13。记忆是《黑海书简》2.4.2-10 中的核心概念，而"心灵"（*mens*）与"回忆"（*meminisse*）在词源上的联系让记忆更具重要性。伊西多尔（《词源》(Isid. *Orig.*)11.1.12）曾宣称："心灵（*mens*）……之得名……因为它记得。"（*mens...vocata...quod meminit*）奥维德作品中的"精神视觉与旅行"母题可能借用自西塞罗的《致友人书信集》。关于这一母题的讨论，参见 Nagle 1980, pp.35, 91-99，以及 p.169 注 1，Doblhofer 1987, pp.146-147，Claassen 1999, p.299 注 77。Gaertner 2005 中关于《黑海书简》1.2.48 的部分。关于想象在奥维德流放诗中的角色，参见 Helzle 2003 中对《黑海书简》1.8.31-32 的讨论。关于奥维德回归罗马的精神之旅，以及他同时既在又不在罗马和托米斯两地的问题，还可参见 William 2002a, pp.237-238，以及 Hardie 2002, p.6。Gaertner 2007, p.158 指出，被流放者回归远方家乡的精神之旅这一母题在阿波罗尼奥斯的一个明喻中可以找到极为近似的对应（《阿尔戈英雄纪》2.541-547）。

结束他这封信的开篇部分。此处他用了另一个术语（*terminus technicus*）来指称记忆的过程，即动词"记得"（*recordari*）。① 在通俗词源中，这个词与"心"（*cor*）联系在一起。② 奥维德的目标在于让友人向他伸出援手。要做到这一点，一个办法就是让友人感念，让他感到不安（假如他已经将流放中的诗人抛在脑后），尤其是在奥维德始终（*semper*）记得他的情况下（关于这一点，奥维德没有忘记强调）。

　　奥维德的流放诗中时常出现用心中的记忆过程代替身体的在场的写法，字句完全相同或是相近。奥维德充满渴望地回忆罗马和那些留在首都、让他心怀关切的人——如今他只有通过书信才能与他们联系。《哀怨集》中的哀歌 3.4b③ 就是一个典型的例子。在这首诗中，奥维德声称他的家、他的妻子和罗马本身都时常在他眼前浮荡（*ante oculos errant*）。④ 尤为值得注意的是，奥维德发出了清晰的声明：记忆与心中的景象代替了身体的在场和视觉（《哀怨集》3.4b.55-62）⑤：

> sic tamen haec adsunt, ut quae contingere non est
>
> corpore, sint animo cuncta videnda meo.

---

① Nagle 1980, p.93 认为动词 *recordor* "更平淡"。

② 瓦罗：《拉丁语论》（Varro, *Ling.* 6.46）："回忆就是在心中再次想起。"（*recordare rursus in cor revocare*）参见卡西奥多罗斯（Cassiod., *in psalm.*）77,42 l. 573 A："回忆……即心中想起。"（*recordari...dictum est, revocare ad cor*）

③ 关于将《哀怨集》3.4 视为一个整体的观点，参见 Evans 1983, p.57. 还可参见 Helzle 1989, p.153 中关于《黑海书简》4.6.43 的论述。

④ Nagle 1980, p.96 注 45 指出了在此处使用动词"浮荡"（*errare*）的效果。

⑤ 参见 p.392 注释①。

ante oculos errant domus, Urbsque et forma locorum,

　　accceduntque suis singula facta locis.

coniugis ante oculos, sicut praesentis, imago;

　　illa meos casus ingravat, illa levat.

ingravat hoc, quod abest; levat hoc, quod praestat amorem

　　inpositumque sibi firma tuetur onus.

　　然而这些事物宛如就在此地。我虽无法触碰它们，却能在心中看得清清楚楚。我的家，我的城市，各处地方的轮廓，每个地方发生的事件，都在眼前历历而现。我的妻子的形象也出现在我眼前，仿佛她就在此地。她让我的悲伤变得更重，又变得更轻：变重是因为她不在此地，变轻是因为她赠我以爱，又坚定地肩负重担。①

　　流放中的奥维德对妻子与友人的记忆具有绝对的重要性。这一重要性是《哀怨集》和《黑海书简》中一再出现的另一主题。《哀怨集》中的哀歌 4.3 便是标志性的证据之一。在这首诗中，奥维德为妻子是否还记得他和想念他而焦虑②（《哀怨集》4.3.9-10）："将你明媚的面庞转向我的妻子，/ 告诉我她是否想念着我。"（*inque meam nitidos dominam convertite vultus, / sitque memor nostri necne, referte mihi*）幸运的是，这个令人痛苦的问题的答案是肯定的，

---

　　① 还可参见同一首哀歌下文中的几行（3.4b. 73-74）："但请相信，尽管我自己不在那里，而是相距千里，/ 在我心中你却时时都在眼前。"（*scite tamen, quamvis longa regione remotus / absim, vos animo semper adesse meo*）

　　② 《哀怨集》中的哀歌 1.6 和 3.3 同样是奥维德写给妻子的信。

让人安心（4.3.17-18）："你最关心的她想念着你，/ 珍藏着你留给她的唯一一样东西——你的名字。"（*esse tui memorem, de qua tibi maxima cura est, / quodque potest, secum nomen habere tuum*）[①] 再一次，"关切"（*cura*）和"记忆"（*memoria*）紧密地联系在一起。

最能展示奥维德的记忆能力、精神图景（心灵之眼）和他使用的记忆术语的片段，或许是《黑海书简》哀歌 1.8 的第 31-38 行[②]：

> nam modo vos animo,[③] dulces, reminiscor, amici,
>
> 　　nunc mihi cum cara coniuge nata subit,[④]
>
> aque domo rursus pulchrae loca vertor ad Vrbis
>
> 　　cunctaque mens oculis pervidet illa suis.
>
> nunc fora, nunc aedes, nunc marmore tecta theatra,
>
> 　　nunc subit aequata porticus omnis humo,
>
> gramina nunc Campi pulchros spectantis in hortos
>
> 　　stagnaque et euripi Virgineusque liquor.

> 因为我心中有时会回忆起我知心的朋友们，
>
> 　　有时又想到我亲爱的妻子和女儿。

---

① 　关于奥维德在此展现的"痴迷式的自我关注"，参见 Green 2005, p.260，关于《哀怨集》4.3.17 及之后的部分。

② 　Green 2005, p.311 根据这首诗的第 27-28 行将其创作时间确定为公元前 12 年晚秋，因为昂宿的上升发生在将近 10 月中的时候，而奥维德自公元前 9 年被流放之后已经见到了 4 次昂宿上升。

③ 　Gaertner 2005 正确地指出：*animo* 一词指的是诗人的记忆（《牛津拉丁语词典》[下文简称为 *OLD*] 该词释义 5c，《拉丁语辞海》[*TLL*] 该词释义 95.20-56）。

④ 　Gaertner 2005 对此处的评论："*subit* 即'进入脑中'（参见 1.2.59n.）。"

我在这斗室中重游那座美好城市的各处地点；

　　我的心灵用它内在的眼睛将之一览无余。

时而广场，时而神庙，时而大理石砌成的剧场，

　　时而我想起地基平坦的每一道柱廊。

时而又想起那绿草如茵的原野。它面对美丽的花园，

　　面对池塘和运河，还有维尔戈水道。

　　第 31 行中的 *a-b-a-b* 词序（*animo-dulces-reminiscor-amici*）、对复合词 *pervidere*① 而非 *videre*② 的使用、*oculis pervidet ... suis* 中的同义反复③，以及动词 *subire*④ 的一再出现（第 32 行、第 36 行）都强化了作为这一片段主旨的记忆概念。奥维德的记忆是某种形式的乡愁，激发出对他所爱的人和地点的强烈情感。⑤ 靠着记忆的帮助，奥维德得以从悲惨的流放生活中逃脱，任意游览罗马。⑥ 此外，奥古斯都无法对奥维德的想象施加任何控制，也不能阻止奥维德的精神之旅。记忆让诗人能够反抗皇帝的专横权力，确保艺

---

　　① Gaertner 2005 指出：前人没有使用过"心智一览无余 / 用心灵一览无余"（*mens pervidet / mente pervidere*），贺拉斯和瓦莱里乌斯·马克西姆斯（Valerius Maximus）用的是"用眼睛一览无余"（*oculis pervidere*）。

　　② *OLD* 该词释义 1："完全或全面地看见。"

　　③ 参见 Helzle 2003 对此处的理解。

　　④ *OLD* 该词释义 12："（向某人或某人的头脑）显现（的某种精神图像，思维对象，等等）。"

　　⑤ 关于奥维德对罗马城地标充满乡愁（却一再重复）的呼唤，参见《哀怨集》3.1.2，pp.19-22，27-36。另参见 Green 2005 关于《黑海书简》1.8.31-39 部分的讨论。

　　⑥ 关于奥维德的"想象"（Vorstellungskraft），参见 Helzle 2003 关于此处的讨论。

术家的心灵自由。①

记忆与遗忘：时间与距离

在《黑海书简》2.11 的开篇，奥维德再次触及记忆与遗忘这一主题（《黑海书简》2.11.1-6）：

> hoc tibi, Rufe, brevi properatum tempore mittit
>
> 　　Naso, parum faustae conditor Artis, opus,
>
> ut, quamquam longe toto sumus orbe remoti,
>
> 　　scire tamen possis <u>nos meminisse tui.</u>
>
> nominis ante mei venient <u>oblivia</u> nobis,
>
> 　　pectore quam pietas sit tua pulsa meo.

> 鲁弗斯啊，匆匆写就这封信给你的，
>
> 　　是不幸的《爱的艺术》的作者纳索。
>
> 如此一来，尽管我们天各一方，
>
> 　　你仍能知道<u>我还记得你</u>。
>
> 我宁愿忘记自己的名字，
>
> 　　也不愿忘记你的友爱。

与在《黑海书简》2.4 中一样，奥维德仍然遵守基本的书信

---

① 　诗歌与政治权力之间以及奥维德与领袖之间的斗争是奥维德流放诗中的重要主题。关于其他人对此的讨论，参见 Evans 1983, pp.17-19 及 p.182 中带有参考书目的注 20，Williams 2002a, p.240，Boyle 2003, p.11，McGowan 2009, p.203 及之后部分。这场斗争象征着艺术与威权统治之间的矛盾，对奥维德有决定性的意义。参见 Michalopoulos 2011, p.280 及该页注 20。

写作传统：他称呼了收信人的名字（*Rufe*）①，然后介绍作为写信人（*Naso*）和《爱的艺术》作者的自己。他此前的自我介绍是"不幸的朋友"，此处则将自己描述为一部不幸作品的作者（*parum faustae conditor Artis*）。

这封信被奥维德当作他不忘友人的实物证据（也许整部《黑海书简》同样如此，因为这是全书最后一封信）。此处奥维德成为记忆的施动者，而非其对象。他将记忆与距离联系起来（"尽管我们天各一方"[*quamquam longe toto sumus orbe remoti*]），并让它们构成反比关系：距离越远，记忆越淡。距离会造成遗忘，然而对奥维德和他的友人们而言并非如此——正如奥维德努力强调的。记忆可以弥合距离，让相距千里之遥的朋友得以重聚。②短时间（*breve tempus*）匆匆写就的信足以让相隔万水千山（*totus orbis*，字面的意思是"整个世界"——译者注）却情深义重的朋友彼此相连。诗歌创作与记忆之间有着密不可分的联系。记忆启发诗歌创作，又在诗歌创作中得以保存。奥维德不忘自己的友人，给他写信；诗人的友人将读到这封信，并立刻在心中想起他。关于这一点，本文的第四部分将进一步探讨。

关于记忆的讨论自然让其直接的对立面——遗忘（*oblivium*）——进入我们的视野。通过一种惊人的夸张③——"我宁愿忘记自己的名字，也不愿忘记你的友爱"——奥维德宣告了他对友人的永恒友谊和忠诚。他身处不利境地，想要重续与鲁弗斯的联

---

① 收信人是奥维德第三任妻子的叔父。参见 Helzle 2003, p.403。

② 关于在世界边缘的生活，参见 Helzle 2003 中关于《黑海书简》1.3.49-50 的部分。

③ 关于类似的手法，参见 Helzle 2003 关于此处的探讨。

系。他提醒鲁弗斯自己没有忘记对方，希望以这种方式让对方也
记住他。一位朋友（奥维德）的念念不忘迫使另一位朋友（鲁弗斯）
做出同样的回报。与此同时，奥维德对鲁弗斯的记忆又是鲁弗斯
对他的友爱（pietas）与忠诚（fides）的回报。[①] 换言之，记忆是一
种纽带，将相距千里的两个人连接起来。记忆是一种不可或缺的
友谊催化剂，是一种维系社会关系和创造相互需求的根本机制。
人们相互馈赠礼物，提供服务，施予恩情，纽带从而得以建立。

这一点在《黑海书简》4.6（奥维德在流放期间创作的最后一
批哀歌之一）[②] 中得到了明白的宣示。让我们来看一看其中的第
45-50 行：

> et prius hic nimium nobis conterminus Hister
>
>   in caput Euxino de mare vertet iter,
>
> utque Thyesteae redeant si tempora mensae,

---

① 关于书信之为赠礼（δῶρον）和友谊的付出（φιλοφρόνησις），参见 Gaertner 2007, p.169。
Gaertner 引用了德米特里乌斯《论风格》224、（伊索克拉底 [Isoc.] ）1.2。另见奥维德《哀怨集》
4.4.11、《黑海书简》1.1.19-20、3.6.53-58、4.12.1-6。William 1994, pp.116-128 讨论了书信与友谊
（amicitia）之间的紧密联系，而 Labate 1987, pp.114-128 则注意到：同为关于如何正确对待友
谊的教谕，奥维德的《哀怨集》与贺拉斯的《书信集》之间也存在着紧密联系。Nagle 1980,
p.103 对《哀怨集》1.5 进行了探讨，并指出安慰困苦中的友人乃是一种友谊责任（officium），
也是友爱（pietas）和忠诚（fides）的表达。在《哀怨集》5.4 中，奥维德向一位未具名的友人
许诺他会永远记住对方，并保持忠诚。此处记忆再次成为对来自朋友的效劳的回赠（《哀怨
集》5.4.43-46）："为此我承诺会将你铭记，保持忠诚，／无论他是身在人世还是魂赴幽冥。／
他以自己和你的生命起誓；／我知道他将你的生命爱若自己的生命。"（pro quibus adfirmat fore
se memoremque piumque, / sive diem videat sive tegatur humo, / per caput ipse suum solitus iurare
tuumque, / quod scio non illi vilius esse suo）还可对比《哀怨集》5.9.3-4："我记得你向我伸出援手，
我只愿为你歌唱，／没有你，我的诗作无一页能为世人所知。"（te canerem solum, meriti memor,
inque libellis / crevisset sine te pagina nulla meis）

② 这首哀歌很可能创作于公元 14 年下半年。参见 Helzle 1989, p.135。

Solis ad Eoas currus agetur aquas,

quam quisquam vestrum qui me doluistis ademptum

arguat <u>ingratum non meminisse sui.</u>

就算近在咫尺的多瑙河开始倒流，

从黑海之滨转向它的源头，

就算太阳神的马车朝东方大海奔驰，

如同梯厄斯忒斯的宴席重演，

曾经为我的流放而悲痛的朋友们啊，

你们也不能说我<u>无情无义，将你们遗忘。</u>

在这首哀歌的结尾①，奥维德用了两个不可能比喻格（*adyna-ta*）②，宣称他将永远记住那些没有忘记他的人。在这部分之前的几行中，他还曾表示要忘记那些已经忘记他的人。奥维德指出了记忆与遗忘都具有的相互性。他将会用同一种武器（遗忘）③来报复那些忘记他的人（4.6.41-44）："令我创痛最深的，/ 是被众多朋友完全遗忘。/ 我将忘记他们，却不会忘记你，/ 你为我的

---

① 对记忆和（或）遗忘的提及往往出现在诗的开头或结尾部分，这也许有某种含义。

② Akrigg 1985 在有关《黑海书简》4.6.45-50 的讨论中指出：通过增加与个人有关的细节"尽在咫尺的多瑙河"（*hic nimium nobis conterminus Hister*），奥维德让这个不可能比喻格（*adynaton*）反映出自己所处的环境。

③ 参见《哀怨集》4.5.17-20。其中奥维德请求他的朋友为自己的忠诚仍为诗人所铭记而高兴："你有一事可为（并且不必顾虑），那就是在心中为此高兴，/ 为我没有忘记你，为你对我保持忠诚，/ 再一如往常那样尽力帮助我，/ 直到寒风变暖，直到诸神展颜。"（*quod licet et tutum est, intra tua pectora gaude / meque tui memorem teque fuisse pium, / utque facis, remis ad opem luctare ferendam, / dum veniat placido mollior aura deo*）这里同样是友人之间的纽带因记忆而得到强化。另参见《哀怨集》5.4.43-46，5.9.3-4、20、33-34。

病苦带来了慰藉。"（*hoc ego praecipue sensi, cum magna meorum /
notitiam pars est infitiata mei. / <u>inmemor illorum,</u> vestri non inmemor*①
umquam / qui mala solliciti nostra levatis ero）

　　除了与罗马之间的遥远距离，奥维德还面临其他可能让朋友
们忘记他的问题。时间的流逝同样威胁着记忆。《黑海书简》2.10
很可能创作于公元 13 年前后②，在这篇哀歌中，奥维德感到焦
虑，因为他的朋友庞培乌斯·马凯尔（Pompeius Macer）③ 将他
遗忘，认不出他留在蜡封上的个人印记（*ab impressae cognoscis
imagine cerae*）和他的笔迹。奥维德将记忆的这一失败归咎于时
间（*mora temporis*）：时间偷走了认知（*notitia*）④（《黑海书简》
2.10.5-8）：

　　　　　an tibi notitiam <u>mora temporis</u> eripit horum

　　　　　　　nec <u>repetunt</u> oculi signa vetusta tui?

　　　　　<u>sis licet oblitus</u> pariter gemmaeque manusque,

---

　　① 　关于此处 43 行和 44 行中对遗忘（*immemor*）的重复，Akrigg 1985 提到了塔兰特（Tarrant）
对贺拉斯《书信集》1.11.9 中的一处类似的间隔反复（epanalepsis）的评论："忘记了我的朋友们，
也被他们逐渐忘记。"（*oblitusque meorum, obliviscendus et illis*）

　　② 　根据 Syme 1978, pp.37-47，奥维德流放期间作品的发表时间如下：《哀怨集》（5 卷）
发表于公元 9—12 年间；《黑海书简》1-3 卷发表于公元 13 年，第 4 卷可能发表于诗人去世
后的公元 17—18 年左右。Claassen 1986 4.1 部分仔细考察了奥维德流放诗的创作和发表时间。
她的发现汇总于 Claassen 1987, p.32。关于《黑海书简》更具体的年代，参见 Galasso 2009,
pp.195-196。

　　③ 　关于这位马凯尔（Macer）的身份，参见 Green 2005, p.329 中对《黑海书简》2.10 的介绍，
以及 Helzle 2003, p.391。

　　④ 　Helzle 2003 在对此处的讨论中将这个词视为非诗化的。参见 Helzel 2003 中关于《黑
海书简》1.7.7-8 的部分。

exciderit tantum ne tibi <u>cura</u>[①] mei.

是否逝去的岁月让你不再认识我，

　　让你的眼睛无法认出旧时的符号？

<u>你可以</u>忘记我的笔迹，忘记我的印记，

　　只要你对我的<u>关爱</u>没有消失。

　　因此，奥维德通常都会为自己可能被罗马的友人遗忘而担忧。不过，对诗人而言，遗忘有时也是令人向往和有益的，那就是对奥维德的过失（culpa），那导致他被流放的错误（error）的遗忘。我们来看一下《哀怨集》哀歌 3.11 中的一段（《哀怨集》3.11.65-68）：

utque meae famam tenuent <u>oblivia</u> culpae,

　　facta <u>cicatricem</u> ducere nostra sine

humanaeque <u>memor</u> sortis, quae tollit eosdem

　　et premit, incertas ipse verere vices.

为了让遗忘减少我的过失之名，

　　请让我造成的伤口结痂：

请记住那让凡人上升又坠落的命运，

　　你自己要对无常改变心怀畏惧。

---

① 同样值得注意的是，与之前在《黑海书简》2.4.1-4 中一样，奥维德再次将关切（cura）与记忆联系了起来。

对奥维德而言，这是一个相当艰难的问题。一方面，他不愿被朋友们忘记；另一方面，他又希望所有人都能忘记他犯下的错误（error）。根据奥维德的策略和利益的不同，遗忘成了一柄双刃剑，而记忆也同样如此。奥维德在这一段中对医学名词的使用尤为有趣：他将自己的过失（culpa）比作未愈的伤口，将遗忘比作伤口愈合后形成的伤疤（cicatricem）。① 这是一个机智的矛盾修辞。遗忘总是与（记忆的）缺失联系在一起，然而当它以疤痕的形式出现时，又正是弥补奥维德的过失所需（culpa 被比作未愈的伤口）。换言之，遗忘也有疗救的功效，能够治愈奥维德的疾病——当然，此处我们所说的疾病指的是他的过失（culpa）。当遗忘涉及奥维德本人时，它对这位诗人就是致命的，因为遗忘会切断连接他与罗马之间的生命线。②

记忆的对象化

《黑海书简》3.8 是写给奥维德的友人法比乌斯·马克西姆斯（Fabius Maximus）③ 的。奥维德从托米斯寄给马克西姆斯一件礼物，而这首哀歌是礼物附带的赠诗（《黑海书简》3.8.1-4）：

---

① Gaertner 2007, pp.162-163 正确地注意到：对结疤（cicatricem ducere）这类医学表述的运用并非奥维德流放诗偏散文化风格的体现；技术化的措辞，尤其是医学表述，起源于希腊化（Hellenistic）时代的诗歌，在奥维德先前的著作中就出现过。Gaertner 引用了 Langslow 1999 和 Zanker 1987, pp.124-127 中的内容。

② 有趣的是，在接下来一个双行中（第 67-68 行），奥维德对未具名的敌人发出警告：不可忘记凡人命运（humanaeque memor sortis）的无常。此处记忆与诗人或其他具体的人物无关，而是涉及人类的普遍境况。

③ 关于此人的身份，参见 Green 2005, p.347 中对这首哀歌的介绍性注释。

quae tibi quaerebam <u>memorem</u> testantia <u>curam</u>

　　dona Tomitanus mittere posset ager.

dignus es argento, fulvo quoque dignior auro,

　　sed te, cum donas, ista iuvare solent.

我思忖托米斯这片土地能有何种礼物

　　可以送给你，以证明我关切的衷情。

你配得上白银，甚至更好的黄金，

　　然而你更乐于给予它们。

　　奥维德希望向马克西姆斯表明他在流放中时刻想念着对方。这一次，记忆的证据是一件寄自托米斯的礼物。诗人原打算送去某种（金银制成的）贵重之物，最后却选择了一袋斯基泰人的箭，作为最具代表性的托米斯赠礼（《黑海书简》3.8.19-22）："我寄给你的，还是斯基泰人的箭，装在箭袋之中：／我祈祷它们能够染上你的敌人的鲜血。／马克西姆斯，这便是这片海岸的笔墨和书册，／这便是乐居此地的缪斯！"（ *clausa tamen misi Scythica tibi tela pharetra / hoste, precor, fiant illa cruenta tuo. / hos habet haec calamos, hos haec habet ora libellos, / haec viget in nostris, Maxime, Musa locis!* ）

　　记忆在此被对象化了，获得了物理意义上的存在，也获得了特定的形态。当然，它也直接转而指向奥维德。礼物的客观价值并不重要，贵重的金属也失去了意义，尽管它们可以抵抗时间的侵蚀。对奥维德而言，重要的是向罗马送出一件可以触摸的纪念品，让人能想起远方的友人。他的目的很明显：就是用自己的怀念让马克西姆斯回报以怀念，至少让马克西姆斯留住对自己的美好记忆。他希望让马克西姆斯感念，从而同样记住自己。[①] 再一次，记忆起到了社交纽带的作用；与我们在前文中已经看到的一样（《黑海书简》2.4.1-4、10.5-8），关切（cura）和记忆（memoria）也再次紧密地联系了起来。

在《哀怨集》哀歌 4.3 中，记忆又一次与某件具体的对象关联。在焦虑地向妻子提出她是否还爱着他的问题时，奥维德的心思转向了他被贬谪之前与妻子共享的婚床（《哀怨集》4.3.23-24）："当你触摸床上我的位置时，是否会有思念泛起，/ 让你无法将我忘怀？"（tunc *subeunt curae, dum te lectus locusque / tangit et oblitam non sinit esse mei*）床变成了一件时常提醒妻子不忘丈夫的物事。此处一种对象（并非任意的对象，而是夫妻二人的床）代替了奥维德身体的在场，让关于他的记忆不至消失。此处奥维德心中所想的无疑是奥德修斯和珀涅罗珀。记忆凭借现实中的物体而获得了血肉。任何对象，无论是一封信、一件赠礼、一张床，或是他的个人物品，都可以让对方对奥维德的怀念保持鲜活。

记忆与诗歌

然而，奥维德流放期间的诗歌与记忆之间的关系又是什么呢？它们如何相互作用？如何结为一体？

---

① Evans 1983, p.123 指出：*calamos* 一词的双重含义（既是"箭枝"，也是"苇笔"）强化了奥维德最后的请求中的讽刺性，即法比乌斯也许会将这件卑微的礼物作为托米斯生活的象征而接受下来。根据 Green 2005, p.347 的看法，法比乌斯将会用这些斯基泰人的箭蘸上毒液，用来对付他自己（第20行）和奥维德的敌人。

因其在全书中的位置，《哀怨集》第 4 卷的第 1 首哀歌尤为重要。这首诗的要旨之一在于奥维德无法与诗歌分离，因为诗歌是他在流放中的唯一安慰（即著名的"词句的慰藉"[*solacium in litteris*] 主题）。① 在这首诗的开篇，奥维德为自己的流放诗的粗劣品质② 向读者致歉（4.1.1-4）：

Siqua meis fuerint, ut erunt, vitiosa libellis,

　　excusata suo tempore, lector, habe.

exul eram, requiesque mihi, non fama petita est,

　　mens intenta suis ne foret usque malis.

读者啊，如果发现我书中的错谬（因你必会发现）

　　请宽恕我错出有因——那便是我创作它们的时间。

我身处流放之中，只求慰藉，不求荣名，

　　以免我的心思全被不幸的遭遇占据。

---

① 关于奥维德将写诗作为流放中的慰藉的问题，参见 Stevens 2009, pp.169-171。关于书信来往作为慰藉的问题，参见德米特里乌斯：《书信分类》（Dem. *Typ. Epist.*）5；伪利巴尼乌斯（Ps. Libanius）25；西塞罗：《致友人书信集》4.13.1、《致阿提库斯的信》（*Att.*）8.14.1。另参见 Nagle 1980, pp.99-105。

② 奥维德多次提到自己诗歌品质的下降、流放期间漫不经心的创作，以及创造天赋（*ingenium*）的枯竭，例见《哀怨集》1.1.35-48, 1.11.35-36, 3.14.27-30, 33-36, 43-50, 5.1.69-72, 5.7.55-58, 5.12.21-22；《黑海书简》1.5.3-8, 15-18, 3.4.11, 4.2.15-20, 4.8.65-66。Hinds 1985, p.14 正确地指出：奥维德对这一问题的执着让读者有理由怀疑他的真诚。Luck 1961 颇有说服力地证明了奥维德在《哀怨集》中的辞章并不劣于他在被流放之前的作品。Williams 1994, pp.50-51 讨论了奥维德的"诗才衰退伪装"。参见 Gaertner 2005, pp.305-306，另可参见 Nagle 1980, p.171, Harrison 2002, p.89, Williams 2002a, p.238, Williams 2002b, pp.354-360，Green 2005, p.350, Tissol 2014, p.113。关于加雷思·威廉姆斯的新思考，参考本卷第 367—386 页。

随着这封信的展开，奥维德指出了诗歌的一项首要功能（《哀怨集》4.1.39-40）：

> semper in obtutu <u>mentem</u> vetat esse malorum,
>
> praesentis casus <u>immemoremque</u> facit.

> 它让<u>心灵</u>不至于总是关注伤痛，
>
> 令它<u>忘记</u>眼前的处境。

因此，诗歌可以让诗人忘记自己的困苦，可以带来遗忘和慰藉，而遗忘和慰藉对诗人而言又是脱离苦难的救赎。因此，诗歌对奥维德有疗愈之效，将他的心思从种种麻烦中解脱出来。[1]

在此前数行中，奥维德已经为诗歌与记忆 / 遗忘之间的联系做了铺垫。他提到了关于遗忘最有代表性的文学象征——忘忧果。[2] 尽管诗歌伤害了他，使他遭到流放，但为了证明自己对诗歌仍心怀热爱，奥维德这样写道（《哀怨集》4.1.29-32）：

> sed nunc quid faciam? vis me tenet ipsa sacrorum,
>
> et carmen demens carmine laesus amo.
>
> sic nova Dulichio lotos gustata palato
>
> illo, quo nocuit, grata sapore fuit.

---

① 参见 Nagle 1980, p.101。关于诗歌作为一种排遣的功能，还可参见《哀怨集》4.1.4, 5.1.77-78，5.6.65-66。

② 参见《奥德赛》9.82-104，荷马对食忘忧果者的讲述。还可参见阿波罗多洛斯：《摘要》（Apollod. *Epit.*）7.3。

　　然而此刻我又能如何？它们的力量控制了我，

　　　我陷入了疯狂，热爱诗歌，尽管诗歌伤害了我。

　　　那忘忧奇果的花也是如此——奥德修斯的部众曾将它品尝：

　　　　它的滋味有害，却能带来欢愉。

　　或是出于讽刺，或是出于戏谑，在证明诗歌之力能让他遗忘时，奥维德引用的例子正是来自诗歌本身，事实上还是来自最著名的诗歌之一，即荷马的《奥德赛》。[1] 奥维德在《黑海书简》中又一次将忘忧果与诗歌和记忆联系在一起（《黑海书简》4.10.17-20）[2]：

　　　　　nec bene cantantis labor est audire puellas

　　　　　　nec degustanti lotos amara fuit.

　　　　　hos ego qui patriae faciant oblivia sucos

　　　　　　parte meae vitae, si modo dentur, emam.

　　　　倾听塞壬的甜美歌声同样毫不费力，

　　　　　而忘忧果对品尝者而言也毫不苦涩。

　　　　如果可以，我宁愿付出生命的一半，

　　　　　沽买那能让人忘记家乡的琼浆。

---

　　① Green 2005, p.256 关于《哀怨集》4.1.31-32 的讨论指出：奥维德将写诗与奥德修斯的同伴们食用忘忧果相提并论，从而将写诗视为一种让人成瘾的药。

　　② 这封信的收信人是阿尔比诺瓦努斯·佩多（Albinovanus Pedo），写于公元 14 年。参见 Green 2005, p.366。

　　奥维德将自己比作奥德修斯。按照他通常的做法[1]，他倾向于证明自己的苦难远远超过那位伊塔卡人的苦难。他希望自己能够忘记家乡，这恰恰是因为他想要表明远离家乡多么令他心痛。他宣布：为了忘记家乡，自己宁愿食用忘忧果，即效仿奥德修斯那些自招灾祸的同伴。[2]对荷马史诗故事的文学记忆与奥维德真实生活中的记忆在此发生了关联。奥维德希望能在现实中完成奥德修斯的同伴们在诗歌中完成的举动，并补充说自己愿意为此付出一半生命。在这种情况下，对家乡的遗忘可以治愈奥维德，让他脱离那锥心的记忆与乡愁。

　　让我们回到《哀怨集》4.1，看一看这首诗如何收尾。在整首哀歌中，奥维德一直在谈论诗歌在他的流放生活中的重要性，并宣称诗歌可以让他遗忘，而记忆也可以成为诗歌的灾难。他痛苦地意识到自己的命运已经发生了多么大的改变，而自己当下的境况是多么糟糕（《哀怨集》4.1.99-102）：

> cum, vice mutata, qui sim fuerimque, <u>recordor</u>
>
> 　　et, tulerit quo me casus et unde, <u>subit,</u>
>
> saepe manus demens, studiis irata sibique,
>
> 　　misit in arsuros carmina nostra rogos.

---

　　① 奥维德讽刺性地将奥德修斯作为例子，来证明自己的困苦甚于奥德修斯所经历的巨大磨难。关于这一点，参见 McGowan 2009, pp.184f.。在《哀怨集》1.5.57-84 中，奥维德长篇大论，将自己与奥德修斯的艰难处境加以比较，并声称后者所受的苦不如他自己的多。

　　② 奥维德没有提到尤利西斯（奥德修斯）本人并未食用忘忧果的事（《奥德赛》9.91-102）。

> 当我想到自己的现在和过去，以及巨变的
>
> 　　际遇，想到我的命运将从我何方带到了何方，
>
> 我的手时常被它自己的劳作激怒，粗暴地
>
> 　　将我的诗篇投入烈火，让它们化为灰烬。

此处记忆[1]将奥维德带回了残酷的现实。他比较了自己过去的生活与现在的境况，愤怒地将自己的诗篇投入火中。对奥维德而言，诗歌并非总能让他忘记自己的困苦，也会让他想起如今已经永远失去的荣耀岁月。[2]

我们要讨论的最后一个片段来自《黑海书简》第 3 卷（3.2.25-30）。这首诗是写给科塔·马克西姆斯（Cotta Maximus）的。奥维德在诗中讲述了俄瑞斯忒斯和皮拉得斯的传说：

> pars estis pauci melior, qui rebus in artis
>
> 　　ferre mihi nullam turpe putastis opem.
>
> tunc igitur meriti morietur gratia vestri,
>
> 　　cum cinis absumpto corpore factus ero.
>
> fallor et illa meae superabit tempora vitae,
>
> 　　<u>si tamen a memori posteritate legar.</u>

> 只有你们寥寥数人是我真正的朋友，认为

---

① 两个表示"记忆"的动词（*recordor* 和 *subit*）都被小心地放在了一连串动词的最后。

② 如 Evans 1983, pp.76-77 中所指出，"对于身在托米斯的奥维德而言，诗歌不再是让他忘记自己的不幸的手段（第 35-40 行），而只会让他想起过去（第 97-100 行）"。

　　　　不向困境中的我伸出援手乃是不义之举。

　　　因此我对你们将永怀感激，

　　　　直到我的身体消亡，化为灰烬。

　　　我错了，这感激在我死后仍将长存，

　　　　只要后人仍记得我，仍然阅读我的作品。

　　奥维德承诺将铭记朋友的帮助。这铭记不仅要在他的一生中持续，还要永存后世，只要后世的人们仍会因为阅读他的作品而记得他。奥维德在此将诗歌永恒的母题[①]与对友人援助自己的记忆关联起来：他将至死不忘他们，并会用作品将他们记录；而将来奥维德的读者每次阅读他的诗歌，也会记得他们。在这一段里，记忆有了两个施动者：一是铭记友人帮助的奥维德，二是他将来的读者（他们将不忘他的作品，从而也不忘他从友人那里得到的帮助）。诗歌将令奥维德和他的友人们的记忆永垂不灭。

结语

　　记忆是身处流放中的奥维德寥寥无几的伴侣之一，填补了他的妻子和他关切的人留下的空白。奥维德对过去的追忆让此时的一些缺失变得更加明显。他无法忘怀，不能让自己从记忆中

---

　　①　关于奥维德在其流放诗中所表达的对自己的诗名和永恒的重大关注（例见《哀怨集》3.7.51-53、4.9.19-24、4.10.127-128），参见 Ciccarelli 2003, pp.114-115, McGowan 2009 注 34、p.213 注 28，Ingleheart 2010, p.103，Kyriakidis 2013, pp.11-12, Kyriakidis 2014, pp.173-176, Michalopoulos 2016。奥维德此前已在《情伤疗方》393 中宣布了自己对荣耀诗名的渴望："我心中快慰，而我的荣耀愈炽，愈让我渴望声名。"(*nam iuvat et studium famae mihi crevit honore*) 后来他又在《变形记》那段著名的结束语中表达了他对诗歌之不朽的确信（《变形记》15.871-879）。另参见《恋歌》1.3.25-26、1.15.7-8，《爱的艺术》2.740，《情伤疗方》363。

解脱。他被禁止在罗马居住，却在精神上栖居于彼，从而打破了皇帝的禁令。记忆成为奥维德与家乡之间的精神桥梁和联结方式。

此外，记忆还让奥维德得以复现于罗马。为人铭记至为重要，也是他对友人们的请求。只有被身在罗马的人们记住，奥维德才有回归罗马的希望。他用自己的信件确保这样的记忆长存。这并不仅仅是诗名的问题，也关乎他真实的生存。如果被人遗忘，奥维德就会无助地死在托米斯。让朋友们记住他是奥维德唯一的希望（*memoria-spes*）。况且，记忆还在奥维德与他身在罗马的友人之间建立起相互关联，成为一种牢固的社交纽带。通过对记忆的运用，奥维德试图让友人们感念他，试图提醒他们不忘过去的联系，不忘他们之间过去的善意之举。

最后，奥维德通过记忆努力让自己以过去的方式生活。他身处心怀敌意、危险而又野蛮的托米斯人之中，记忆是他重建一个熟悉的世界，创造一个避难所的方式。对快乐过往的追忆让他在托米斯的生活变得更加容易忍受。然而，记忆对他也是一种令人痛苦的提醒：他的生活已经发生了不可挽回的剧变。记忆既是庇佑，也是折磨。

奥维德与慰唁诗的传统

克里斯蒂安·莱曼，美国巴德高中先修学院克利夫兰分校

（Christian Lehmann，Bard High School Early College in Cleveland）

陆西铭 译

　　公元 8 年，罗马诗人奥维德被奥古斯都皇帝放逐至黑海西岸的托米斯——即今日罗马尼亚的康斯坦察。[①] 对于自己流放的缘由，奥维德给出了一个谜一般的解释——"一部诗歌与一个错误"（*carmen et error*）。[②] 在之后的十年中，奥维德相继创作了三部诗集：《哀怨集》五卷、《伊比斯》《黑海书简》四卷。[③]《哀怨集》的内容主要为寄往罗马的、未指明收信人的抱怨信函以及嘱咐。然而，在《黑海书简》中，奥维德写明了这些书信的收件人，并且在诗集的开篇强调了这一点（《黑海书简》1.1.16-18）：[④]

---

　　① 奥维德将自己同时称为 *relegatus* 和 *exul*，都有流放者的含义，但这两个词有着法律意义上的区别："被放逐者"或"迁者"（*relegatus*）保留了他罗马公民的身份以及他的财产，而"流放者"（*exul*）则丧失这些权利。在《哀怨集》2.135-138 中他将自己称为"迁者"。见 Ingleheart 2010, pp.135-154。

　　② 《哀怨集》2.207。奥维德常常坚称这首诗是《爱的艺术》，但是 *error*（错误）一词仍旧让学者不解。1437—1963 年间学者有关奥维德流放缘由的众多推测见于 Thibault 1964, pp.125-129。

　　③ 《哀怨集》第一卷创作于公元 8—9 年的冬季，《哀怨集》第 2 卷作于公元 9 年，《哀怨集》第 3 卷作于公元 9—10 年，《哀怨集》第 4 卷作于公元 10—11 年，《哀怨集》第 5 卷作于公元 11—12 年。《黑海书简》第 1—3 卷作于公元 12—13 年，第 4 卷于 13—16 年。见 Wheeler 1965, pp.xxxiv-xxxv。

　　④ 拉丁原文来自托伊布纳本（Richmond 1990）。译者注：石晨叶（2017, p.498）的译文为"本书之悲伤不亚于寄君之前作。/ 两作名异而实同，且每封信寄 / 述明寄予何人，不隐姓名"。本文中的其他《黑海书简》选段的译文除注明之外，都参考了石晨叶尚未发表的译文。

non minus hoc illo triste, quod ante dedi.

rebus idem, titulo differt; et epistula cui sit

non occultato nomine missa docet;

这部诗集的忧愁并不比我先前寄的那部少。

相同的内容，不同的标题；并且书信

指名道姓地写明了寄给了谁。

本文探讨位列这部诗集首尾的两首诗，这两首诗都涉及慰唁诗这一古代体裁。两诗之间一个重要的不同之处在于诗集的出版时间。《黑海书简》的问世晚于公元 14 年，而奥古斯都则于公元 14 年去世。由此，我们所要探讨的第一首诗属于奥古斯都统治晚期的作品，而我们所要考量的第二首诗则是提比略时代最早出版的作品之一。在接下来的讨论中，我认为奥维德将写作这一行为本身视为慰藉，而不是从收到书信中获得安慰。我还将具体地诠释《黑海书简》4.11。迄今为止该诗在很多方面都被学者所忽略。

《黑海书简》1.3 与罗马慰唁诗（*Consolatio*）

在《黑海书简》的前半部分里，奥维德谢绝了朋友鲁菲努斯（Rufinus）的安慰（1.3）。几年之后，奥维德拒绝安慰他丧偶的朋友伽利奥（Gallio，4.11）。在这两首诗中，奥维德都影射了慰唁诗这一体裁中的理念，但是在两首诗中他不仅颠覆了这些理念还削弱了它们的功效。[1] 奥维德从未停止过从诗中汲取欢乐。在思考

---

[1]　有关 "慰唁诗"（*consolatio*）这一体裁的介绍，见 Baltussen 2013。

奥维德的流放生活时我持有一个潜在的假设，即奥维德的悲愁从未压倒他对诗歌创作的喜爱。他愈发诉苦，他越发地为我们欣赏他说愁的方式敞开了大门。奥维德不耐烦于慰唁诗千篇一律的程式；通过歌颂创造力，他还积极地破坏慰唁诗所谓的功效。

　　首先我将简单地介绍罗马慰唁诗的背景。斯库菲尔德（Scourfield）提供了一个出色并且可用的定义："从根源上讲，慰唁毕竟是一个社会行为（social practice）。它最终的目的在于减轻一个或多个特定的个人在特定情况下的悲痛或其他伤感情绪"。[1]我对《黑海书简》1.3 和 4.11 这两个案例的研究都采用了社会行为这个想法。然而，随之而来的却是一个十分奥维德化的观念——尽管他人的安慰对有些人有用，旁人无法减轻奥维德的痛苦。相似地，奥维德也无法安慰他人。而他能做的则只有通过作诗来疏导自己并祝福他人。由此，书写和交换信件这些行为本身，而非信函的内容，起到了舒缓的作用。

　　《黑海书简》第 1 卷第 3 首以奥维德对慰唁诗（*consolatio*，*solacia*）的沉思开篇（1.3.1-4）：

> Hanc tibi Naso tuus mittit, Rufine, salutem,
>
> 　　qui miser est ulli si suus esse potest.
>
> reddita confusae nuper solacia menti
>
> 　　auxilium nostris spemque tulere malis.

---

① 见 Scourfield 2013, p.15。

鲁菲努斯，你的纳索为你寄来此封问候，

如果遭难之人能成为任何人的挚友。

近来为我忧虑的心所送来的安慰，

给我的窘境带来帮助与希望。

在第一行中，一种常见的问候模式（salutem dixit）以及收信人和寄信人的名字表明了该诗是一封信函。五音步行（第2行）则对友情的本质进行了一次具有讽刺挖苦意味的沉思。奥维德所寄送的是"安康"①，而这个他自身并不具备。第3行更把我们带入了一个人造的时空。nuper（"近来""新近"）一词十分突出并且暗示着奥维德在收信后立刻便开始构思他的回信。nuper被嵌于交错的词序里：主格分词，属格分词，nuper，主格名词，属格名词。奥维德谎称自己的心智被折磨，而这一行的创作技巧则戳破了他的谎言。一个条理清晰的头脑创作了这行诗句。鲁菲努斯的安慰本身并不是药方和希望，但奥维德得以撰写回信的机会则是一剂良药。②

接着，奥维德说鲁菲努斯的信几乎发挥了效用，他稍稍恢复了，但是很遗憾，他无法被普通的事物治愈。奥维德在重新定义

---

①　译者注：salutem 的主格是 salus，这个词既可以是"健康""安康"之意，在信函格式中也可以是"问候"之意。

②　奥维德从未在他的诗歌中使用过 consolatio 一词，因为 consōlātiō 的音节长短无法匹配奥维德诗歌两种格律中的任何一种，即六音步格和爱情诗对句。奥维德使用了 consolatio 的近义词 solacia。

磨难。① 然后，他列举了三种在慰唁诗体裁中常见的情感。

慰唁信的常见内容

a. 时间能治愈所有创伤 （《黑海书简》 1.3.15-16）②

tempore ducetur longo fortasse cicatrix:

horrent admotas vulnera cruda manus.

或许伤痕<u>将会在</u>经久的<u>岁月</u>中结痂，

新近的创口（却）惧怕靠近的手。

b. 理智将带来清醒（《黑海书简》1.3.29-30）

rursus amor patriae *ratione* valentior omni,

quod tua fecerunt scripta, retexit opus

再一次，对故土那强于一切**理智**的热爱

将你的信织就的成果尽数拆去。③

c. 著名的流放者让人对悲痛产生客观的比较 （《黑海书简》

---

① Mary Davisson 探讨了奥维德中所运用的文学传统，这些传统来源于三种文学
作品，即奥维德的流放文学、慰唁散文以及地理描写。她总结道，"his very use of these
traditions...emphasizes his unique situation, his sufferings, and his endurance" （"他对这些传统的运
用……强调了他独特的处境、他的悲痛以及他的忍耐"）。见 Davisson 1983, p.171；她对《黑
海书简》1.3 的讨论见 pp.175-179。

② 译者注：a、b、c 拉丁引文中的下划线及斜体为本文作者所加，拉丁文中的斜体在中
译文中的对应词用黑体来表达。《黑海书简》1.3.15-16 的译文来自石晨叶。

③ 译者注：*quod tua fecerunt scripta, retexit opus*，作者在下文分析了这一行中用"纺织"
语言来指写作，如 *retexit*，这里所采用的是石晨叶的译文，保留了"纺织"意象。

1.3.61-62）

i nunc et <u>veterum</u> nobis <u>exempla virorum</u>,

   qui forti casum mente tulere refer

现在来给我举一些古时人物的例子吧，

   那些以坚强意志承受不幸的人。

1.3.63	鲁提里乌斯（Rutilius）	罗马人
1.3.67	狄奥根尼（Diogenes）	希腊人
1.3.69	狄米斯托克利斯（Themistocles）	希腊人
1.3.71	亚里斯泰迪斯（Aristides）	希腊人
1.3.73	帕特洛克罗斯（Patroclus）	希腊人
1.3.75	伊阿宋（Jason）	希腊人
1.3.77	卡德摩斯（Cadmus）	希腊人
1.3.79	梯丢斯（Tydeus）	希腊人
1.3.80	透克罗斯（Teucer）	希腊人

《黑海书简》1.3.81-84：

quid referam <u>veteres</u> Romanae gentis, apud quos

   exulibus tellus ultima Tibur erat?

persequar ut cunctos, nulli datus omnibus aevis

   tam procul a patria est horridiorve locus

我又缘何提及罗马民族的<u>先人</u>？对他们而言

提布尔已是流放的终极之地。

即便我悉数枚举，所有时代中无人曾被判予

如此远离故土或更为险恶之地。

很遗憾，奥维德对每一个这样的慰唁嗤之以鼻。时间能治愈所有创伤？对奥维德来说并非如此，他的伤口仍在滴血。理智将带来清醒？这被奥维德对故土之爱所阻止。一些有名的流放者将帮助奥维德恢复心智？不，奥维德所受的磨难比那些历史人物和文学人物都要深。

在此我想逐一解释一下这些奥维德所提及的人物，因为奥维德像在玩纸牌把戏一般一手分散着我们的注意力，另一手却上演着戏法。在这里，这些具有讽刺意味的素材表面上关乎奥维德的苦难，然而它们实质上却与诗艺相关。比如说 1. 时间能治愈所有创伤。[①] *tempore ducetur* 两词的并列呼应了《变形记》的序言 *ad mea perpetuum deducite tempora carmen*（引领我的诗歌，绵绵不绝，直到当今！）（《变形记》1.4，张巍译），并且 *ducetur* 一词与 "新诗"（neoteric）亦即细纺之歌（thin-spin song）密切相关。[②] 又如 2. *scripta, retexit opus* 中字字与写作有关，从而强调了这一时刻与诗艺的紧密联系。*scripta* 的字面意义便为 "写完之物"，而

---

① 古时有人认为悲痛之人只有在悲伤之事发生一段时间后才能得益于慰唁诗，也有人认为悲痛之人需要即刻获得帮助。见 Mary Davisson 1983, p. 176。

② *OLD* 中 *deduco* 词条释义 4 "to draw out (a thread in spinning), spin. b (fig.) to compose (literary work), 'spin'; to tell the story of, describe." 拉出纺纱的线，纺纱，（形象）创作（文学作品），"纺线"；讲故事，描述。

retexit 则涉及了纺织与写作在象征意义层面上的联系。① 最后 *opus* 经常指"文学作品"。② 由此奥维德逐一否定了鲁菲努斯所送来的慰唁。

这些为思考诗艺做了铺垫，我们现在来讨论列表清单。毫无悬念的是，该表构造得非常巧妙。③ 第一个例子是一位罗马历史人物，随之为一系列希腊人物，先后为历史和文学神话人物，各四位。这张列表嵌于重复出现的 *vetus*（"古时的""旧日的"）和罗马人之间，第一为个人（Rutilius），最后为未指明个人的群体（*Romanae gentis*［"罗马人的"］）。

总体上来说，《黑海书简》1.3 很好地验证了作者的技巧和机敏。这首 94 行的诗是诗集中较长的一首，然而描写奥维德拒绝寄送慰唁的《黑海书简》4.11 却是四卷诗集中最短的作品，这一对比也让 4.11 显得更加不寻常。《黑海书简》第 4 卷中的世界与前 3 卷有着显著的不同。塞克斯特斯·庞培（Sextus Pompeius）取代了常见的收信人科塔（Cotta）、其兄弟美萨利努斯（Messalinus）以及奥

---

① *OLD* 中 *texo* 词条释义 3 "to put together or construct... with elaborate care. b. (writings and other mental products)"（"十分精心地……放在一起或构建。b.（写作以及其他思考的作品）"）。珀涅罗珀（Penelope）织机的段落中奥维德用过 *retexit* 一词（《恋歌》3.9.30），在《情伤疗方》12 中他用了 *retexit opus* 这句话并宣称，即便他会教授爱情的解药，他的缪斯不会拆开他的作品《爱的艺术》。

② 例如 *qui modo Naso fueramus quinque libelli, / tres sumus; hoc illi praetulit auctor* <u>*opus*</u> "我们曾经是五本奥维德所著的小书，/ 现在我们是三本，比起那部作品作者更喜欢这部"（《恋歌》1-2）。

③ 我的侧重点与 Davisson 有所不同。Davisson 1983, p.178："The comprehensive quality of this catalogue—most of whose examples appear in traditional exile literature—functions chiefly to impress the reader both with the poet's learning and with the uniqueness of his suffering."（这个清单中大部分的例子都出现在传统流放文学里，它的全面性所起的主要功能是让读者对诗人的学识及其遭遇之独特性留下深刻的印象。）

维德之妻。塞克斯特斯·庞培于公元 14 年担任执政官，而奥古斯都与十分有影响力的贵族保卢斯·法比乌斯·马克西姆斯（Paullus Fabius Maximus）也在这一年去世。其他新出现的收信人包括诗人图提卡努斯（Tuticanus）、佩多（Pedo）和卡鲁斯（Carus）。

尤尼乌斯·伽利奥（**Junius Gallio**）

伽利奥非常突然地出现在《黑海书简》4.11 中。① 尤尼乌斯·伽利奥的出身不详。他在罗马接受了演讲的初步训练，并在这一时期与奥维德相识，老塞内加（Seneca the Elder）在《劝服集》（*Suasoriae*）第 3 卷中为此提供了佐证（3.7）② :

> Hoc autem dicebat Gallio Nasoni suo valde placuisse; itaque fecisse illum quod in multis aliis versibus Vergilii feceret, non subripiendi causa, sed palam mutuandi, hoc animo ut vellet agnosci.

此外，伽利奥说他的朋友奥维德对此很喜欢；因此他做了他对维吉尔许多其他诗句所做之事，并非旨在窃取，而是出于公开的借用，他希望这得以为人所知。

伽利奥后又收养了老塞内加的长子诺瓦图斯（Novatus），根据《使徒行传》18.12-17 的记载，这位诺瓦图斯是保罗在科林斯时

---

① 有关伽利奥的背景资料，见 Syme 1978, pp.80-81.
② 在老塞内加的作品中伽利奥是一个重要人物，他至少在 31 则故事中出现。

的法官。① 由此可以推测，伽利奥丧偶后并未再婚或者没有亲生的子嗣。他有可能选择了用收养的方式获得继承人。② 伽利奥是一位有背景的人物，据塔西佗和老塞内加的记载，他与皇帝提比略亦有来往。公元 32 年伽利奥被提比略流放，③ 然而与奥维德不同的是，伽利奥可以选择自己的流放地，于是他便去了莱斯波斯（Lesbos）。由此伽利奥的流放俨然变成了度假，不久之后提比略便将其召回罗马软禁在家中。很遗憾，在奥维德创作《黑海书简》第 4 卷期间，伽利奥在世间的行迹与其在宦海中的沉浮我们已无法确切地知晓。

伽利奥可能在文化层面上交游更广。他是一位技艺精湛且受人尊敬的演说家。老塞内加将其与拉特罗（Latro）、弗斯库斯（Fuscus）和阿里布奇乌斯（Albucius）一起归为演说家的第一梯队。④

_____

① 这位长子的原名为路奇乌斯·阿奈乌斯·诺瓦图斯（Lucius Annaeus Novatus）。他被收养的具体时间不详，被收养后他的名字变为路奇乌斯·尤尼乌斯·伽利奥·阿奈阿努斯（Lucius Junius Gallio Annaeanus）（译者注：即《和合本圣经》中的"迦流"；Corinth，《和合本》译为"哥林多"）。他是公元 56 年的增补执政官（consul suffectus）。其弟小塞内加的《论愤怒》（De Ira）和《论幸福生活》（De Vita Beata）这两篇文章是献给他的。

② Lindsay 2009, p.156："事实上奥维德（《黑海书简》Ex Ponto 4.2 [原文如此]）鼓励尤尼乌斯·伽利奥再婚，而他似乎更希望通过收养来解决自己无后的问题（orbitas）……在一个男子大多晚婚的社会里，这样的安排并不奇怪。"

③ 老塞内加：《劝服集》（Suas.）3.7 记载提比略曾喜欢与伽利奥交谈。导致他流放的原因是他提议光荣退役的罗马禁卫军成员应当被给予剧场前 14 排的荣誉席位。提比略指责他图谋让禁卫军效忠国家而非皇帝（塔西佗：《编年史》6.3；卡西乌斯·狄奥：《罗马史》58.18.3）。

④ 老塞内加：《论辩集》（Contr.）10 praef. 13。昆体良和塔西佗对伽利奥持保留意见。昆体良将他纳入演讲作者的名单中并称他为 pater Gallio，"老伽利奥"（译者注：pater Gallio 的字面意思是"父亲伽利奥"，以与同名的养子相区分。英文中常译为"the elder Gallio"），昆体良对于他的成就并没有很高的评价（《雄辩术原理》Inst. 3.1.21）。之后昆体良（9.2.91）引用了老塞内加（《论辩集》Contr. 2.3.6），其中老塞内加回忆了老伽利奥的一个回答，昆体良认为这个回答 remissius（"不太有力"。——译者注：作者在 [转下页]

我们并不清楚这一观念源于何时。伽利奥是否如《黑海书简》4.6
的收信人布鲁图斯（Brutus）一样在公元 14 年左右已经成了一位
著名的公众演讲人？对于伽利奥的职业生涯奥维德缄默不语，相
反他更注重时间的流逝与伽利奥的再婚。

这首诗是奥维德诗作中唯一一封致伽利奥的信，也是唯一
提及伽利奥的作品。它夹在两封致诗人的信中：致阿尔比诺瓦努
斯·佩多（Albinovanus Pedo）的 4.10 与致图提卡努斯的 4.12。《黑
海书简》第 4 卷的后三分之一关注于作家，并主要为诗人。在每
首诗里也融入了该诗收信人文学作品的内容：

《黑海书简》诗篇	收信人	收信人所写过的题材
4.10	阿尔比诺瓦努斯·佩多	忒修斯（Theseus）
4.11	尤尼乌斯·伽利奥	无
4.12	图提卡努斯	奥德修斯（Odysseus）在法伊阿基亚（Phaeacia）
4.13	卡鲁斯	日耳曼尼库斯（Germanicus）的征伐
4.14	图提卡努斯	奥德修斯在法伊阿基亚

从表面上看，这些诗人作品的内容均为史诗题材。我认为我
们有理由相信他们的作品为六音步格。的确，这些诗作中仅有佩
多的作品幸存，他用六音步格描写日耳曼尼库斯的战绩。① 我想强

（接上页）原文中翻译为 rather half-hearted［颇为半心半意的］）。塔西佗：《关于演说家的对话》
（Dial.）26.1 则鄙夷地称之为 tinnitus Gallionis（“伽利奥的噪音”。——译者注：作者在原文
中翻译为“jingle-jangle of Gallio”）。

① 老塞内加：《劝服集》1.15。

调的是这些作品大致是神话或者历史诗歌。这种诗歌与小巧、带有个人情感且具有讽刺意味的 4.11 形成了戏剧化的对比。但是奥维德一直很清楚，即使哀歌（elegy）这一体裁很小巧而且节奏有残缺，它依旧能变得很宏伟卓越。在这首诗中奥维德用爱情诗很渺小这一观念来掩饰了他所要讨论的更加危险的话题。

通过将这首有关丧妻之痛的诗置于另两首有关诗歌创作的诗之间，奥维德暗中强调了他黑海作品的原创性。在前一首诗中，奥维德从教学和辩论的角度运用了哀歌。从表面上看，诗人佩多可能就托米斯的真实性向其描绘者奥维德提出了质疑。为了证明自己，奥维德提供了一张令人赞叹不已的列表，囊括了当地所有河流的名字，此外奥维德非常精确且有"科学"依据地指出，当流出多瑙河的淡水置于黑海的咸水之上时，黑海的确会结冰。表面的水会结冰是因为淡水比咸水更易结冰。奥维德宣称，写这些内容帮助自己欺骗时间与悲痛，是一种非常好的消遣方式（《黑海书简》4.10.65-70）：

si roget haec aliquis cur sint narrata Pedoni

　　quidve loqui certis iuverit ista modis:

"detinui," dicam, "curas tempusque fefelli.

　　hunc fructum praesens attulit hora mihi.

abfuimus solito, dum scribimus ista, dolore

　　in mediis nec nos sensimus esse Getis."

若有人问为什么要把这些事告诉给佩多

> 它们由特定格律讲述有何用：
>
> 我会说："我延缓了焦虑，骗过了光阴，
>
> 　（这便是）此刻赠予我的回报。"
>
> 当我写下这些时，我脱离了惯常的苦楚
>
> 不再感觉自己身处盖塔人之间。

　　很久以来诗歌创作第一次给奥维德带来欢愉、放松和回报（*fructum*）。[1]　他明确地说自己受益于依格律填词（*certis...modis*）。在《黑海书简》3.1 中我们也见到过诗歌能缓解烦恼的观点。这里，4.10 还就奥维德对托米斯的描述向佩多提供了证明，由此佩多和奥维德双方均从此诗中受益。然而在下一首诗《黑海书简》4.11 中，《黑海书简》4.11，气氛已然变化，奥维德似乎对诗歌的作用很无奈。在 4.10 中他尽可能地"说服"佩多，与之相反，在 4.11 中他强调自己不会写长信给伽利奥。我认为，奥维德言外之意主要是慰唁诗的无用，还有对创作传统诗歌的不甘心。通过不写传统的慰唁诗，奥维德强调了哀歌对自己的重要性。在他的笔下，爱情诗创造性地重塑了不同的诗歌体裁并且全新地构造了现实生活体验。但是，通过让我们思量慰唁诗，奥维德设了圈套并运用了一个经典的奥维德式的误导。

卡图鲁斯（Catullus）96：理想的安慰

　　卡图鲁斯 96 这首诗是奥维德最容易借鉴的作品。在这首诗里，

---

[1]　这种回报是一种奥维德的"skillful exploitation of a variety of traditions"（对不同传统的熟练运用）所获得的"poetic victory"（诗性胜利）。见 Davisson 1983, p. 182。

诗人卡尔乌斯（Calvus）痛失爱妻抑或是情人昆提莉娅（Quintilia）[1]，为此卡图鲁斯送去了抚慰[2]：

> Si quicquam mutis gratum acceptumve sepulcris
> > accidere a nostro, Calve, dolore potest,
> quo desiderio veteres renovamus amores
> > atque olim missas flemus amicitias,
> certe non tanto mors immatura dolori est
> > Quintiliae, quantum gaudet amore tuo.

> 若任何为无声的墓所欢迎或接受之物
> > 能源于我们的悲伤，卡尔乌斯啊，
> （以这样的渴望我们重续了昔日的爱，
> > 并且为曾经失去的友谊而泣，）
> 那么，早逝对昆提莉娅造成的悲痛，当然
> > 不及她从你的爱中所得到的快乐。

---

[1] 拉丁原文并未提供有说服力的证据。有关学者间关于这一问题的争论，见 Davis 1971, pp.297-300。

[2] 译者注：这里的汉译为紧随拉丁原文的直译。李永毅（2008，p.355）的诠释如下：

> 卡尔伍斯，倘若我们的痛苦和怀念
> > 能给沉默的坟茔任何安慰和欢欣，
> 当我们在幻想里重温往日的缱绻，
> > 在泪水中追忆久已逝去的友人，
> 那么，昆提莉娅虽会因夭亡而痛苦，5
> > 却会因你的这份爱而倍加幸福。

　　这首诗是一句话，由六行、三联对句构成，堪称杰作。① 第一联对句（couplet）通过已逝的昆提莉娅构成了一个三角关系网，第二联描述了悼念为生者所能做的事，第三联则想到了已离开人世的妻子。这便是慰唁诗能够达到，也可能是应该达到的水准。与之相较，奥维德的诗便显得非常奇怪。接下来我们会看到奥维德《黑海书简》4.11 借鉴了卡图鲁斯诗中许多的理念和词句：

> Gallio, crimen erit vix excusabile nobis
>
> 　　carmine te nomen non habuisse meo.
>
> tu quoque enim, memini, caelesti cuspide facta
>
> 　　fovisti lacrimis vulnera nostra tuis.
>
> 5　　atque utinam rapti iactura laesus amici
>
> 　　sensisses ultra, quod quererere, nihil.
>
> non ita dis placuit, qui te spoliare pudica
>
> 　　coniuge crudeles non habuere nefas.
>
> nuntia nam luctus mihi nuper epistula venit
>
> 10　　lectaque cum lacrimis sunt tua damna meis.
>
> sed neque solari prudentem stultior ausim
>
> 　　verbaque doctorum nota referre tibi,
>
> finitumque tuum, si non ratione, dolorem
>
> 　　ipsa iam pridem suspicor esse mora.
>
> 15　　dum tua pervenit, dum littera nostra recurrens

---

① 有关这句诗句的鉴赏，见 Davis 1971，p. 300。

tot maria ac terras permeat, annus abit.

temporis officium est solacia dicere certi,

  dum dolor in cursu est et petit aeger opem,

at cum longa dies sedavit vulnera mentis,

  intempestive qui movet illa, novat.

20

adde quod (atque utinam verum mihi venerit omen)

  coniugio felix iam potes esse novo.

伽利奥，如果我在诗里略去了你的名字，

  这个罪行对我来说难以原谅。

我记得，在神灵的长矛刺伤了我后，

  你用你的眼泪温润我的伤口。

但愿在承受朋友被夺之伤后，

  你不会再有烦心之事。

但这并非众神所愿，残忍的他们认为

  夺走你忠贞的妻子并非罪过。

直至近日，传达噩耗的信件才寄到，

  我含着泪读完了你的不幸。

但是更为愚钝的我不敢抚慰聪慧之人，

  并对你重复那些博学之士的名言。

我猜想，你的哀伤早已终结，若非因为

  理智，也会因为时间本身的流逝。

当你的信到达，当我的信跨过

  千山万水赶回时，一年已逝。

> 慰唁是属于特定时刻的应尽之责，
>
> 　在那时，悲痛正盛，伤者求助。
>
> 但当漫长的时光已舒缓了心中的伤口，
>
> 　不合时宜地触碰伤口的人会使之复发。
>
> 此外，（但愿我的祝福会实现！）
>
> 　你可能已经新婚幸福。

　　这首构造精巧的诗以词音作为搭建框架的手法。*vulnera*（伤口）一词同时在第4行和倒数第4行出现。第二行包含了 *nomen*（名字）一词，而倒数第二行则有 *omen*（祝福、预言）一词。更为微妙的是 ix 这个读音同时现于第1行中的 *vix* 一词以及最后一行中的 *felix*（幸福）一词。

　　在诗的伊始奥维德回忆了自己与伽利奥共处的时光，并且他注意到两人新近疏于联系（第1—10行）。然后他对安慰他人的合适时机进行了探讨，他的讨论影射了许多我们已经在《黑海书简》1.3.11-20 中见过的传统元素。最后一联对句带来了希望。奥维德暗示了伽利奥已经再婚，与之相反卡图鲁斯却在他的最后一联对句中强调了逝者昆提莉娅的视角。卡图鲁斯字字珠玑的诗句似乎源于他真挚的同情心，但奥维德的诗句却主动地防止读者对诗中的内容注入个人的情感。通过简短地比较这两首诗达到独特效果的方式，我将指出奥维德是如何运用前辈诗人的技艺来获得新的效果。他并不追求完美或慰藉，他的作品有着一种不易察觉的不同侧重。我认为，奥维德的诗歌并不是为安慰罗马城里的某一个人而设计，恰恰相反，它让整个罗马都感到不安。

相较于卡图鲁斯诗中 *flemus*（"我们哭泣"）一词所描绘的卡图鲁斯与卡尔乌斯一同哭泣的场景，奥维德和伽利奥却分散地现身于不同时间不同地点。伽利奥在第 3-4 行中为奥维德哭泣（*lacrimis tuis*［你的眼泪］），此时两人都在罗马；奥维德则在第 9-10 行中对着书信流泪，而此时他已身处托米斯（*lacrimis meis*［我的眼泪］）。奥维德几乎成了卡图鲁斯的 *missas amicitias*（失去的友谊）的化身。通过为两组眼泪提供背景，奥维德邀请读者去体会自己和伽利奥各自的境遇。最为重要的是，同时唤起而且模糊了奥维德的流放与伽利奥的丧偶。

奥维德与伽利奥妻子都遭受了"暴力去除"（violent removals）。①当奥维德向伽利奥叙述自己的过往经历时，他提供了一个空虚的祝愿：*atque utinam rapti iactura laesus amici / sensisses ultra, quod quererere, nihil*（4.11.5-6：但愿在承受了朋友被夺之伤后，你不会再有烦心之事）。*rapti amici*（朋友被夺）是一个非常强烈的语句，并且我希望用最强烈的方式来理解它。奥维德用以描述自己的语句让人联想到那些文学作品中最恶劣的暴力事件，尤其是那些众神侵犯男女的劣迹，例如被哈得斯（Hades）掠去的普洛塞尔皮娜（Proserpina，《岁时记》4.417-620），以及被宙斯窃夺的伽尼墨得斯（Ganymede）。②

伽利奥的妻子则因众神的命令从她丈夫的身边被掠夺（*spoliare*）：

---

① 除了惨烈的离开与离世以及两对对句相邻之外，奥维德还通过外部的神灵媒介将自己比作伽利奥死去的妻子。他写到，自己的伤口是由一个神灵的长矛所致（*caelesti cuspide*，4.11.3），而她则被众神（*dis*）掠夺，且认为众神并不认为这有错（*nefas*，4.11.7-8）。

② 当德墨忒耳（Demeter）失去女儿时，她说：*mihi filia rapta est*（《岁时记》4.519："我的女儿从我这里被夺走了"）。朱诺告诉奥维德她气愤的一个缘由是 *rapto Ganymede dolebam*（《岁时记》6.43："伽尼墨得斯被［朱庇特］劫后我很不快"）。

non ita dis placuit, qui te spoliare pudica / coniuge crudeles non habuere nefas（4.11.7-8："但这并非众神所愿，残忍的他们认为掠夺你忠贞的妻子并非罪过"）。暴力是 *spolio* 词义最重要的一部分，它也暗示获得 *spolium*（战利品）后的满足。*Rapio* 和 *spolio* 这两个动词都属于斗争和性暴力的范畴。卡图鲁斯诗中的"英年早逝"（*mors immatura*）变成了奥维德诗中由暴力导致的离开。奥维德和伽利奥的妻子都被过早地夺去。但是通过比较这三种"死亡"，我们能更好地识别奥维德诗中变化的侧重点。卡图鲁斯关注的是昆提莉娅"无声的墓"（*multis sepulcris*），而伽利奥的妻子也不再会说话。然而奥维德却是一具吵闹烦人的"行尸走肉"。

伽利奥先后经历了失友丧妻，这两次不幸都在他的掌控之外，由此他成了一个双重受害者。伴随着对伽利奥两位妻子的描写浮现出各种有关婚姻的话题，尤其是理想主义婚姻，而这些问题出现的方式引人关注。伽利奥的原配变成了众神的 *spolium*（战利品），从而使诗歌悲剧性的开篇变得更为复杂。奥维德决定强调她的 *pudica*（忠贞），从而暗示了众神垂涎于她的原因，同时也让诗人微妙地探讨了罗马的理想婚姻。①

书信与孩子

Pudica 与 *coniuge*（妻子）两词跨越两行（enjambment），从

---

① *Pudica*（忠贞）是罗马社会观念中的一个重要理念。"castitas，纯洁无瑕，与宗教信仰有所联系并且关乎生理和心理健康正直；*pudicitia* 代表一种预防不良行为的良知……一个忠贞的女性通常只有过一位丈夫（*univira*）"，见 Treggiari 1991, p.233。由此我们可以确定，伽利奥是他亡妻的第一位也是唯一的丈夫。

而加深了读者对 *pudica* 这一形容词的印象。当读者在阅读之后的
《黑海书简》4.13 时，他们会回想起这个词。在 4.13 中奥维德描述
了自己所写的一首在奥古斯都死后歌颂这位皇帝的诗歌。其中奥
维德教导读者（4.13.29）：*esse pudicarum te Vestam, Livia, matrum*
（李维娅，你是忠贞的母亲们的维斯塔）。在《黑海书简》第 4 卷中，
pudica 这个形容词仅仅出现过这两次，由此我们可以将这两句
诗句放在一起理解推敲。奥维德说李维娅是忠贞的母亲们的维斯
塔，这可能暗示了伽利奥之妻的死因——难产，且可能是母子俱
亡。如果这个孩子真的没保住，那无子的伽利奥便会选择收养，
从而使再婚失去了一个重要的由头。[①] *Pudicarum te Vestam, Livia,*
matrum 一句使用交叉语序（chiasmus），从而淡然指出了虽然李维
娅可能是忠贞母亲们的维斯塔，她自身却并不忠贞。她与前夫提
比略·克劳狄乌斯·尼禄（Tiberius Claudius Nero）的儿子提比略
便是《黑海书简》第 4 卷中的皇帝。

　　《黑海书简》4.11 这首短诗在时间这个概念上花了很多笔墨。[②]
在第 1-8 行中奥维德描述了陈年旧事。第 3 行的 *memini*（我记得）

---

　　①　伽利奥收养了塞内加的一个（可能成年的）孩子，这个事实也能支持我的看法。当
然已有亲生子嗣的男性也能从其他家庭收养孩子。西庇阿·埃米利阿努斯（Scipio Aemilianus）
是一个重要的例子，他是路奇乌斯·埃米利乌斯·保卢斯（Lucius Aemilius Paulus）之子并被
没有孩子的祭司西庇阿·阿非利加努斯（Scipio Africanus）所收养（这位西庇阿·阿非利加努
斯是著名的将军西庇阿·阿非利加努斯之子）。这个收养也保证了家族的延续。关于这一问题
的讨论，见 Gardner 1998, pp.114-208。关于西庇阿家族以及其他家族的收养，见 pp.139-140。
瓦莱利乌斯·马克西姆斯（*Val. Max.*）5.10.2 则记叙了这段有讽刺意味的悲剧，埃米利乌斯·保
卢斯还有两位没有被别人收养的儿子，然而他们却双双早夭。

　　②　时间的标志有 *nuper*（第 9 行）、*finitum*（第 13 行）、*iam pridem*（第 14 行）、*dum*
出现两次（第 15 行、第 18 行）、*annus abit*（第 16 行）、*temporis... certi*（第 17 行）、*dum*（第
18 行）、*cum longa dies*（第 19 行）、*intempestive*（第 20 行）、*iam*（第 22 行）。

一词标记了他个人的经历，而且伽利奥之妻的去世也以完成时来修饰，如 *non...placuit*（4.11.7）。奥维德在这首诗开篇的构想里，自己和伽利奥之妻同处于伽利奥的信件抵达之前的某一时刻。在第 9 行里 *nuper* 一词则将诗歌转变成了一个模拟"直播"，向读者展示了奥维德收到信后的反应以及他对时间这个概念的广泛兴趣。（这里 *nuper* 一词应让我们联想到《黑海书简》1.3，1.3 中奥维德用 *nuper* 来展示了他思忖如何回复的迫切心情。）奥维德对时间的关注一方面是因为时间治愈伤痕是慰唁诗这一题材常见的元素。在另一联对句（4.11.13-14）中奥维德直接地展示了自己十分了解慰唁诗，那对诗句包含了慰唁诗另一个常见的元素，即理智能让人走出伤痛。在第 13-14 行中，他声称：*finitumque tuum, si non ratione, dolorem / ipsa iam pridem suspicor esse mora*（我觉得，如果不是理智带你走出了悲痛，那时间的流逝便早已冲淡了你的哀愁）。同时，在奥维德的笔下，悲伤并不会随着时间的流逝完全消失，它会被唤醒，它能像伤口上结的痂那样被重新掀开。奥维德信会唤起伽利奥的悲痛。①

　　有趣的是在下一联对句中我们发现时间与女性相互关联。我认为这一关系强调了伽利奥前妻难产而死的可能。在第 15-16 行中奥维德提到两人之间的通信需要一年才能完成一个周期。在我看来奥维德在这里可能开了一个玩笑，他可能将两人的书信交往想象成了怀孕生产，而书信寄达所需的时间则如同妊娠周期一般。当奥维德在创作《黑海书简》第 4 卷时，他也同时在修改《岁时

---

① 西塞罗也提出了相似的观点，他宣称时间增添悲痛。见《致阿提库斯》（*ad Att.*）3.15.2。

记》。① 在《岁时记》的前言中，他说因为十月怀胎所以罗慕路斯（Romulus）将一年定义为十个月（《岁时记》1.27-28）：*quod satis est, utero matris dum prodeat infans, / hoc anno statuit temporis esse satis*（《岁时记》1.33-34："他下令，一段足以从母亲的腹中生产一个婴儿的时间，也足以成为一年的时间"。）② 紧接着奥维德又说寡妇守寡，尤其是服丧的时间也应为十个月：*per totidem menses a funere coniugis uxor / sustinet in vidua tristia signa domo*（《岁时记》1.35-36："从丈夫的葬礼开始，妻子在同样多的月份里 / 在寡居的家中保留哀悼的标志"。）③ 怀胎十月，服丧亦十月。

奥维德将两首诗联系在一起的方式体现了他希望读者能找出其中的关联。通过比较两个段落，我们能更好地阐释《黑海书简》4.11 的结尾。我认为在这两个段落中奥维德构建了一个交叉排列的关系。在《岁时记》中，妇人在服丧之后守寡。在《黑海书简》4.11 中，奥维德描述了一位女性的死亡，而且我猜测她死于难产，

---

① 这一点在《黑海书简》4.8 与《岁时记》1 序言之间的相似处中显得最为明显。有关对《岁时记》的修改，见 Green 2004, pp.15-23；Myers 2014, pp.725-734；以及 Fantham 2006, pp.373-414。奥维德流放生活对于《岁时记》内容的影响，见 1.389-390：*exta canum vidi Triviae libare Sapaeos / et quicumque tuas accolit, Haeme, nives* 我见到萨帕伊人以及海蒙山啊，依着你的积雪而居之人向岔路女神 [指赫卡忒] 献祭狗的内脏 ）。在《黑海书简》4.5.5 中奥维德也提及了海蒙山。

② 罗马人通常认为怀胎需十个月（《牧歌》*Ecl.* 4.61），但是除奥维德外无人将其与罗慕路斯联系起来。见 Green 2004, pp.47-48。从书信到孩子之间的认知跳跃并不困难。对于奥维德来说，他的书信经常是他的孩子（虽然他一直是一个单身父亲）：例《哀怨集》1.7.35；《黑海书简》4.4.29 *parens ego vester*（我 [为] 你之父 ）。见 Davisson 1984，pp.111-114。译者注：原文作者将《岁时记》1.34 中的 *statuit* 译为 "decreed"（下令）。但 *OLD* 以及 Lewis&Short 将这里的 *statuit* 理解为 "认定"，见 *OLD* 中 statuo 词条："13 (w.acc. and inf.) to give as one's considered opinion, declare as a principle, conviction, etc. b (w. pred. noun or adj.) to judge, deem"。王晨 2018 的译文为："足够婴儿离开母亲子宫的时间，/ 他认定也足够称为一年。"

③ 译者注：这里采用了王晨 2018 年的译文。

然后是有关死亡的段落。最后的几行（4.11.17-22）则很可能暗示了奥维德对另一位孩子的希望。第 21 行中的 *utinam* 一词表明了这是一个愿望，而奥维德在诗歌的开篇也祝愿伽利奥不再承受痛苦的祝愿（4.11.5：*utinam*），由此这两个段落相互关联。这也是显示此诗中精湛技艺的第三个结构手法。这一技巧透露着巧妙。① 它的侧重点在于伽利奥是否幸福，而并非他是否再婚。这让他显得与《黑海书简》第 4 卷中的奥维德十分相似。第 4 卷中奥维德虽然保持已婚状态但是他的婚姻状况与《黑海书简》前 3 卷中的描写大相径庭。② 伽利奥的幸福可能与他是否再婚并不相关，而是在于他是否有孩子。*Felix* 一词有"丰饶"的含义，尤其是在植物种植方面。③ 更为重要的是，当奥维德期冀一个 *verum omen* 时他提到了祭司（*auspex*），而 *auspex* 的职责便是寻找并记录有关婚姻的征兆。④ *Auspex* 先祝贺新人，宾客们随后会大叫 *feliciter*（幸福）。⑤ 由此，

---

① *omen* 一词在这里使用得十分恰当，因为 *prima omina* 是一个代表婚姻征兆的常用表达法（见 *OLD* 中 *omen* 词条 1.c；《埃涅阿斯纪》1.346）。

② 奥维德暗示了一种再婚的仓促，这可能有讽刺性地反映了《帕皮乌斯－波派乌斯法》（*Lex Papia Poppaea*）。该法允许丧偶（或离异）的男性经过更长的等待后再婚。由奥古斯都制定的各项婚姻法律被统称为"尤利乌斯法"（*leges Iuliae*）并于公元前 18—17 年间颁布。在这封信完成之时，颁布于公元 9 年的《帕皮乌斯－波派乌斯法》仅仅生效了 4 年。见苏维托尼乌斯，《奥古斯都传》（*Suet. Aug.*）34.1；塔西佗：《编年史》（*Tac. Ann.*）3.25, 28；李维：《摘要》（*Livy Epit.*）59；卡西乌斯·狄奥：《罗马史》（*Dio*）56.1-9.3（奥古斯都对这些法律没有施行感到失落，就此他对骑士们做了一次长篇的演讲）；56.10.3 提及了具体的法案，具有讽刺意味的是，提出这些法案的执政官们却未婚。相关内容及概述见 Severy 2003, pp.200-201。

③ *OLD* 中 *felix* 词条 1.a, b。

④ Treggiari 1991, p.164.

⑤ Treggiari 1991, p.165 及注释 49。

奥维德最后的一联对句似乎重现了婚礼仪式。^① 当伽利奥历经"一年"（十个月）收到奥维德的回信时，这一仪式应该早已举行过，这首以吊唁诗开篇的诗歌也摇身以祝婚歌（epithalamium）结尾：*adde quod (atque utinam verum mihi venerit omen) / coniugio felix iam potes esse novo*（此外 [但愿我的祝福会实现]/ 你将会与你新的妻子幸福美满）。^② 对一段全新婚姻的祝福也可能意味着新婚的妻子已安然度过婚后的第一年，并已顺利产下第一个孩子。

不合时宜的诗歌：《黑海书简》4.11 和《哀怨集》2

我最感兴趣的是奥维德在《黑海书简》4.11.20 中所用的 *intempestive*（不合时宜的）一词，因为它全面地定义了这一书信交换。首先这个词很长，它占据了五音步行的前一半，使得我们不

---

① *Felix* 一词也将这首（有关社会及个人的）诗与《黑海书简》4.4.18 以及执政官联系了起来，因为奥维德在 4.4.18 里使用了 felix 来描写即将到来的一年：*candidus et felix proximus annus erit*（即将到来的一年将是光辉幸运的）。但是他知道公元 14 年是不幸的一年，因为奥古斯都以及影响力很大的政治家法比乌斯·马克西姆斯（Fabius Maximus）均在这一年去世。奥维德在《黑海书简》4.6 中提及了这两人的离世。

② 这一行诗句呼应了祝贺再婚的诗歌前例。在卡图鲁斯 61 这一首祝婚歌中，卡图鲁斯要求读者：*ac domum dominam voca / coniugis cupidam novi*（61.31-32："将期盼新丈夫的女主人唤回家中"）。之后在第 68b 这首诗中，他描写了拉俄达弥亚（Laodamia）丧夫后的反应。在他们新婚不满一年的时候他便失去了丈夫，在普罗特西拉俄斯（Protesilaus）过世之后她也随之自戕，从而保全了自己的忠贞（*pudicitia*）：*coniugis ante coacta novi dimittere collum*（68b.81："她被迫放开新婚丈夫之颈"）。奥维德自己也已在《恋歌》中运用过这一理念。在描写黎明的时候，他先将破晓的红晕与黎明女神奥罗拉（Aurora），即 *Tithoni coniug*（《恋歌》2.5.35："提托诺斯之妻"）相比，接着与 *sponso visa puella novo*（《恋歌》2.5.36："被她未婚夫看见的姑娘"）相比。最后一个例子来自于《变形记》，当赫拉克勒斯和德伊阿妮拉（Deianira）在返回提林斯（Tiryns）时，她被描写为他的 *nova... coniuge*（《变形记》9.103："新婚妻子"）。奥维德祝愿朋友再婚后能够幸福，而这些例子以及其中很有特征的形容短语让读者质疑这种幸福，从而使奥维德的祝福变得更加复杂。这些神话的结局暗示新婚宴尔并不能保证婚姻美满幸福。

得不在它的长节奏中蹒跚而行。伽利奥之妻过早地去世，他新近送抵的来信打断了奥维德，由此不合时宜地迫使他回想两人的友情以及自己的不幸。因此，伽利奥的来信也能被看作是不合时宜的。在此我们看到了文字的力量。奥维德知道自己的来信能让收信人不安。写作是一个危险的行为，它能激发强烈的情感。回信则有更大的风险，因为一个重复受伤的伤口很难会完全愈合。在寄出书信时，作者就像众神一般，决定着何为 *fas*"合法"，何为 *nefas*"不合法"。

奥维德说"当时间的流逝缓解心灵的创伤之后，那个将他带出时间的人让伤口复发"，他并不仅仅在谈论自己致伽利奥的诗。这里奥维德影射了卡图鲁斯（和这句诗所反映的现实规律）以及他自己的作品。在卡图鲁斯 96.3 中我们看到死亡之痛能重续（*renovamus*）旧爱，两者相辅相成。奥维德采用了这个动词（novat）但是除去了前缀 re，从而重新构想了在这种情况下所发生的事。他没有让伤口复发，然而他造成了一个新的伤口。在这里我们应该联想到《黑海书简》1.3 中的 *vulnera cruda*（渗血的伤口），尤其是 *admotas manus*（靠近的手）。

更为重要的是，这一说法使得我们重新考虑《黑海书简》第 4 卷的反响。在《黑海书简》前 3 卷于公元 13 年出版之后奥维德保持了沉默。而今一整卷诗集突然于公元 17 年、18 年前后现身罗马。整个《黑海书简》第 4 卷是"不合时宜的"（*intempestive*）。

通过缜密地影射一首自己早期的诗歌，奥维德将自己与伽利奥的私人交往刻意领入了罗马的政治世界。而通过观察奥维德如何深思熟虑地完成这一过渡，我们能清楚地看到《黑海书简》第

4 卷的政治含义。《黑海书简》4.11 非常清晰地借鉴了《哀怨集》2 中的四对诗句，同时鼓励读者联想那些受到迫害的人以及他们的迫害者。

　　诗歌的开篇写到"伽利奥，如果我在诗里（carmen）略去了你的名字，这个罪行（crimen）对我来说难以原谅"。很明显，奥维德乐衷于使用 carmen 和 crimen 这一对双关语。[①] 早在《爱的艺术》里他已经运用了这一双关语。他在《哀怨集》2 中几乎逐字逐句地引用了这几行诗句来否认被认为是来自于皇帝的指控。[②]

　　在同一首诗早先的几个段落中，奥维德已经用过这个双关语来"解释"他所被指控的罪行（《哀怨集》2.207-210）：

perdiderint cum me duo <u>crimina</u>, <u>carmen</u> et error,

　　alterius facti culpa silenda mihi:

nam non sum tanti, <u>renovem</u> ut <u>tua vulnera</u>, Caesar,

　　quem nimio plus est indoluisse semel.

---

　　① 见 McGowan 2009, pp.55-61。他注重于奥维德对两词故意的混淆。他认为把创作诗歌视作犯罪是奥维德的独创。"It is in keeping with the very close attention the poet pays to the representation of his legal status in exile for him to point out here that the writing of poetry has been turned into cause for criminal action under Augustus。"（McGowan 2009, pp.57-58："奥维德非常注重于描写自己在流放中法律上的地位，同时他也指出创作诗歌成了奥古斯都时期刑罚的缘由，这两点相互呼应。"）

　　② *nos venerem tutam concessaque furta canemus, / inque meo nullum carmine crimen erit.*（《爱的艺术》1.33-34："我将吟诵没有危险的欢爱以及得到允许的偷腥，在我的诗里不会有任何罪过。"）在《哀怨集》中他只改了六音步行中的前一半：*nil nisi legitimum concessaque furta canemus, / inque meo nullum <u>carmine</u> crimen erit.*（《哀怨集》2.249-250："除合法之事以及得到允许的偷腥我不会吟诵任何内容，在我的诗里不会有任何罪过。"）

虽然两个罪行拖累了我，一部诗歌与一个错误

但是我必须对后者保持沉默。

恺撒，我并没有如此大胆，重揭您的伤口，

让您痛苦一次已然过分。

　　这个来自《哀怨集》的段落在奥维德致伽利奥的诗中被回收再利用了两次，奥维德将他用作为搭建框架的手法从而吸引了读者的注意力。我们对于比较《黑海书简》4.11的开头与结尾已事先有所准备，因为 vulnera 一词同时处于正数和倒数第 4 行中。在这个摘自《哀怨集》的段落中，第一联对句（2.207-208）的六音步行提及了罪孽源于诗歌的想法，接着他又坚称自己必须对自己的错误保持沉默。在《黑海书简》4.11 开篇的对句中奥维德颠倒了情景并将沉默本身变成了一种罪过。当然，不肯直呼伽利奥的名字并不是真正的罪行；奥维德在这里开了一个玩笑。通过幽默诙谐地运用司法条例来讨论友谊，奥维德将自己塑造成了罪与罚的裁决者。在他决定什么行为构成犯罪的时候，他便削弱了皇帝的权威。奥维德同时充当了公诉人和被告，他也掌控了政治语言。

　　在《黑海书简》4.11.19-20 中奥维德声称他不想向伽利奥回忆过往从而唤起旧伤。奥维德对奥古斯都也说了同样的话。他所用的动词 novat 以及名词 vulnera 让人联想到《哀怨集》中的 renovem tua vulnera（我重揭您的伤口）。在 4.11.5-6 中，奥维德希望伽利奥曾经没有承受过其他的痛苦，然而他继续讲到，随着伽利奥妻子新近的离世自己的希望也破灭了。这段话精确地强调了

他向奥古斯都表达的情感，即"痛苦一次已然过分"（《哀怨集》2.210）。奥维德再一次将自己与皇帝相比较。通过带领读者重温《哀怨集》2，《黑海书简》4.11重新审视了那首诗以及有关奥维德和奥古斯都关系的描写。回眸思量，我们看到在奥维德的笔下，诗人与皇帝间达成了一个不稳定的协议：奥维德将保持沉默并期冀情况缓和。[①] 无论奥古斯都会如何鞭笞披枷带锁的奥维德，他都可以为皇帝的行为辩解。在新帝提比略的统治下，这一协议不再有效。惩罚是随心所欲的。

结论

《黑海书简》4.11常常因为看似简单直白而被忽略，本文则探讨了该诗丰富的内容。本诗被称为一首慰唁诗，然而一旦人们挑战这一看法，这首诗便会展现其本性，它实则是对罗马社会行为即诗歌创作所进行的一次复杂且极具启发性的思考。在文章的最后，我想再一次探究为何奥维德围绕两对来源于自己《哀怨集》2中的对句构建了这首诗。我认为通过这一互文性，奥维德向我们就爱情诗这一体裁做了最终的诠释：它可以向个人诉说悲痛，但是，通过密集的诗歌呼应，它会诉诸范围更广的听众（包括政治领袖）并且对他们进行讨论。奥维德的诗展示他作为一个文学人

---

① 这一看法与 Phillip Hardie 对《变形记》结尾的阐释相同。"Ovid's final triumph is to reverse the expected dependence of poet on *princeps*, as chronicler and panegyrist. In an ineluctable collusion between artist and ruler we finally see the prince of poets foist on his master a poetics of principate."（人们认为诗人作为记录者以及歌颂者依附于元首，而奥维德最后的胜利在于反转这一看法。在一个艺术家与统治者之间不可避免的共谋中，我们终于看见诗人之王把皇权的诗艺强加于他的主人。）见 Hardie 1997, p.182。

物的影响力。直至他生命的最后一刻他都会向人们寄送"不合时宜"的诗歌，因为通过这样做，他扮演着一个抵抗其他诸神的神灵。拒绝寄送慰唁诗的奥维德送给了世人一首探讨时间与空间、社会运转与政治变迁的诗歌，而这首诗不会让伽利奥得到慰藉，相反，它会让任何一个罗马读者都感到不安。

第六部分
视觉艺术中的奥维德

"我们的奥维德":布里盖提奥(今匈牙利科马罗姆/瑟尼)的奥维德漫画肖像

达维德·鲍尔图什、拉斯洛·博尔希,匈牙利罗兰大学

(Dávid Bartus & László Borhy, Eötvös Loránd University)

常无名 译

　　布里盖提奥 (Brigetio)是匈牙利非常重要的考古遗址,一直以极其丰富珍贵的出土文物著称,包括青铜小雕像、宝石、钱币、珠宝首饰、陶器,以至壁画和铭文。[1] 这个定居点是罗马潘诺尼亚行省 (Pannonia)的四个军团堡垒之一,位于多瑙河南岸、今匈牙利西北部科马罗姆/瑟尼 (Komárom / Szőny)区划之内。

　　布里盖提奥定居点的结构和罗马潘诺尼亚行省其他军团总部——阿昆库姆 (Aquincum)、卡尔农图姆 (Carnuntum),或许也包括文多波那 (Vindobona)[2] 相似,都由三部分组成。第一是军团堡垒。布里盖提奥位于多瑙河与瓦赫河 (Vág)交汇处、罗马帝国河流边界之上,它于公元 1 世纪中叶成为罗马的军事基地。之后,在公元 1 世纪和 2 世纪之交,第一辅助军团 (*Legio I Adiutrix*)[3] 的第一座石堡建成,守卫着罗马帝国的边界。定居

---

　　① Bartus et al. 2018; Bartus, Borhy and Czajlik 2016; Borhy 2014 (列出了直到 2014 年的完整参考书目); Borhy et al. 2011; Borhy 2004a。
　　② 译者注:今维也纳。
　　③ 译者注:王以铸、崔妙因音译为"阿德优特里克斯第一军团"(塔西佗:《历史》2.43, 3.44 等)。

点的第二部分是所谓的"军城"（military town, *canabae*），这是一种在军事地区环绕军团堡垒形成的城镇式定居点，但没有市镇权（municipal rights）。最后，离这个军事建筑群两千五百米远的地方坐落着布里盖提奥的第三部分，民城（civil town），即民用定居点，它成为"市镇"（*municipium*）和"科洛尼亚"（*colonia*）[①]的时间相对较晚，即赛维鲁王朝晚期（公元3世纪前三分之一的末尾）。

与阿昆库姆和卡尔农图姆相比，对布里盖提奥的研究开始得比较晚。最早对这个区域和军团堡垒周边的考古挖掘是在20世纪20年代和30年代，由安德烈亚斯·奥尔弗尔迪（Andreas Alföldi）和拉斯洛·鲍尔科齐（László Barkóczi）负责，但因二战戛然而止。除去一些抢救性的挖掘，直到20世纪90年代在布里盖提奥都没有任何系统性的考古。1992年以来，位于布达佩斯的厄特沃什·罗兰大学（Eötvös Loránd University）的古典和罗马考古系以及科马罗姆市的克洛普卡·哲尔吉博物馆（Klapka György Museum）在布里盖提奥的考古挖掘一直没有中断。过去25年中，研究的焦点主要在民城，但近来启动了一些研究军团堡垒和军城规划布局的新项目。[②]

近几十年的发掘取得了一些突出的成果，主要来自民城。出

---

① 译者注：*colonia* 常被译为"移民地"，如穆启乐、张强、付永乐、王丽英（李维：《建城以来史》1.11）和王以铸、崔妙因（如塔西佗：《历史》1.65）。但在罗马帝国时代，*colonia* 指的是具有较高地位的城市，和移民之间的关系并不密切。

② Bartus, Borhy and Czajlik 2016; Bartus, Czajlik and Rupnik 2016; Bartus, Borhy and Számadó 2015.

土了数座由石头和土砖墙（adobe walls）建成的住宅①，有一些配备了地面和墙体的供暖系统（*hypocaustum*），另一些配有地窖。②在一间地窖中发现了大量物件，包括一项伪阿提卡式（pseudo-Attic）带护颊青铜骑士盔，上面文饰了罗马神祇、军事训练与胜利的象征性符号。③布里盖提奥出土的一件著名文物是刻有君士坦丁大帝和李锡尼所颁布律令的铜板，发现于 1930 年，地点是军团堡垒的"中营"（*principia*）④附近。最近，在同一地点，又出土了另一块类似的铜板残片，刻有阿拉伯人菲利普（Philippus Arabs）所颁布的律令。⑤

近两年，发掘的重心渐渐移向军城和军团堡垒的区域，成果同样显著。⑥

罗马艺术和文学典故

布里盖提奥至今共发现大约四百个石刻铭文，显示了这座罗马城市中铭文之风的兴盛。其中一篇铭文提到一位盖乌斯·尤利乌斯·坎狄狄阿努斯（Caius Iulius Candidianus），他去世时只

---

① Dobosi and Borhy 2011.

② Bartus et al. 2018, pp.63-66.

③ Bartus, Borhy and Számadó 2015, p.246, 图 7; Borhy 2016, pp.17-27; Bartus et al. 2018, p.70, 图 8。

④ 译者注：王以铸、崔妙因译为"本营"（塔西佗：《历史》1. 48）、"大本营"（《历史》3. 12-13），似不妥，因为 *principia* 是军营中间的一块广场，一般中设水井，周围环绕高级将官的营帐、会议室、神庙、旗库等。因此，它指的是军营的一部分，而不是整个军团驻扎地。刘君玲等译为"（将领的）帐"（奈波斯：《外族名将传·欧莫奈斯》7.2），在特定的语境中或许可以，但并非本义，而且帅帐有另外的词 *praetoria*。故试译为"中营"。

⑤ Borhy, Bartus and Számadó 2015.

⑥ Bartus et al. 2018, pp.68-79.

有 18 岁零 7 个月，但却"精于一切博雅之学"（in omnibus studiis liberalibus eruditus）① 布里盖提奥的居民是否都和他有同样的学养，我们不得而知，但凭着一些出土文物，我们可以对这个帝国东北边城居民的学问进行估判。比如，一个布里盖提奥出土的小银饰只有对照一则伊索寓言的两个版本才能理解。② 有一幅壁画，大概来自民城中心一座公共建筑，绘有异域动物皮毛和两名穿帕尔米拉式军装的叙利亚士兵，只有借助马尔提阿利斯（Martialis）的诗才可以阐明。其中一名士兵手托银盘，盘中的物品是马尔提阿利斯在《铭辞》（Epigrammata）第 13 卷第 19 首中提到过的青葱 ③："茂林深郁的阿利齐亚产葱佳妙：看那雪梗上碧绿的鬓发。"（Mittit praecipuos nemoralis Aricia porros: in niveo virides stipite cerne comas）诗中所指之物应当就是壁画中的物品，它们明显是马尔提阿利斯所写到的这种韭葱（porri capitati）。

民城中心一座私宅中被称为"宇宙拱顶"（cosmological vault）的结构，展现了一套复杂的时空象征体系：它通过一个制造幻觉的"天眼"（opaion，oculus）④ 来表现仙女座（Andromeda） 和飞马座（Pegasos）恒星星座，并用一种水平的穹顶来象征宇宙几个最高的区域，通过四季的拟人形象来表现永恒的时间轮回。要理解这个象征体系，只有参照西塞罗的《论神性》（De natura deorum），以及阿拉托斯 （Aratos） 和曼尼利乌斯 （Manilius） 的

---

① Borhy 2006, pp.41-42, 目录第 14 号。

② Vandlik 2005.

③ Borhy 2007, pp.263-265.

④ 译者注：opaion，oculus 指顶部的开口。与文章原作者的通信中，David Bartus 指出这个"天眼"的直径约为 150 厘米。

天文学作品。加沙的约翰（Ioannes Gazaeus）和印度海客科斯马斯（Cosmas Indicopleustes）等古代晚期作家对宇宙体系的描述也有助于理解这些图示。[1]

在罗马帝国的多瑙河边境（limes）地区也有希腊语、拉丁语诗歌流通。布里盖提奥[2]、阿昆库姆和潘诺尼亚其他城镇出土的一些玻璃饰品（gems）上刻有阿那克里翁体诗行（Anacreontic verse）：ΛΕΓΟΥCIN / AΘEΛΟΥCIN / ΛΕΓΕΤΩCAN/ OYMEΛI MOI / CYΦIΛI ME / CYNΦEPI COI（他们大嚼舌根，聒噪声冲破了帽子。我听不见他们的话。拥抱吧，感觉会很好）。

连一个装饰糕点用的陶模子上都有完美的哀歌双行：

Vitula, / [d]ulcis amor, / [se]mper suspiria / nostri.

Quod / peto, si dederis, / munera grata / dabo.

安德烈亚斯·奥尔弗尔迪和卡罗伊·凯雷尼（Károly Kerényi）的英译文如下："My little life, my sweet love, object of my sighings. If you would give me what I request, I'll give you such gifts, which will be lovely for you."（小心肝，甜美的爱，永远叹息的对象。若你给我我之所愿，我会给你你喜欢的礼物）[3]

无论在古罗马还是在现代，涂鸦、描画人像（或标注名字或不标名字），都是很常见的。比如，有一片20世纪的屋瓦上就画

---

① Borhy 2004b, pp.305-316.

② Szilágyi 2007, pp.74-78.

③ Alföldi 1945, p.66；译者注：英译文将 Vitula 译为"My little life"，文章的原作者支持这一译法。刘津瑜认为这个词也可能是位女子的名字。

了一个一柱擎天（ithyphallic）的男人，名叫"Miki"（等同于"Nick"），还提到了他爱人的名字"Erzsike"（等同于"Lizzy"）。回到罗马时代，古代最经常被"引用"的诗句是维吉尔《埃涅阿斯纪》的第一行，至少是其开篇的几个词，经常用手写体（cursive）刻划在没有烧制过的瓦片表面上，就为了把要背下来的东西默写出来。

布里盖提奥出土的瓦片和奥维德"肖像"

2015 年，在邻近布里盖提奥堡垒的地方要铺设一条光缆。开工之前，科马罗姆市的克洛普卡·哲尔吉博物馆进行了一次预防性发掘。之前的研究判定，这片地上有一些所谓的罗马庄园（villas），但是现在我们认为这一区域是环绕军团堡垒的军城的一部分。[①]虽然之前还在那里发现了一些坟墓，但这是因为罗马帝国晚期蛮族威胁日深，迫使罗马人遗弃军城，退回堡垒内部，将原来的军城用作墓地。

发掘没用多久，沿着光缆的预定线路挖了一条窄而浅的沟。最有意思的成果是发现了配备地面供暖的房屋的痕迹：出土了供暖系统的一些柱子和小片地面层部分。在出土的文物中有大量的罗马陶器，以及一些赤陶（terracotta）砖瓦，值得一提。然而，如果未曾发现一个特殊的物件，这次发掘工作几乎可以说价值不大。

这个物件是一片在绝大多数方面都很常规的罗马赤陶屋瓦，这些通称 tegula 的屋瓦，在每个罗马考古遗址都大量存在（图四）。

---

① Bartus, Czajlik and Rupnik 2016, p.216.

图四　布里盖提奥屋瓦，图片由达维德·鲍尔图什提供

在布里盖提奥，我们最近一次对军城的挖掘工作开始于 2014 年，至今发现了一千多块带印章的砖。几乎所有这些砖上都带有驻扎在附近军团堡垒的第一辅助军团的印章。[1]

　　这片 2015 年发现的屋瓦上刻绘有一个留着胡须的男子和一行铭文，很可能是在军团堡垒的砖窑里、入炉烧制之前，用一根简单的棍子划上去的。我们对这个瓦片的制造背景一无所知，但估计它原本是一片寻常的屋瓦，然而在画画、刻字之后，却从来没有被铺到屋顶上。图像上方钻有一个洞，可以为证，说明瓦片很可能给挂到了墙上。无论它曾装点上面提到的、有地暖系统的出

---

① 　Bartus, Borhy and Czajlik 2016, p.69.

图五　奥维德漫画像，图片由
达维德·鲍尔图什提供

土房屋，还是附近另外一座建筑，这都是一个非常特殊、不寻常的发现。

瓦片上的男子（图五）有一个很圆的头、卷曲的头发和胡子、粗密的眉毛。两眼小而圆，挤得过紧，鼻子笔直，嘴唇由两条水平的平行线构成，耳朵是短小的曲线，脖子极粗。事实上，如果没有下面的铭文，是不可能辨认出这个人是谁的。但很幸运的是，瓦片的制造者也想到了这个问题，把男子的名字题在画的下方：Ovidius Naso。名字以拉丁手写体写就（图六），是在画画之后刻上去的，从字母"A"的右端很明显可以看出来。总的来说，字母写得比较端正，这意味着，制作这张瓦片的士兵（或者说最有可能是士兵）画功虽然称不上高超，但还说得过去，会写字，还知道奥维德是谁。这些技能在帝国边境驻守军团堡垒的士兵中间并不易见。

关于这枚瓦片，我们确知的是，它是在当地制造的（它的成料中能看到当地标志性的石灰成分，可以作为佐证），制造日期估计是 2 或 3 世纪——在军团堡垒建成后，但在军城被遗弃前。

图六　铭文 OVIDIUS NASO，图片由达维德·鲍尔图什（Dávid Bartus）提供

它有些漫画式地呈现了奥维德。但画中的这个人胡子、头发乱蓬蓬，长得更像一个希腊哲学家，而不是那著名的奥古斯都时代的诗人：这幅画画的真是奥维德吗？或许我们的"艺术家"只是书读得太多了，想画被放逐后形影相吊的奥维德，但最大的可能是这并不是有意为之，他画了一个有胡子的男人，只是因为他能画有胡子的男人。

　　奥维德到底长什么样，我们完全无从得知，因为至今还没有发现任何真正的古代奥维德画像。有两个假肖像，一个是苏尔摩纳的一个石质头像[①]，由爱尔科莱·乔法诺（Ercole Ciofano）于1580年左右获得，它其实是一座15世纪雕像的残部。第二个影响更广，就是所谓的"奥维德金属牌"（medal of Ovid），由隆达

---

① 译者注：Sulmona，奥维德故乡现在的名字。

尼尼（Rondanini）于 17 世纪寻得。这块金属牌其实是由奥古斯都皇帝的朋友维狄乌斯·波利奥（Vedius Pollio）发行的一种造币，被人将原本的铭文 OUHIDIOS KAISAREON 改成了更有销路的 OUHIDIOS NASON[①]，鼻子也稍稍加长。[②] 几乎所有之后的奥维德肖像都以这枚硬币为范本，然而上面的肖像不是他的，而是维狄乌斯·波利奥的。18 和 19 世纪出版的奥维德诗集也使用这枚硬币作为肖像，或者印出一个有拉丁文铭文和一张笑脸的修改版，或者使用有希腊文铭文的"原版"假硬币。

潘诺尼亚屋瓦上的漫画

漫画式甚至奇异风格（grotesque）的画像在希腊和罗马艺术中很常见。大都会博物馆藏所谓的"卡波尼怪像"（Capponi grotesque）[③]，或者卢浮宫收藏的拳击手陶俑，都是很好的例子。但即便是在布里盖提奥，也有相似的人像。同样在 2015 年，我们发现了一个战车"架"（chariot mount），上面有一个漫画式的拳击手形象，和上面提到的卢浮宫的拳击手相似。[④] 另外还出土了一个理想化多于漫画式的日耳曼武士青铜雕像[⑤]，一些局部非常写实，尤其是它典型的日尔曼发型——"发结"。在德国出土的著名的"奥斯特比头颅"（Osterby-head）几乎完整保存了一位被埋葬的日耳

---

① 译者注：银币上的希腊铭文分别是"维狄乌斯"（OUHIDIOS=Vedius）和"皇帝的"（KAISAREON）之意。奥维德全名是 Publius Ovidius Naso，Naso 是"鼻子"的意思，因而会有鼻子加长之举。

② Kinney and Styron，年代不详。

③ Marabini Moevs 1996.

④ Bartus 2016, pp.163-164.

⑤ Juhász 2014.

曼武士的头发和发结，我们的青铜小雕像的发型与该头颅的发型几乎相同。

话题回到真正的漫画上，和我们的瓦片最类似的是庞贝房屋墙上的涂鸦，至今人们一共收集了数百幅图画和铭文，大多数是角斗士、运动员和其他普通人的像。这些都是墙上的题字和图画，但砖瓦上的呢？

即便幸好在潘诺尼亚也出土了一些带图画和字的砖瓦，但没有一个和布里盖提奥的奥维德屋瓦相似。在阿昆库姆有一块 4 世纪的瓦片上写着 ROMA（罗马），没有任何图画，估计是一个未完成的文字游戏。① 斯卡尔班提亚（Scarbantia）出土了一幅粗劣的古代晚期图画，可能是一幅古基督教绘画。② 在基什多罗格（Kisdorog）也出土了一块 4 世纪的瓦片，上面大概描绘了一个男基督徒，还有 ARSO 或 ARIO 的铭文。③ 在因特尔奇萨（Intercisa）发现了一块 4 世纪瓦片，画了一条狗和一个拿棕榈枝的女人，没有铭文题字。④ 在皮利什毛罗特（Pilismarót），一块 4 世纪的瓦片上则有一幅带有题字的动物画，画了一匹马，并附文字：Caballum Mariniano Ursicino Magistro。⑤ 另一块发现于阿昆库姆的瓦片和奥维德瓦片更加近似，因为它上面也描绘了一个历史人物——4 世

---

① Budai Balogh 2011.

② Gömöri 1986, p.365, Abb. 21.

③ Hainzmann and Visy 1991, 目录第 317 号。

④ Hainzmann and Visy 1991, 目录第 187 号。

⑤ Soproni 1986, Abb. 2；译者注：因为语境不明，所以该铭文的译法也不完全确定，比如，*Magistro* 可能是人名的一部分，但也可能指长官或教师。假如将其视为名字的一部分，则该铭文可译为："马给玛利尼亚努斯·乌尔西奇努斯·马吉斯特鲁斯。"文章原作者更倾向于认为 *magistro* 并非名字的一部分。

的一位罗马皇帝，很可能是君士坦丁大帝。[1] 因特尔奇萨出土的一块有三个男人形象的瓦片，其信息更加确凿，根据题字，画中人是戴克里先（Diocletianus）、马克西米安（Maximianus）和君士坦提乌斯（Constantius）。[2]

我们可以看到，著名历史人物的漫画并不是没有，但是非常罕见。对历史人物漫画式的描绘是存在的，但是我们的这块瓦片是唯一描绘一个罗马诗人并标出他身份的。但为什么是奥维德？最大的可能是画他并没有什么特别理由，或者可能还存在一系列类似的瓦片，上面有其他诗人的像。

奥维德和潘诺尼亚

奥维德和潘诺尼亚唯一的联系是奥维德墓的传说。我们连奥维德有没有墓都不清楚，但是如果有，最有可能是在现在的康斯坦察（Constanța）。然而在数个地方流传着数个传说，都是有人号称发现了奥维德墓[3]，其中一个地方就是位于匈牙利西部的一个叫萨瓦利亚（Savaria）的罗马城镇。[4] 这个起源于 16 世纪的传说说，奥维德于公元 17 年被解除流放，从托米斯启程回家，经过萨瓦利亚的时候突然死去。这个故事可以确定是假的，因为我们有很多关于奥维德流放的信息，但是没有关于他流放被解除的信息，而他如果确实被解除流放，对罗马人的重要性不会亚于他的流放。而且萨瓦利亚其实并不在托米斯到罗马的路上。但是，据这个传

---

①　Zsidi 2005.

②　Vágó and Bóna 1976, pp.184-185.

③　Trapp 1973; Taylor 2017, pp.34-35.

④　Tóth 1999.

说称，奥维德墓在 16 世纪初在萨瓦利亚被发现；甚至还有人从当地发表了一则伪造的墓志铭。

　　画这幅奥维德漫画的原因，和布里盖提奥这块屋瓦的具体用途，我们可能永远也不会知道，但作为古代唯一的奥维德像，它仍旧是一项非常重要、独特的发现（图七）。

图七　匈牙利艺术家 Frigyes Kőnig 的屋瓦素描

奥维德的图像：神话和诗歌的形式与变形 [1]

法蒂玛·迪亚兹 – 普拉塔斯，西班牙圣地亚哥德孔波斯特拉大学

（Fátima Díez-Platas, Universidad de Santiago de Compostela）

葛晓虎　译

　　几乎所有已出版的有关拉丁诗人普布利乌斯·奥维修斯·纳索的作品，都会在某种程度上，让人们对其展现的视觉艺术——尤其是书中插图——加以关注。[2] 不过，很显然，长诗《变形记》在图像的创作当中有着中心地位，而这些图像的创作也代表着一种变形，严格地来说，应该是一种"翻译"——把奥维德笔下偶发的造物翻译成不同的表达语言。而奥维德创作的史诗中所蕴含的故事、情节、壮举、逾矩、形式和色彩，无不使得视觉艺术创作者、音乐家和诗人的想象力得以迸发，并且以各式各样的面貌

---

① 本文为以下研究项目的阶段性成果："奥维德电子书库"*Biblioteca Digital Ovidiana*（以下简称为 BDO）：*ediciones ilustradas de Ovidio, siglos XV-XIX* (V): Las bibliotecas de las CC.AA. de Andalucía, Extremadura, Canarias, Ceuta y Melilla. (HAR2017-86876-P)。这一全球性的项目创建了一个专门致力于奥维德插图作品的大型网站，用以保存 15 世纪至 19 世纪间出版的、藏于西班牙所有图书馆的所有版本的资料和图像，网址为：http://www.ovidiuspictus.es/en/proyecto.php。这是同一名称下一系列研究项目的成果，这些项目 2007 年始于圣地亚哥德孔波斯特拉大学，由西班牙科学与技术部、科学与创新部资助。

② 在奥维德的作品中，就配图而言，除《变形记》之外，《拟情书》是中世纪以来最受欢迎的作品。Sixtus Riessinger 于 1474 年出版于那不勒斯的《拟情书》是奥维德作品插图版最早的印刷版（Mazal 2003, II, pp.377-378）。然而，16 世纪初以来，奥维德爱情诗、《岁时记》以及流放诗也都有插图版（见本文其后的讨论）。关于奥维德各作品插图的历史发展，见 Duplessis 1889; Essling 1907—1914; 以及 Sander 1942. 有关《拟情书》的版本和插图可参看 Brown 2009, pp.69-82。

植根于西方世界的想象之中。①

　　尽管如此，将诗歌内容转换成不同媒介的做法，并不能总是将语言和声音之类无实体的事物具象化。在 18 世纪的下半叶，奥地利作曲家卡尔·狄特斯·冯·迪特斯多夫（Carl Ditters von Dittersdorf，1739—1799）根据奥维德的《变形记》创作了十二首标题组曲的交响乐②，奥维德史诗中的部分内容融于音乐之中，如同文本中所呈现的那般转瞬而逝且述行而生，但又强烈地唤起其中的精神意向，然而这些意向比那些由根深蒂固的西方逻各斯本位（logocentric）传统产生的造物更加精神化。

　　即使是奥维德的"非描述性"诗歌——如果这一术语可以在某种程度上用在他所创作的哀歌作品上——也依然产生了一定的意象，虽然这些意象非比寻常且罕见，但是它们在拉丁诗人作品插图的传统中也是一类有趣的议题。③ 1511 年，威尼斯的印刷者与

---

　　①　关于奥维德《变形记》与视觉艺术，见：Llewellyn 1988, pp.157-166; Allen 2002, pp.336-368; Bull 2005, 以及 Barolsky 2014, pp.202-216。关于奥维德和图像这个主题，以下参考资料中包含精湛有益的讨论：Redford 2010, pp.23-26。

　　关于《变形记》的插图版及其传统，见 Duplessis 1926-1927, pp.53-144; Moss 1982; Amielle 1989; Huber-Rebenich 1990, pp.109-121; Huber-Rebenich 1992, pp.123-33; Guthmüller1997; Huber-Rebenich 1999; Saby 2000, pp.11-26; Huber-Rebenich 2001, pp.141-162; Díez-Platas 2003, I, pp.247-267; Huber-Rebenich, Lütkemeyer and Walter 2004 and 2014; Díez-Platas 2015, pp.115-135。除 *BDO* 之外，另一关于奥维德作品图像的网络项目为：*Ovid Illustrated: The Reception of Ovid's Metamorphoses in Image and Text*: http://ovid.lib.virginia.edu/about.html（2018 年 11 月 1 日查询）。

　　②　Oade 2014, pp.245-272.

　　③　自中世纪以来，大量的插图都被运用在了《变形记》的出版创作中，因而《拟情书》（*Heroides*）的相对较多的插图（参见本书 458 页脚注 2）以及和出现在 16 世纪初的其他奥维德作品的少数插图版本则是一个例外。BDO 网站上提供了这些版本的参考文献和图片概述：

（转下页）

编辑乔瓦尼·塔昆诺·迪·特里迪诺（Giovanni Tacuino di Tridino）
首次出版了《哀怨集》（*Tristia*）五卷，随书附有一篇来自曼图
亚（Mantua）的意大利人文主义者巴托洛缪·梅茹拉（Bartolomeo
Merula）所撰的评述。而且诚如标题所述，书中被饰以特别恰当
之图像（*aptissimis figuris*）①，五张同属一个系列的板印画被分别
置于五卷卷首。书中首卷的第一首哀歌的起首两行"小书啊，你
要离开我去都城了，我不羡慕，／唉，你的主人我却不被准许前

（接上页）《拟情书》：http://www.ovidiuspictus.es/listadoedicionesbusqueda.php?termino=4&i
m=1&il=1&lu=1&ob=2&x=26&y=33）；

《岁时记》：http://www.ovidiuspictus.es/listadoedicionesbusqueda.php?termino=4&im=1&il=1
&lu=1&ob=3&x=32&y=26；

爱情诗（《爱的艺术》《恋歌》《情伤疗方》）：http://www.ovidiuspictus.es/listadoediciones-
busqueda.php?termino=4&im=1&il=1&lu=1&ob=4&x=37&y=38；

以及流放诗（《哀怨集》《黑海书简》）：http://www.ovidiuspictus.es/listadoedicionesbusque-
da.php?termino=4&im=1&il=1&lu=1&ob=7&x=42&y=29；http://www.ovidiuspictus.es/listadoedicio-
nesbusqueda.php?termino=4&im=1&il=1&lu=1&ob=8&x=34&y=36. 2018 年 10 月 31 日查询

BDO 已经为插图版本及其副本制定了识别码，这些识别码将在网站上被运用，而从现在
起，我们在文献中引用插图版本也会采用这一识别码。长代码用于指代版本，即在某个特定
时间编辑的具有特定特征的作品类型，因此，它由作品名称和作品编辑／翻译者／评论者姓
名（如果是带有评注或注解版本或是翻译版本，就会标注相应信息）组成，然后是印刷者的
名称、印刷地点以及日期。这种识别码还有一个简短的版本，包括作品名称的缩写、印刷者
的名称、出版的简略地点和日期；这个简略的版本旨在提供单纯的编辑方面快速且相关的信
息，而不考虑编辑文本的相关信息。

① *P. Ouidii Nasonis Libri de tristibus cum lucu/lentissimis commentariis Reuerendissimi
do/mini Bartholomei Merulae apostolici pro/tonotarii [et] aliis additio[n]ibus nouis nuper/in
luce[m] emissis, aptissimisq[ue] figuris orna/ti: necnon castigatissima tabula que/omnia vocabula:
omnesq[ue] histori/as: [et] queq[ue] scitu dignissima [secundu]m/alphabeti ordinem diligentissi/
me complectitur.* 此版本的三份副本保存在慕尼黑的巴伐利亚州立图书馆（Bayerische
StaatsBibliothek Munchen），数字版本可以在巴伐利亚州立图书馆电子版查到：

http://mdz-nbn-resolving.de/urn:nbn:de:bvb:12-bsb10140348-3；

https://reader.digitale-sammlungen.de/resolve/display/bsb10195781.html；

https://reader.digitale-sammlungen.de/de/fs1/object/display/bsb10195789_00105.html.（2018
年 10 月 31 日查询）。

往！"（《哀怨集》1.1-2：*Parue—nec inuideo—sine me, liber, ibis in urbem:/ ei mihi, quod domino non licet ire tuo!*）正位于桂冠诗人（图八）的图画之下。在图中诗人正在同信使交谈，而正是这位信使即将携带诗人所撰之小书动身前往他朝思暮想的城市——罗马，这座城市在画面的背景中依稀可见，且已经标注了城市的名字。这本小书——这节诗歌的主人

图八　《哀怨集》1.1-2

公——寄托着诗人置身海的另一边的荒蛮之地上用岩石作为临时书桌所写下的忧思。奥维德诗中的自我似乎获得了物质性，而其情感也通过手势表露了出来，从而在人与物中获得具象化，这似乎在用有些笨拙的方式，试图将诗歌中最为深层次的东西用图像的形式加以转化。

　　这组图像旨在表现奥维德写下的情感最为充沛的诗歌，即流放中写下的诗句，也代表着一种尝试，借此通过诗中图像来投射出诗人的苦痛之感，并且利用第一人称的表述来引起他所致信之人的注意。[①]不过，这五张在 16 世纪上半叶威尼斯印刷出版环境

---

　　① 关于这个看法可参看 Díez-Platas and Meilán 2019, pp.253-267。

影响下，诞生于意大利的《哀怨集》中的独特板印画，并没有取得成功，在编辑出版界的影响也只是转瞬即逝。这可能是因为这些图画是在一部面向文人学者的精选之作当中，而这些文人学者只是专注于拉丁文本，并没有对奥维德诗句说明中有意义的内容有所要求。①

　　尽管这些最初的系列板印画中所体现的奥维德诗歌中的图像②，只是拉丁文版本作品中无关宏旨的"配菜"而已，而且这些图画尚且缺乏之后作为与渊博的注疏等量齐观的宝贵信息而存在的地位③，但是，他们提供了能够反思那些存疑且多面的问题的机会：如何才能忠实地阐释诗歌？诗人的话语所创造出的意象，如何被赋予不同的形象？视觉图像能否真正成为诗歌表现的新形态？为诗配图到底意味着什么？

---

① 《哀怨集》只有四个版本有这样的插图：两个带评述的威尼斯版本，由塔昆诺（T.Tacuino.Ven.1511; T.Tacuino.Ven.1524）出版，外加一个类似的版本（T.s.i.s.l.s.a.），该版本缺少日期、印刷者和印刷地点，但似乎也是塔昆诺出版社的作品。几年后，也就是1526年，在图斯库鲁姆（Tusculum，又译作图斯卡仑），亚历山大·帕格尼尼（Alexander Paganini）再次编辑出版了文本和评论，该版本的配图是一系列质量非常差的原始板印画（T.Paganini. Tusc.1526）的较小副本。关于这一系列和这个稍晚版本的可能日期可参看：Essling 1907—1914, 2.1, pp.220-222。

② 除了上述提到的《哀怨集》版本外，在16世纪初，乔瓦尼·塔昆诺（Giovanni Tacuino）开始出版一系列带插图的奥维德其他作品的拉丁版本，并配以评述：*Heroides* (H.Tacuino.Ven.1501): Essling, 1907—1914, 2.2, pp.438-439; *Fasti* (F.Tacuino.Ven.1505): Essling 1907—1914, 2.2, pp.420-423; *De Arte Amandi et De Remedia Amoris Ars* (AA.Tacuino.Ven.1509): Essling 1907—1914, 2.1, pp.189-191. 其中一些颇为成功，并被重新编辑和转载了数次。有关威尼斯版本，也可参见 Sander 1942, II, pp.897-915。这些版本的数字化副本可从 http://www.ovidiuspictus. es/listadoediciones.php 获得（查询日期：2018年10月31日）。

③ 有关《变形记》拉丁版本插图可参看：Díez-Platas 2019, pp.211-222。

于诸多形态之下：奥维德素材以及对《变形记》的图解

奥维德的接受史或可被视作一系列个体的变形，

不仅仅是奥维德杰作本身的变形，

也是其间所有艺术家作品的变形，

正是这些艺术家协助塑造了我们自己对于奥维德诗作的观念，

——他们是艺术家、作曲家、小说家以及诗人。①

　　在奥维德作品被接受的数个世纪中，奥维德的《变形记》被认为不仅是一部单纯的文学作品，也不仅是一部诗作。它的声名和作用使得它既是一本古代文明的导览手册、一部神话学的学术指南，又是一部集科学性与哲学性于一体的百科全书②，从而成了"诗人们的圣经"（*Bible of the poets*）③，更是艺术家的文艺复兴手册。④可能是因为其作品长度以及创作特点，这部史诗文本得以被人们视作为一件容器，这件容器包含着整首诗歌所体现出的神话信息，而

---

①　Brown 2002, p.12.

②　关于奥维德作品在中世纪的具体价值，见 Hexter 2002, pp.413-442。关于将《变形记》作为一种病原学、百科以及科学的概要，见 Myers 1994。

③　"诗人们的圣经"（*Bible des poètes*）第一次出现在安托万·维拉尔（Antoine Verard）于 1493 年出版的巴黎插图版的扉页上，其中包含了科拉尔·曼逊（Colard Mansion）于 1484 年在布鲁日出版的《寓言版奥维德》中的散文版的文本。这些版本可见 Moisan and Vervacke 2003, pp.217-237 以及 Viel 2004, pp.25-44。

④　在 16 世纪，《变形记》的插图版（*Aetas Metamorphoseos*）是艺术家的神话和肖像手册，正如 1595 年在安特卫普（Antwerp）出版的西班牙版（M.Bellero.Amb.1595）所述，其标题为：*Las transformaciones de Ovidio en lengua española, repartidas en quinze libros con las Allegorias al fin dellos, y sus figuras, **para provecho de los Artífices***。关于这个版本，见 Díez-Platas 2018, pp.55-72。此版本的数字化副本可见 BDO：http://www.ovidiuspictus.es/listadoejemplares.php?de=edicion&clave=142（查询日期：2018 年 10 月 31 日）。

这信息未曾断绝。[1] 尽管如此（或许也正因为如此），自从《变形记》进入被编辑的生涯伊始，这部作品便是被当作一副为了便于消化和理解而有待分解的躯体。因而，在作品被接受的过程中，作品的原始文本已经被细化分解成了诸多整体、叙事、诠解、梗概以及评述。[2] 此外，诚如 H·卡兹（H. Cazes）所言，对于《变形记》而言，一直存在一种趋势，这种趋势将单一性融入多重性之中[3]，这样的话，单一的诗歌就会被简化为具体的情节、时刻以及形象。[4]

　　因而，奥维德的作品，在经历了作品自身的变形之后，实际上就被转变成 L. 博尔佐尼（L. Bolzoni）所认为的书之丰饶角（cornucopia）[5]，成了一座庞大的档案馆，由物质世界、人类历史、古代文明和神话传说中的知识所形成的成百上千件独立的元素都会在这其中存放并排序。[6] 另一方面，《变形记》在一定程度上也变成了一个刻意对内容与意义加以扩充的集合体，而非只是一篇固化的文本，它将新元素并入其中，并且其自身也可以被从不同的角度加以审视和诠释。最后，伟大的奥维德（Ovidius maior）的杰作，与自己的创作者相等同之时，便经历了决定性的转变，这也让诗人以奥维德之名留名于世。这对于卡斯蒂利亚的国王阿方索十世而言，确实是一个真理，他在其普世史作品中，阐述了自己对于古典作家的见解（General Estoria I, 1: 315）：

---

① 关于这一观点，见 Barchiesi 2002, pp.180-199。

② 可参看 Hexter 2002, p.431（脚注 37），列有参考资料。

③ Cazes 2003, pp.263-264.

④ 可参看 Barchiesi's "Story and narrative"（2002, pp.186-187）。

⑤ Bolzoni 2001, p.219.

⑥ 关于《变形记》《拟情书》和爱情诗的价值，结合神话和古代地理的数据和知识，Hexter 2002, pp.430-431，以及脚注 37 所列 Coulson 的著作。

　　那些异教徒作者们都十分博学，并且会论及伟大的事物，在诸多场合中运用人物形象和妙语寓言，就像我们神圣教会的经文那般：相较于其他作者，奥维德在其大作中，讲述了异教徒们的神学观念，而非其他的问题。伟大的奥维德的作品可谓神学集大成之作，又或者可称之为异教徒的圣经。

　　在中世纪，人们根据诗作具有的知识和功能，从不同的角度对其进行了解读。用赫克斯特（Hexter）的话来说，奥维德在诗中所展示的知识，只是"在奥维德时代，每个受过教育的人都会知道的东西"[①]，但在中世纪，诗中所包含的信息，连同所有通过注解、评述和诠释而增加的内容，都被认为是罕见且珍贵的学识之源，这就将《变形记》变成了一部非同寻常且形态多样的作品。

　　此外，以插图为形式的视觉形象也被融入到这部诗歌的"变形"之途当中，并且至少从公元 11 世纪起[②]，作为文本的图像对应物，插图就已经在某种程度上被赋予了文本的复制品的效用。11世纪也是目前《变形记》最古老的配图抄本出现的时间，即那部被称为《那不勒斯的奥维德》（*Neapolitan Ovid*）的作品。[③] 正如我在其他地方所提出的，可以这么说，奥维德作品的插图通常通过与

---

　　① 　Hexter 2002, p.425.

　　② 　大约有三十份《变形记》彩绘抄本，可追溯到公元 11 世纪至 15 世纪，从图像学的角度来看，这些抄本至今还没有被彻底研究过。有关中世纪《变形记》的插图，参见 Orofino 1995, pp.189-208; Buonocuore 1996; Lord 2011, pp.257-283。

　　③ 　那不勒斯维托里奥·埃马努埃莱三世国家图书馆（Biblioteca Nazionale Vittorio Emanuele III）Ms. F IV 3 (from now on BNN F IV 3)。

　　这份约 1071 年刊行的抄本可能是在巴里（Bari）详细写就的。这个插图版包括 65 页插图，其中有 113 幅微型画。原稿见 Cavallo, Fedeli, and Papponetti 1998; 关于人物图像装饰，参看 Orofino 1993, pp. 5-18, 以及 Orofino 1998, pp.103-109; Lord 2011, pp.257-283。

文本和读者的知识建立有意义的关系，来充分响应诗歌的变化，因而随着时间的推移，伴随着许多不同版本的《变形记》，这些组图都反映出每个特定时间诗歌被赋予的价值。[1]

因此，在 11 世纪的时候，随着这部诗的初次面世，相关抄本中的图像似乎也是一个早期的尝试，试图在那个特定时刻讲述奥维德诗歌的价值和意义。奥维德作品最早的配图本，其视觉装饰沿着抄本边缘延伸布局，并构成彩色图样的多样化组合，图样囊括了动物、植物、混交生物（其中的一些还具有着明显的东方风格[2]）以及似乎是各卷开头几个故事叙事场景的组图，它们反映的是文本几个摘选故事的内容。[3] 在书页边缘所能读到的诗歌之"想象版本"，不仅能够与正文、诗句首字母和装饰性大写字母的色彩互动，构成不同寻常的页面布局，而且似乎在建议对内容的一种诠释，这种诠释源自通过阅读和思考文本带来的"消化"。

在公元 11 世纪与 13 世纪间[4]出版的首批配图抄本的页边所装饰的动植物图像，开创了一种对奥维德作品内容加以图解的途径，这种图解聚焦于单独个体，试图对诗中的角色进行视觉上的塑造。一头嬉戏的母牛[5]（图九）、一匹形单影只嚎叫的狼[6]（图

---

[1]　Díez-Platas 2015, p.116.

[2]　关于斯芬克斯和抄本中的其他混合形象：Orofino 1993, p.14。

[3]　Orofino 1993, pp. 5-9, 以及 Lord 2011, pp.259-261。

[4]　除了"那不勒斯的奥维德"，还有另外两本写于 11 世纪至 13 世纪的抄本，其特征是与诗的内容相关的缩影：Biblioteca Apostolica Vaticana, Vat. lat. 1596（以下缩写为 BAV, Vat. lat. 1596）。在 12 世纪末，这本诗的前三卷只有 11 页是用第 14 幅微缩画来装饰的；13 世纪的切塞纳马拉泰斯塔图书馆（Cesena, Biblioteca Malatestiana）S. I. 5（以下缩写为 BMC S.I.5），只有 5 页是用 7 幅微缩画来配图的。

[5]　BNN F IV 3, fol. 15v.

[6]　BAV, Vat. lat. 1596, fol. 4r.

图九　嬉戏的母牛（BNN F IV 3, fol. 15v）

十）、一株遗世独立的树 ①（图十一）可以被很轻易地解读为是伊娥（Io）、莱卡翁（Lycaon，又译作吕卡翁）和达芙妮（Daphne）变形后的模样，这些配图都附在了描述他们各自悲剧的诗句旁。不过，在相同的抄本中，也有交替出现的个体形象，或成群出现（多数情况下是结对出现）的形象，这些形象或单薄地表现了某个描述的场景，或反映了在不同叙述情节中人物所做的行为。因此，在展示诛杀百眼巨人的场景中 ②，墨丘利（Mercury）与阿耳戈斯（Argus）的组图略去了《变形记》1. 688-721 中朱庇特（Jupiter）对伊娥示爱的整个故事、伊娥的变形以及朱诺的干预，而最后一则例子则是反映阿克特翁（Actaeon）及其变形的悲剧故事（《变

---

①　BAV, Vat. lat. 1596, fol. 7v.

②　BAV, Vat. lat. 1596, fol. 10r.（Orofino 1993, p.15, 图 20）。

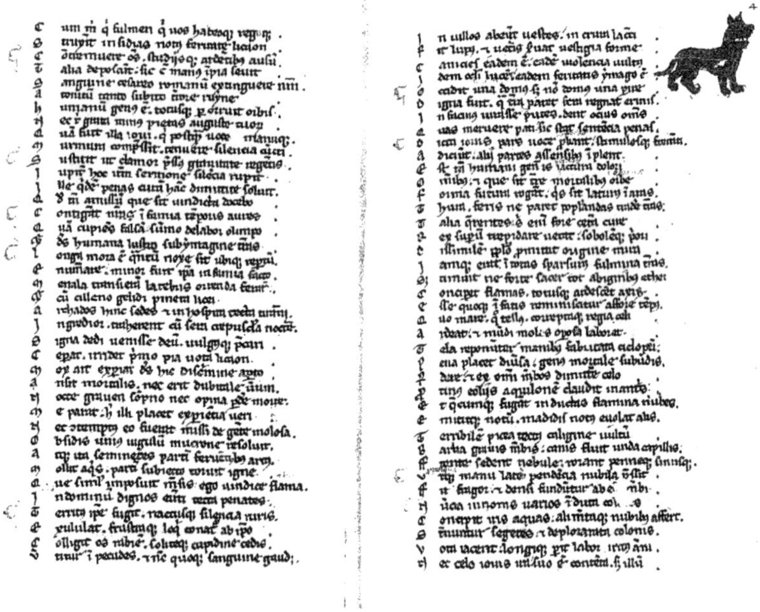

图十　嚎叫着的狼（BAV, Vat. lat. 1596, fol. 4r）

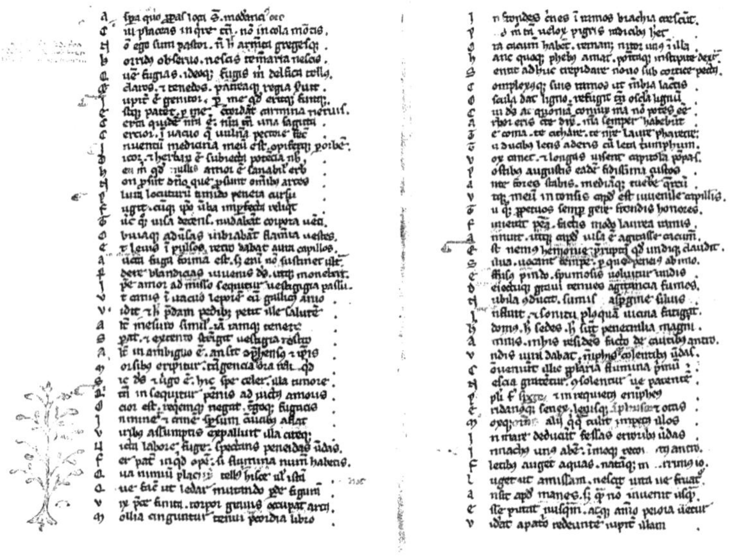

图十一　遗世独立的树（BAV, Vat. lat. 1596, fol. 7v）

形记》3.205-252），反映这个故事的群像图中描绘了一头牡鹿被群狗追击的场景。①

在一本鲜有研究的 13 世纪切塞纳（Cesena）抄本中②，奥维德《变形记》第 4 卷和第 5 卷（4.668-764; 5.1-235）中讲述安德罗墨达（Andromeda）和珀耳修斯（Perseus）之间完整故事的配图被放在了连续两页的页边处③（图十二）。在第一幅当中，我们看到了犯错的母亲卡西奥佩娅（Cassiopeia）和因此受罚的女儿安德罗墨达的单独形象，而在下面的图像中，我们可以看到珀耳修斯与海怪（海怪采用了经典的有翼飞龙的形象）搏斗的两组图片，以及反映这对幸福的夫妻坠入爱河、婚姻美满的图片。不过，在图像中所有角色的脸上和身体上都会标有一些红点，这些红点则表示了组成与这些角色相关联的星座的星星：因此，无论是故事中的角色还是简短的叙事形象片段，都似乎是一种象征，象征着诗歌内容和天文知识之间的关系。

很显然，《变形记》的首个中世纪配图中所表现出的形象案例，都是对诗歌正文的视觉解读，显示对复杂文本的不同诠解。这些图像从起源释因意义上将文本解释为变形和转化过程中所产生的自然现象和人物的汇编，从而把奥维德作品的内容呈现为一部百科全书，这也借鉴了之前以及那个时代的百科全书、动物寓言集、植物标本集和诸如富有影响力的《天文诗》（*Aratea*）④之类的

---

① BAV, Vat. lat. 1596, fol. 25 r.（Orofino 1993, p.10; Lord 2011, p. 261, 图 12.3）。

② BMC S.I.5: Mattia 1990-1991, pp.63-72.

③ BMC S.I.5, fols. 34v-35r.

④ Orofino 1993, p.10.

图十二　安德罗墨达和珀耳修斯（BMC S.I.5, fols. 34v-35r）

天文文献的特点和信息。中世纪的彩绘《变形记》已经将其转变为一部与自然世界截然不同的百科全书，在这其中，题引（ *lemma* ）便是图解，而解释性的条目则是旁边的诗句。

　　然而，中世纪《变形记》配图抄本中插图的初期发展，提出了两种不同的图片表现模式，来表达对诗歌内容的反馈类型，以表明奥维德作品文本的价值或特征：一个是对故事进行缩写，将其简化还原为一个单一但特征鲜明且可辨认的形象，并且与故事完全相关，而且能够传达整个故事的寓意；另一个则是通过叙事场景的发展，追求运用姿态与姿势来展现行动并捕捉时间和空间，从而展现错综复杂的故事。

　　因此，这部诗歌的 14 世纪与 15 世纪拉丁文抄本版本，产生于新兴大学的环境之中，旨在用于学术用途，遵循了早期抄本中插图的习得传统，同时也包含了一些揭示对诗歌和文本不同反馈的图像。①

这组经过精心打造的装饰抄本，只是在华丽的首字母内部进行装饰，将表现信息限制在了字母的内部空间中，并将图像融合进了字母中。② 跪在地上、蒙着双眼的法厄同（Phaeton）面对着太阳，而太阳也将手臂放在了他的前额；③ 或者是赫拉克勒斯掰断了以公牛的形态现身的阿刻罗俄斯（Acheloos）河神的角（图十三）象征着相关情节的汇总，揭示了相关细节的丰富涵义④，而在这其中也体现了奥维德所撰故事的易理解性和可辨识性。

尽管如此，在 14 世纪的时候，随着《变形记》本身经历巨大的变化，奥维德作品相关的叙事插图也得到了显著的发展，而这种变化将奥维德的作品转化为《寓意版奥维德》（Ovide moralisé）。⑤

①　Lord 2011, pp.279-282.

②　在 14 世纪和 15 世纪，意大利北部学术环境中的 20 多本《变形记》拉丁抄本在 15 个大写首字母内有两种装饰形式，诗的每一卷用一种：一方面，这个简化的组合展示了与每本书内容相关的神话形象的尝试；另一方面，这 15 个首字母包含了各种各样的人物，男性和女性，可以解释为学者、学生或诗歌读者的形象，也可以解释为诗人的形象，其中奥维德本人的形象是以作者和大学教授的身份出现的。第一组有三本 14 世纪的高质抄本：佛罗伦萨劳楞佐图书馆（Biblioteca Medicea Laurenziana）Plut. 36.8（以下简写为 BML, Plut. 36.8）；威尼斯圣马可国家图书馆（Venezia, Biblioteca Nazionale）Zan. Lat. 499a（以下简写为 BNM, Zan. Lat. 499a）；德累斯顿萨克森州立和大学图书馆（Sächsische Landesbibliothek-Staats-und Universitätsbibliothek）Ms. Dc. 144（以下简写为 SLUB, Dc. 144）。关于 BML, Plut. 36.8 and BNM, Zan. Lat. 499a 的装饰，可见 Mattia 1990-1991 和 Lord 2011, pp.279-280 以及 Fátima Díez-Platas 和 Brianda Otero 即将发表的文章。

③　BML, Plut. 36.8, fol.

④　SLUB, Dc. 144, fol. 79r，关于这一幅，Fátima Díez-Platas 和 Brianda Otero 正在撰写一篇文章。

⑤　近来关于《寓意版奥维德》（译者注：又译作《洁本奥维德》）的概述，可见 Pairet 2011, pp.83-107。关于插图和插图抄本研究项目，见 Possamai and Besseyre 2015, pp.13-19。

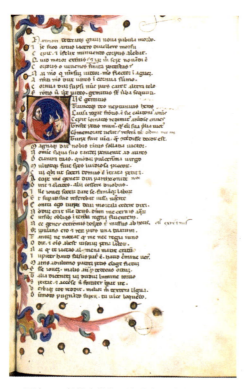

图十三　赫拉克勒斯掰断化身公牛的阿刻罗俄斯河神的角（SLUB, Dc. 144, fol. 79r）

诗歌的变形是一个双重的转化，这就需要两种类型或是两个层次的文本翻译（严格意义上的翻译）：首先，将拉丁原文翻译成地方语言（a vernacular language）；其次，将诗作的内容翻译成说教化与寓言化的表述。而这两者都意味着图像相应的变化，这就导致了图像运用的激增。这些说教化的文本将奥维德作品的内容转化为具体人物和故事的案例汇编，

这些案例都是被基督教化的，而且与同样被说教化的《圣经》密切相关，促进了对奥维德作品中故事和人物加以转变的完整图集的创作。① 不过，这一过程对于对诗人的认知与传播都有着显而

---

① 从 14 世纪初到 15 世纪末，共有 16 本《寓意版奥维德》的精装抄本，不仅如此，4 本以上的散文版本，都是在 15 世纪最后四分之一时期创作的；现存的抄本中只有 5 本具有大量的微型画：鲁昂市立图书馆 Rouen, Bibliothèque municipal, MS 0.4（1044）（下文简称为 BMR, 0.4 [1044]），1309—1325 年刊行，有 453 幅微画；巴黎：法兰西国家图书馆（Bibliothèque nationale de France），MS Arsenal 5069（下文简称为 BnF, Arsenal 5069），刊行于 1325—1340 年，有 305 幅微型画；里昂市立图书馆（Bibliothèque municipale）MS 742（下文简称为 BML, 742），刊行于 1385—1390 年，有 57 幅微型画；哥本哈根：丹麦皇家图书馆（Copenhaguen, Kongelige Bibliotek）Thott 399（下文简称为 KB, Thott 399），刊行于 1480 年，有 49 幅微型画；Paris, BnF, fonds français. 137（下文简写为 Bnf, fr. 137），刊行于 1480 年，（转下页）

易见的益处；相应地，诗作本身也获得了奥维德以外的输入、一些相互重叠的补充和寓言性的喻意，所有这些都长久地与奥维德的作品相连，并且为神话的认知提供了不同的视角。内容的扩展丰富[1]，其过程导致了图像的丰富，将叙事手段作为媒介，用来解释文本所具有的诠释性与指导性价值：鲁昂（Rouen）抄本[2]中的九幅微型画详实地展示了皮拉摩斯（Pyramus）和提斯比（Thisbe）的故事，这可以作为一种意愿的象征，这种意愿是几乎忠实地来转译这对恋人间复杂、悲惨且完全符合奥维德式的故事。毫无疑问，正是对道德训诫所带来的转变的深刻反馈，使得奥维德作品中插图的历史值得讲述，而且，这还使得《变形记》中神话故事的第一套叙事图景得以完成，它旨在创造奥维德作品场景的图像传统。[3]

文本自身的丰富发展也就包含了图像的反馈，因此，为这些插图文本所创建的图片集，最终收录了 400 多幅插图，其中除了圣经图像之外，还可以找到一整套在当代的外衣下对情节、时刻以及人物的刻画。[4] 当拉丁诗歌被译成法语诗歌，而奥维德的故

（接上页）有 119 幅微型画。关于《寓意版奥维德》抄本的插图，可以参看 Lord 2011, pp.261-270，然而，它只考虑了 5 本插图抄本；关于韵文版精选抄本的插图，参见 Lord 1975, pp.161-175; Blumenfeld-Kosinski 2002, pp.71-82; Drobinsky 2009, pp.223-238。也可参考 M. Cavagna, S. Cerrito, F. Clier-Colombani, I. Fabry-Tehranchi, W. Göbbels at Les *Archives de littérature du Moyen Âge (ARLIMA*, http://www.arlima.net/index.html）（查询日期：2018 年 11 月 1 日）。

[1]　关于这一点，见 Pairet 2011, p.93.

[2]　BMR, 0.4 (1044), fols. 91r, 92r, 92v, 93r, 94r, 94v, 95r, 95v, 96v。这些微型画可见沃尔堡研究院（Warburg Institute）网页：https://iconographic.warburg.sas.ac.uk/vpc/VPC_search/subcats.php?cat_1=8&cat_2=16&cat_3=1524&cat_4=2079&cat_5=2852（查询日期：2018 年 11 月 1 日）。

[3]　Díez-Platas 2015, p.117ff.; Díez-Platas and Meilán Jácome 2016, pp.275-283.

[4]　《寓意版奥维德》中最古老的两部抄本展示了一组丰富的图像，包括几个宗教和寓言场景：BMR, 0.4 (1044) 和 BnF, Arsenal 5069（见第 468 页脚注 1）。

事也通过道德教化的过程，融入了新的寓言意义，正是通过这些图像，使得古代的神祇、英雄和凡人都获得了新的面孔，他们被转换成了国王与王后、僧侣、教士、骑士和淑女们，被视作同时也被表现为中世纪背景下的人物。[①] 奥维德作品的翻译和寓言化过程，旨在拉近诗歌的知识与指导价值同读者的距离，从而将古典诗歌从修道院和学院的环境中抽离出来，以便让贵族能够有机会阅读；也让识字的人有机会接触到，尽管这种机会比较零星。[②] 从这个意义上来说，这些插图所包含的寓言内容，形成了一种装扮，这种装扮包含在《变形记》中围绕着人物角色的世界之中，帮助奥维德的作品实现语境化，从而最终将他和他的诗歌转化为中世纪的事物。

在这种装扮与变形之下，奥维德作品流传到了印刷时代，彼时，说教化的文本仍然是最重要的传播神话内容的手段，而随着时间的推移，本文也产生了新的语境化的问题。在这一过程中，神话中的情节被重新修饰了一番，以保持与时俱进，而这些图像也用来配饰最早出版的古版书（ incunabula ）：1484 年科拉尔·曼逊（ Colard Mansion house ）于布鲁日（ Bruges ）出版的散文版《寓

---

① 这一过程的一个重要部分是《教化版奥维德》（ Ovidius Moralizatus ），即皮埃尔·贝绪尔（ Pierre Bersuire ）所著的百科全书（ Reductorium morale ）的第 15 章。拉丁语文本存在于 60 多个抄本中，其中只有 7 个有配图装饰。贝绪尔作品的插图，见 Lord 1995, pp.1-11 （在本论文出版之时，作者只知道有 3 本配图装饰的抄本） 和 Trapp 1995, pp.252-278; Lord 2011, pp.270-275; Blume 2014, pp.183-212。最新研究可参看 Maclaughlin 2017。

② 这一转变的一个标志是 Arrigo Simintendi da Prato 的方言版，约 1333 年出版。这本意大利语版本翻译自 19 个抄本，其中只有一本是有插图装饰的：佛罗伦萨国立中央图书馆（ Florence, Biblioteca Nazionale Centrale ） Panciatichi Ms. 63 （以下简写为 BNC, Panc. 63）。它有 70 多幅微缩画，大多数都是边角装饰，所有的角色都被贴上了标签。关于这一重要的意大利抄本，见 Mattia 1996-1997, pp.45-54; Lord 2011, pp.270-275; Blume 2014, pp.183-212。

意版奥维德》（*Ovide moralisé*）①、1497 年在威尼斯出版的《意大利语奥维德变形记》（*Ovidio Metamorphoseos vulgare*），该版本还包含了乔瓦尼·代·邦西尼奥里所撰的 13 世纪的寓言化文本②，譬如将赫拉克勒斯变成了一位顶盔贯甲的骑士③（图十四之一及二）；将阿尔克墨涅（Alcmene）以及她历经艰辛产下巨大的婴儿（英雄赫拉克勒斯）的卧室④，变成了 15 世纪威尼斯样式的内室，而阿尔克墨涅本人也在助产士和仆人的簇拥下进行着分娩（图十五）。

因此，在将奥维德作品具象化的过程中，插图发展出了一系列比喻性、叙事性和指示性的策略，以呈现和转换《变形记》中的内容，然而，这些图像不得不面对诗歌所带来的最为复杂的问题，即诗独有的深刻特点：变形。如果不能表现出诗句中最为频繁的动作，那么诗歌的图像副本不仅是不完整的，而且是完全扁平化的，同时也失去了奥维德诗歌的脉搏，即诗中所隐藏的生命感。因此，图像接受了自己的使命，同时也敢于探索新的形式，试图给变形带来形态表现。

塑造《变形记》：时间、动态与变化的挑战

奥维德《变形记》1.548-556 写道：

---

① 参看 Duplessis 1889, p.4, nº5；Henkel 1922；Henkel 1926—1927, pp.61-64。

② 关于奥维德作品的第一个威尼斯版插图古版书，见 Duplessis 1889, pp.5-6, nº 9；Henkel, 1926—1927, pp.65-68；Guthmüller 1981；Huber-Rebenich 1995, pp.48-57；Blattner 1998；Huber-Rebenich 2002。

③ M.Colard.Bru.1484, illustration book 9.

④ M.Bonsignori.Rosso.Ven.1497, fol. LXXVIv.

图十四之一　赫拉克勒斯（M.Colard.Bru.1484, illustration book 9）

图十四之二　赫拉克勒斯

图十五之一　阿尔克墨涅生产
（M.Bonsignori.Rosso.Ven.1497,
fol. LXXVIv 全页）

图十五之二　阿尔克墨涅生产（M.Bonsignori.Rosso.Ven.1497, fol. LXXVIv 插图部分）

Vix prece finita torpor gravis occupat artus:

mollia cinguntur tenui praecordia libro,

in frondem crines, in ramos bracchia crescunt;

pes modo tam velox pigris radicibus haeret,

ora cacumen habet: remanet nitor unus in illa.

Hanc quoque Phoebus amat positaque in stipite dextra

sentit adhuc trepidare novo sub cortice pectus

conplexusque suis ramos ut membra lacertis

oscula dat ligno; refugit tamen oscula lignum.

她的心愿还没有说完，便忽然感觉双腿麻木而沉重，

她柔软的胸部箍上了一层薄薄的树皮，

她的头发变成了树叶，两臂变成了枝干，

她的脚不久之前还在飞奔，如今牢牢扎根，动弹不得，

她的头变成了茂密的树梢，徒留动人的风姿，

即使如此，阿波罗依然爱她，他用右手抚摸树干，

觉到她的心还在新生的树皮下跳动，

他抱住树枝，像抱住身体一般，

他用嘴吻着树，但是树退缩着不让他亲吻。

16 世纪西班牙诗人加尔西拉索·德·拉·维加（Garcilaso de la Vega），《十四行诗》（*Sonetos*）第 13 篇的原文、英译文 [1] 及中译

---

① 英文译文见 Dent-Young 2009, p.38。

文如下：

A Dafne ya los brazos le crecían,

y en luengos ramos vueltos se mostraban;

en verdes hojas vi que se tornaban

los cabellos que el oro escurecían.

De áspera corteza se cubrían

los tiernos miembros, que aún bullendo estaban:

los blancos pies en tierra se hincaban,

y en torcidas raíces se volvían.

Aquel que fue la causa de tal daño,

a fuerza de llorar, crecer hacía

este árbol que con lágrimas regaba.

¡Oh miserable estado! ¡oh mal tamaño!

¡Que con llorarla crezca cada día

la causa y la razón porque lloraba!

Daphne's arms were growing:

now they were seen taking on the appearance of slim branches;

those tresses, which discountenanced gold's brightness,

were, as I watched, turning to leaves of green;

the delicate limbs still quivering with life

became scarfed over with a rough skin of bark,

the white feet to the ground were firmly stuck,

changed into twisted roots, which gripped the earth.

He who was the cause of this great evil

so wildly wept the tree began to grow,

because with his tears he watered it himself.

O wretched state, o monumental ill,

that the tears he weeps should cause each day to grow

that which is cause and motive for his grief

达芙妮的臂膀在变长：

如今可以看到细嫩的枝条在生长；

我看到那令黄金都失色的

秀发，正在变成翠叶；

粗糙的树皮在覆盖

柔嫩的肢体，它们依然在颤抖：

洁白的双脚紧紧贴地，

化作交织盘绕的树根。

身为大恶始作俑者的他，

号啕大哭，树开始成长，

因了他泪水的浇灌。

啊，这可悲的情状！啊，这巨大的罪恶！

随着他的眼泪，日复一日

他落泪的缘起与理由会增长！

在加尔西拉索·德·拉·维加的十四行诗中，或许，奥维德描写达芙妮变形为月桂树的诗句，并没有得到更为贴切的"翻译"。这个版本的情节所进行的逐字转换——尽管受到了西班牙语倾向于迂回表达的语言限制——做到了保持拉丁文的简洁（brevitas），该版本也通过运用动词时态来展示变形的过程，在一定程度上增加了对变形的直观化表述。

　　然而，为了理解这些细微差别并且能够对版本进行比较，拥有西班牙语的语言能力是必要的。因此，我们或许会同意，没有比洛伦佐·贝尼尼（Lorenzo Bernini）创作的雕塑杰作，更能够传达奥维德作品中有关达芙妮变形过程表述的"普适翻译"了（图十六）。无论我们对拉丁文的了解程度如何，或者我们对奥维德诗句的认知程度如何，这个惊人的艺术作品成功地克服了雕塑所受的限制，即时间与动态方面的障碍，使得对变形确切过程的幻觉具象化。就其本身而

图十六　《阿波罗与达芙妮》贝尼尼

言，贝尼尼的作品与其说是奥维德文本的图解或是奥维德作品引申的图像，不如说它是奥维德所想表达的图景。[①] 它无疑完成了一个独特的任务：不仅赋予了神话故事的细节以不同的形式，而且还以不同的形式体现奥维德作品通过变形所表达的意图。具体地来说，贝尼尼的杰作实现了诗歌内容从一种媒介（文本）到另一种媒介（视觉图像）的转换：这是两种不同的语言，彼此间具有不同的边界范围与可能性，这在很久以前就已经经过了讨论并确立。[②] 达芙妮的变形在不同的表达环境中，获得了新的形态。然而，在包含和展示其创造者特色的同时，它仍然令人惊讶地展现了奥维德的精髓。

对奥维德所撰之故事、人物以及扩展题材的转换都已经有相当充分的研究，然而，对奥维德作品的本质——更确切地说，至少在文献中可以被定位为"奥维德主义"（Ovidianism）[③]——向其他媒介的转换情况的研究还比较少。这一范畴是根据奥维德作品中"可模仿"的诗性特征或诗歌本身最具特色的特征——变化——来进行探讨的。奥维德所描述的世界的流动状态，及其诗歌结构的流动状态，往往是诗人最为明显的特征，虽然是从表面体现出来的，但是却同时反映了诗歌的深层结构。《变形记》不仅仅是诗歌的标题，它还表明了这部诗的本质，以及奥维德对于现实的普适表述：没有一成不变的事物，每个人都在变化，所有事物都在

---

① 有关贝尼尼的《阿波罗与达芙妮》及其与奥维德的关系的文献相当广泛。详见 Brown 2002, pp.15-17; Wilkins 2000, pp.383-408; Barolsky 2005, pp.149-162; Redford 2010, pp. 23-26。

② 莱辛（G. E. Lessing）已经在他的《拉奥孔》（*Laokoon*, 1766）探讨过媒介问题（*media*），沙罗克也进行了深入的探讨（Sharrock 1996, pp.103-130）。

③ Brown 2002, pp.1-22.

变化之中。①

　　将这种无法捕捉的现实进行转换的任务当然是十分困难的，但是对文本来说，肯定要比图像更容易实现。在对有关时间的文本和图像的问题进行深入探讨时，艾莉森·沙罗克（Allison Sharrock）指出，"视觉表现和文学表现之间可能存在的本质区别在于长时性（chronicity）"。②事实上，文本的重要性取决于话语的质量，即体现时间、历时性（diachronicity）以及构建序列图像的能力，这是一个影响媒介叙事品质的长期性问题。在已经被赋予共时（synchronicity）性质的图像的情况下，无论是其表达能力还是感知能力上，表现"变形"都是一个具象性的挑战。与叙事有关的问题，基本上都与"叙事的视觉表现的一般问题"相关，"这就需要历时性和共时性的融合"。③我认为，它也可以被表述为一个捕捉时间加空间的问题，这就需要涉及图像——一种被定义为静态的媒介（直至电影的发展）——捕捉动态的问题。克服这种矛盾情况的方法，就是将其简化为一个数学问题，其中时间和空间是一个方程的未知数，而方程的值必须让观察者找得到。那么归根结底，解方程的过程就需要对图像符号进行解码，即解构，而解构则必然要求对过程加以重构，从而理解所代表的行为，进而确立主题，并重新叙述重组之后的故事。

　　因此，变形的呈现意味着发展具象化策略，以处理对进程进行描述时的时间、序列以及不可能性的问题。因此，这些策略必

---

① Hexter 2002, p.430.

② Sharrock 1996, p.106.

③ Ibid. p.107.

须提供一些有关历时性的线索。这些方法可以归纳为三种[①]：其一，从变形的角度来解释"之前""当中"和"之后"，即过去、现在和未来，并且将在不同时间解构的完整序列加以呈现；其二，仅仅展现之前和之后的情况，间接提到已发生的变化，或通过图像系列来暗示变形；其三，试图通过将所有过程压缩在一张图像中加以展示，这张混合图像可以表示中间状态，即"正当时"。

变形本身一般在诗歌的插图中并没有用视觉表现的形式展现出来。这些图像往往只是展现了变形的最终结果，例如早期带插图的抄本当中的狼（图三）或树（图四），又或者是一些来自 17世纪某些插图版本的作品所展示的牡鹿被猎犬吞噬的场景[②]（图十七），暗示莱卡翁、达芙妮以及阿克特翁已经完成变形，这些图片并没有试图要表现变形的过程，因为在视觉呈现上，时间和空间并没有发生变化，又或者按照沙罗克的话来说，共时性与历时性之间并没有发生冲突[③]：这些图像都是共时性的，尽管他们反映的是一个新的时刻。而唯一与变形发生相关的线索，必须要从故事的认知以及对图像旁的文本的阅读当中去获取。

然而，自中世纪以降，所有暗示时间和空间变化的诠释策略，都会经常被书页彩饰和书籍图解所采用，用来表现诗歌中不

---

① 沙罗克探讨了如何处理变形的表现问题，提出了解决变形的三种视觉方法，即需要不同类型的策略，要么是叙述性的——（ⅰ）"通过组画"，这可以理解为"连环漫画（cartoon-stripe）的样式"，（ⅱ）"通过暗示"，通过对"之前或之后"的表示，试图从视觉上为变形提供提示，暗示前后的现实（——）或者是合成性的：（ⅲ）通过不完全变形，即使用混合图形的权宜之计（Sharrock 1996, p.107-108）。我的三个提法虽然与之基本相似，但涉及使用策略的发展与命名的方面则略有不同。

② M.Baur.Vien.1639, il. n° 30.

③ 见 Sharrock 1996, pp.107-108，见本页脚注①。

图十七　猎犬吞噬化为鹿形的阿克特翁（M.Baur.Vien.1639, il. nº 30）

同的变形。每本书、每个插图画师都会选择某种策略，这就取决于每种特定情况下诗歌解释的一般性基调。一位男性，一个人猪混合体，以及一只普通的猪共同诠释了通过喀耳刻（Circe）的魔法使得尤利西斯（Ulysses）船员变形的过程①（图十八）；而一只蝙蝠或蜘蛛立在织网上，紧挨着坐在织布机前的女人，则代表了弥倪阿斯（Minyas）的女儿们所遭受的变形②（图十九），或者暗示着阿拉克涅（Arachne）即将面临的未来③（图二十）。利用空间连续性的概念来显示时间的次序，使用所谓的"连贯叙述"能够描绘一个人在整个叙事场景当中的变形，正如 15 世纪木刻版所展示

---

① 　M.Bustamante.Bellero.Amb.1595, il. nº 162 (fol. 208v).

② 　Bergamo, Biblioteca Civica Angelo Mai, Cassaforte 3 04, fol. 37r.

③ 　M.Viana.Córdoba.Valladolid.1589, il. nº 9 (fol. 92). 尽管版画属于第 6 卷，却被错误地印在了第 9 卷的开头。.

图十八　喀耳刻施法使得尤利西斯船员变形
（M.Bustamante.Bellero.Amb.1595, il. nº 162 [fol. 208v]）

的狄安娜与阿克特翁之间的故事那般[①]：不幸的猎人到达戴安娜沐浴之处，这幅画面右边的图中，正被一群猎犬吞食的牡鹿代表了蓦然变形后的阿克特翁（图二十一）。

尽管如此，实际上呈现变形的最具挑战性的过程，无疑是混合型形象的使用，这代表了一种想要提供过去和未来的完美融合的幻象的企图，这种幻象封装在假装冻结时间的虚构现在时之

---

① M.Regius.Mazzali.Parma.1505i, il. nº 12 (fol. d8v). 帕尔玛（Parma）版本重新利用了威尼斯 1497 版的木刻板。有关这本珍本，可参看 Díez-Platas 2012, pp.543-560。BDO 网站上也有相应的副本：

http://www.ovidiuspictus.es/en/listadoejemplares.php?de=edicion&clave=82 （查询日期：2018 年 11 月 1 日）。

图十九之一　弥倪阿斯女儿们的变形
（Bergamo, Biblioteca Civica Angelo Mai, Cassaforte 3 04, fol. 37r. 插图部分）

图十九之二　弥倪阿斯女儿们的变形
（Bergamo, Biblioteca Civica Angelo Mai, Cassaforte 3 04, fol. 37r. 全页）

图二十　阿拉克涅（M.Viana.Córdoba.Valladolid.1589, il. nº 9 [fol. 92]）

中。然而，这种具象化策略也受到了某些限制。首先，正如克里斯托弗·艾伦（Christopher Allen）所指出的那样，"适度性"（principles of decorum）的效果"是鲜能显示人体正在经历形体的变化"，其中一个例外是艺术家们常常通过一种混合形象来展现达芙妮向月桂树的变形。① 其次，混合形象的使用，虽然无疑是一个强有力的策略，来呈现变形受害者的两种性质，同时也通过混合形态来表明变形形式的不稳定性，虽然如此，它还是侵入了稳定混合体的视觉空间，从而造成了一些形象会被误认的可能，也因此可能会导致对场景或情节描述的曲解。

正如艾伦所说，适度性的问题主要涉及艺术，尤其是绘画，对书籍插图②的影响并不大，书籍插图的产生通常得要忠实地反映文本的内容，以及角色和故事的实际行动、表象以及情状。然

① Allen 2002, p.341. 在有关阿波罗与达芙妮情节的视觉接受方面的研究，可以参看：Stechow 1965。

② Allen 2002, pp.341-347.

图二十一　狄安娜与阿克特翁

（M.Regius.Mazzali.Parma.1505i, il. nº 12 [fol. d8v]）

而，艺术呈现可能无法接受的，却非常适于插图，插图与文本紧密贴合，成为其延伸，同时通过一个不同的媒介提供补充信息。[1] 也就是说，对于插画而言，一切皆可，只要这些插画主要的目的是用图像塑造在脑海中所能想象之物，即所谓化无形为有形。因此，随着时间的推移，许多想要用来描述变形不同过程的诗歌配图，已经探索到了混合的极致，创造了崭新的混合形象，例如来自《寓意版奥维德》一部抄本中的半蝠半人的女性形象[2]，试图真实地呈现弥倪阿斯女儿们的变形（图二十二），或者是一部 17 世纪《变形记》雕版作品的第一卷中所描画的逃窜的狼人（lycocephalus），展现的是邪恶的阿卡迪亚国王莱卡翁（Lycaon）

---

[1]　Allen 2002, p.351.

[2]　BnF, Arsenal 5069, fol. 48.

图二十二　弥倪阿斯女儿们的变形（BnF, Arsenal 5069, fol. 48）

所经历的变形（图二十三）。[1] 而在另一方面，想要忠实表现出多重变形的尝试——例如阿刻罗俄斯持续不断的变形，从人变成蛇又变成了牛——便导致了上述 1484 年出版的布鲁日木刻版所做的奇怪尝试（图七），将阿刻罗俄斯最初人的形态和作为牛的最终变形加以混合，这便借用了一个著名杂交生物弥诺牛（Minotaur）的形象，然而，在当时却有着不同的视觉认同。[2]

　　从展现变形的策略之角度来看，贝尼尼作品中的达芙妮形象实际上可以被视作为混合形象，即部分是宁芙部分是树木。尽管如此，这位巴洛克艺术家成功地塑造了变形的状态，他做到了通

---

① 　M.Farnaby.Morel.Paris.1637, il. book 1.

② 　关于米诺牛的形象及其在中世纪的演变，可参看 Díez-Platas 2005, pp.141-152。

过杂合进程来捕捉这一时刻，实现了宁芙的躯体与树木的躯干的完美融合，而这要归功于对物质转变的巧妙处理，这种物质转变产生了完美的变形错觉，当雕塑者赋予混合体以卓越的有机性，这种混合体通常会表现为一种扭曲的形象，这种形象是两个躯体的并行的集

图二十三　莱卡翁变形为狼
（M.Farnaby.Morel.Paris.1637, il. book 1）

合而非完全的融合。贝尼尼杰作的特点，即在群像中体现有机流动，在我看来，几乎是对奥维德描述达芙妮变形的句法结构的完美体现（也可以说是完美翻译），这段的文字表述与现实形态流畅地融为一体：她的头发变成了树叶，两臂变成了枝干（《变形记》1.550：*in frondem crines, in ramos bracchia crescunt*）。套用保罗·巴罗尔斯基（Paul Barolsky）的表述，就是"奥维德作品之所写，贝尼尼艺术之所塑"。①

————————————

① Barolsky 1998, pp.451-474.

图像形式之下（*sub specie imaginis*）的奥维德：一个具象化的尾声

对文本媒介与视觉媒介中的句法结构与词汇话语进行比较，便把奥维德作品中的图像塑造，置于翻译问题——意译（paraphrasis）抑或甚至是直译（metaphrase），后一说法已被运用到贝尼尼的杰作之上[①]——的考量当中。就前文所述之奥维德主义（即将奥维德作品中独特的特征用一个特定的形象加以体现）[②]而言，贝尼尼的达芙妮雕像的直译所隐含的逐字翻译，其效果超过单纯的对动作、姿势以及实际变形的字面翻译（即奥维德故事的字面含义及其自身的细节与别致的特点）。关于已经发表的变形版本对那个时代图像的影响这个问题，为了找到线索，我们的"标准化石"（index fossil）需要反映仅出现在奥维德为《变形记》所创造的版本的故事中的具体细节，正如诺克斯（Knox）在他对庞贝城墙壁上的奥维德故事所作的综述中所言。[③]

其中一则独特的故事便是皮拉摩斯和提斯比的爱情故事（《变形记》4.55-166），在奥维德这部诗歌对古希腊神话的复兴的背景中，这个故事几乎是奥维德的原创，因为奥维德的记载是这个故事最初的文献来源；然而，一些与奥维德版本不一样的具象化的希腊版本，却展现出了截然不同的故事情节，特别是两位相爱之人的变形。[④]恋人相约、母狮出场、受惊的提斯比的逃离、皮拉

---

① Redford 2010, p.26.

② Brown 2002, pp.1-22.

③ Knox 2014, pp.36-53.

④ Knox 1981, p.38; 古代文献与图像，见 Baldassarre 1981, pp.337-351。

摩斯武断的自戕以及提斯比最终死亡的故事，都包含了奥维德作品中所特有的特征与情节，同样独属于奥维德的还有相会之树、喷泉、皮拉摩斯体内涌出的血液（这是完成桑树颜色变化的必要描写）以及

图二十四　提斯比和皮拉摩斯，庞贝城壁画

提斯比对皮拉摩斯之死的具体反应。故事中的一些细节已经从诗句中转移到了庞贝城壁画的想象故事当中，揭示了对奥维德文本的使用情况 ①，诚如奥克塔维乌斯·夸提奥（Octavius Quartio）宅邸壁画所示（I.2.2），在故事的最后提斯比伏在自己爱人的尸体之上，而导致最终悲剧的情境则用远处离去的狮子加以凝练表达（图二十四）。其独特的特点，使其成为一个奥维德风格的故事，使之成为具有辨识度的故事，使这对情侣的故事图像成了《变形记》的真实图像，传达了奥维德所想表达的事物，这与作品原文和改写故事可以等量齐观。

①　庞贝现存的五幅画清楚地反映了奥维德的叙述，除此之外还有一幅 4 世纪罗马时代有趣的镶嵌画，该画发现于卡兰克（Carranque）(Toledo, Spain): Knox 1981, pp.39-40。

在 16 世纪中叶的 1557 年，一部品质卓越的奥维德诗歌法文插图版问世，它是文艺复兴时期法国出版的最为精美的书籍之一，这部名为《奥维德变形记配图版》（*La Metamorphose d'Ovide figurée*）①的书由编辑让·德·图尔内（Jean de Tournes）于里昂出版。里昂著名的雕刻家伯纳德·萨洛蒙（Bernard Salomon）为此创作完成了 178 幅木刻画，来为奥维德诗歌中所叙述的 113 个故事配图。与巴泰勒米·阿诺（Barthélémy Aneau）五年之前出版的《诗歌绘本》（*Picta Poesis*）类似，这本奥维德作品的结构也效仿了成功的寓意画册（emblems books，当时十分风靡）的结构，这就意味着奥维德作品内容刻画上的一个转变，即将连贯的诗歌分解成由文本与图像组成的 178 个部分。②从奥维德被改造的丰富的故事体系中所抽出的每一个特定的时刻，都像是一幅寓意画，以一个标题、一幅木刻画、一段用法语八行诗（*huitain*）写成的简短情节的结构构成。因此，这些木版画并非旨在配合《变形记》的译本，而是一系列独特书页的合成，可以说是饰以奢华装饰的奥维德故事情节的图解专辑。

这本书的标题本身便是意向的宣言，揭示了视觉媒介在完成奥维德诗歌版本呈现的任务中所处的主导地位，这是一个多样化的产物，虽然始终具有着《变形记》的精神与内容，但是诚如已经指出的那样，是在一种新的结构下，通过情节或者（更确切地说）片刻之间的关系，来表现诗歌的连贯性。是图像而非文本，来使

---

① Henkel 1926—1927, pp.77-81.

② 在接近象征性传统的插图版本上，可参见 "*Picta Poesis* ovidiana" 一章，见 Guthmüller 1997, pp.213-236。

得所有片刻都能够被辨识，并且与原诗相关联，因此，在小伯纳德（Petit Bernard）①的思维和创作中出现的新鲜且具有原创的木版画中，嵌入了奥维德创作的神话故事的特征，使人能够看出这些人物与场景是属于这部史诗的，而最重要的是，让人能看出它们是真正的"奥维德产物"；在这个版本中，图像无疑是这个新版本中最富有奥维德作品风格的部分。在萨洛蒙的创作中，我们可以再次看到与众不同的特征，这些特征让我们得以察觉出《变形记》对庞贝壁画上所描绘的皮剌摩斯和提斯比故事的图像版本的影响。整个故事被凝练成了两个瞬间：母狮到达喷泉和提斯比逃离时的场景，以及以母狮离去作为背景，提斯比扑向皮拉摩斯的剑的场景（图二十五）。我们已经在故事的悲剧结局的不同图像版本中看到，这最后的时刻与提斯比的姿态，是与

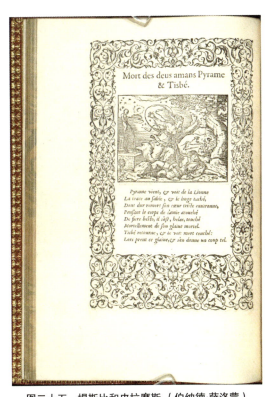

图二十五　提斯比和皮拉摩斯（伯纳德·萨洛蒙）

---

① 译者注：Le Petit Bernard 指上文提到的伯纳德·萨洛蒙（Bernard Salomon）。

情节的其他部分分离的 ①，作为一个标志而单独存在，并被词汇化（lexicalized），进而被改造成一种符合奥维德风格的标记。

　　因而，里昂的版本开始了对一系列奥维德作品图像的完善，这些图像在对形象策略中的视觉媒介所体现的诗歌内容进行忠实传递的情况下，开始了用图像替代诗歌文本的历程。这一历程的转折点便是由 J. W. 鲍尔（J. W. Bauer）所完成的《变形记》版本 ②，这一版本仅由木版画组成。一系列呈现诗歌内容的图像，没有文本协助，仍然是《变形记》的一个版本，构成一个与奥维德作品的结构相关联的，确定且连贯的视觉单元语料库，它们嵌入在了一个无形且有编码意义的框架中，由情节之间的关系——意义的顺序与联系——构成。然而，这种新版本的诗歌，也就所谓的视觉版本，对剧情关系进行了一种转换，因为尽管诗歌中的次序和意义之间的联系是不变的，但是诗人的创作结构思想还是发生了变化。这样的话，虽然图像版本失去了诗歌大部分的叙事力量和其所具有的诗意影响，但是它们成了完美的构件，可以用来构成一个视觉化的神话手册，而这也一直是《变形记》创作的最主要目的之一。将神话与诗歌融入图像，这便是奥维德作品的新形态。

---

① 关于插图和故事的接受情况，可参看 Mühlenfels 1972。

② 关于鲍尔的奥维德作品版画和仅由一系列插图组成的《变形记》版画，见 Henkel 1926—1927, pp.128-130; Bonnefoit 1997; Bickendorf 1997, pp.13-82。

三件 18 世纪中国瓷器上的奥维德《变形记》画面

汤姆斯·J. 显克微支，蒙茅斯学院

（Thomas J. Sienkewicz，Monmouth College）

马百亮　译

随着 17 世纪欧洲与中国的接触日益频繁，欧洲人对中国物品（包括瓷器）越来越感兴趣。 例如，路易十四统治期间的皇家财产清单上有许多中国制造的盘子、沙拉碗、瓮和其他瓷器。[1]

欧洲第一套主要的中国瓷器收藏品属于萨克森公国选帝侯、被称为"强者"的奥古斯特大帝，他称自己对同时代人所认为的"白色黄金"的热情为"瓷器病"（*die Porzellankrankheit*）。[2] 1709 年，奥古斯特在梅森（Meissen）建立了皇家波兰和萨克森选帝侯瓷器制造厂，这是欧洲第一家瓷器厂。 奥古斯特的很多藏品是德国德累斯顿茨温格宫（Zwinger Palace）的德累斯顿瓷器藏品的一部分。

最初，这些中国出口瓷器（简称 CEP）描绘的是中国传统的场景。 然而，在 18 世纪早期，中国制造商开始生产专门为欧洲市场设计的产品，甚至利用来自欧洲的宗教、政治和其他主题。 这方面的例子包括三个带有浮雕式灰色装饰画（*en grisaille*）的瓷盘，分别描绘了基督的诞生、钉十字架和复活，其时间可以追溯

---

[1] Mézin 2002, p.18.

[2] La Force 2015.

到 1745 年前后①，还有两个可以追溯到 1750 年前后的瓷盘，同样也带有浮雕式灰色装饰画，上面描绘的是丹麦和挪威的国王腓特烈五世及他的妻子路易丝。②

这些欧洲主题显然是受欧洲买家的委托定制。中国工匠的创作经常会仿效欧洲的版画书，这些书是从欧洲商人和传教士那里得来的，或者是欧洲的客户送来的。例如，法国洛里昂的东印度公司博物馆有一个瓷盘，时间可以追溯到 1745 年前后，描绘的场景和埃德姆·若拉（Edme Jeaurat）创作的一幅版画几乎一模一样，这幅版画题为《年轻男子挑逗女孩》（*un jeune homme lutinant une jeune fille*）。③

奥维德在欧洲歌剧中的流行可能激发了对奥维德主题的瓷器的渴望。俄耳甫斯（Orpheus）和欧律狄刻（Eurydice），珀尔修斯（Perseus）和安德洛墨达（Andromeda），维纳斯（Venus）和阿多尼斯（Adonis），皮拉摩斯（Pyramus）和提斯比（Thisbe），以及劫掠普洛塞尔皮娜（Proserpina），这些故事都特别适合于歌剧舞台。④因此，所有这些神话都经常出现在针对欧洲市场的中国瓷器上，也就不足为奇了。

此外，在 17 世纪末和 18 世纪初，奥维德是被翻译成英语最多的古典作家之一。他的作品吸引了广泛的受众，而不仅仅是专业

①　Marchant 1992, p.48, #31（来自法国西部南特，Dr Hardouin 的收藏）。

②　Hercouet and Brouneau 1986, p.228, #9.101 以及 9.102。这些盘子来自弗朗索瓦·埃尔库艾（François Hercouët）的收藏，1987 年 6 月 22 日在蒙特卡罗经苏富比拍卖行售出（编号 1623）。参见 http://www.sothebys.com/en/auctions/ecatalogue/2008/the-collection-of-khalil-rizk-n08411/lot.182.html。

③　Mézin 2002, p.107, #86.

④　Solomon 2014.

的、品味考究的人士。[①] 1717 年，塞缪尔·加思（Samuel Garth）将《变形记》译成英文，约翰·德莱顿、亚历山大·蒲柏和约瑟夫·艾迪生等人也各有贡献，直到 19 世纪一直是最受欢迎的英文版本。1732 年，加思的翻译与奥维德的拉丁文一起在阿姆斯特丹出版，由阿博特·巴尼耶（Abbot Banier）注解，贝尔纳·皮卡尔（Bernard Picart）和彼得·史蒂文斯·范·贡斯特（Pieter Stevens van Gunst）等人提供插图。

1676 年，艾萨克·德·邦瑟拉德（Isaac de Bensérade）翻译的《变形记》在巴黎出版后，在法国广为流传。第一版的雕刻插图出自塞巴斯蒂安·勒·克莱尔（Sébastien Le Clerc）和弗朗索瓦·绍沃（François Chauveau）之手。 当这部译作于 1679 年在阿姆斯特丹重新出版时，最初的插图由克里斯汀·范·哈根（Christian van Hagen）和查尔斯·勒·布龙（Charles Le Brun，1619—1690）重新雕刻。

英国艺术公司科恩和科恩（Cohen and Cohen）的研究员威尔·莫特利（Will Motley）指出，这种中国出口瓷器上的奥维德场景主要依据的是阿姆斯特丹出版的加思和邦瑟拉德的译本。被中国工匠用作创作来源的仅仅是其中的版画，而不是奥维德的文字。

为了说明奥维德在中国瓷器史上的地位，我将聚焦于三个中国出口的瓷器酒钵，上面的画面依据的是 1732 年版加思译本中皮卡尔及其流派的版画。这三个酒钵上的场景非常类似，分别描绘了《变形记》卷四中珀尔修斯解救安德洛墨达（图二十六），卷二

---

① Horowitz 2014.

中法厄同（Phaethon）从空中坠落（图二十七），卷五中劫掠普洛尔塞皮娜（图二十八），以及卷四中巴克斯的胜利（图二十九）。前三个场景位于酒钵的外面，而巴克斯的故事在酒钵内部。第一个酒钵以前曾经是莫塔赫德（Mottahedeh）藏品的一部分，现由私人收藏。[1] 第二个酒钵现藏于法国路易港洛里昂的东印度公司博物馆（Musée de la Compagnie des Indes, Lorient 编号 368C172）的弗朗索瓦·埃尔库艾藏品（Collection François Hercouët）。[2] 第三个属于特拉华州的温特图尔（Winterthur）藏品。[3] 在个人通信中，威尔·莫特利告诉我说，他知道私人收藏中至少还有六个这样的酒钵。在伦敦的维多利亚和阿尔伯特博物馆的一个盘子上，也有珀尔修斯和安德洛墨达的故事场景。[4]

　　虽然三个酒钵描绘的是相同的神话场景，但是温特图尔酒钵和其他酒钵之间，在细节上存在显著差异。与其他两个相比，温特图尔酒钵上很大部分面积被留空。它的底色是平淡的，画面之间没有花纹装饰（图二十六右下）。在颜色的选择上也有差异；例如，在来自洛里昂的酒钵上，安德洛墨达背后的岩石是棕色的，在来自莫塔赫德的酒钵上，却是黑色的，而来自温特图尔的酒钵上，只描绘了黑色的轮廓。在温特图尔酒钵上，安德洛墨达的披

---

　　① 酒钵（本文插图右上），乾隆年间，约 1745—1750 年。前莫塔赫德藏品（私人藏品）。发表于 Motley 2014:82, #47。

　　② 酒钵（本文插图左下），乾隆年间，约 1745 年。Hercouët and Bruneau 1986, p.314, #13.84.

　　③ 酒钵（本文插图右下），1745—1750 年。Du Pont Bequest 1961.823. (Winterthur Museum, Wilmington, DE, USA).

　　④ 维多利亚和阿尔伯特博物馆（Victoria and Albert Museum）编号 4826-1901，见 http://collections.vam.ac.uk/item/O74289/plate-unknown/。

图二十六　珀尔修斯解救安德洛墨达

风是白色的，而在另外两个上是红色的。温特图尔酒钵上的龙是
灰色的，而另外两个酒钵上是翠绿色。由于这些差异，莫特利怀
疑在最初 24 个酒钵的订单之后，又追加了订单（包括温特图尔酒
钵）。从温特图尔酒钵来判断，追加订单的工艺不如最初的订单那
样认真仔细。

　　这些酒钵上的场景依据的是皮卡尔同事彼得·史蒂文斯·范·
贡斯特的版画，他关注的是一个戏剧性的时刻（《变形记》4.718-
720）：珀尔修斯正在从空中俯冲而下，斩除恶龙（图二十六左上）。

> sic celeri missus praeceps per inane volatu
>
> terga ferae pressit dextroque frementis in armo

Inachides ferrum curvo tenus abdidit hamo.

珀尔修斯就这样头朝下，风驰电掣似的，从空中飞下，从上面向怒吼着的怪物进攻，把一把弯刀从刀尖到刀柄全插进了它的右肩。（杨周翰 2008，第 85 页）

中国工匠严格遵循范·贡斯特的设计，连一些小的细节也没有忽略，如安德洛墨达及其母亲之间地上的鹅卵石。除了色彩上的灵活性之外，在对安德洛墨达父亲的描绘方面，也体现出了一些艺术上的自由。在酒钵上，他的胡须变得更加整齐，并被画成四分之三的视图，而不是贡斯特版画上的侧面视图。此外，在温特图尔酒钵上，他甚至似乎有了中国人的面部特征。

法厄同的坠落这一场景所依据的，也是范·贡斯特为 1732 年阿姆斯特丹版的加思译本所作的版画（图二十七左上）。在温特图尔酒钵（图二十七右下）上，法厄同衣服的颜色与其他两个酒钵上的不同。然而，在所有三个酒钵上，法厄同马车下方的云层呈现方式各不相同。在温特图尔酒钵上，前景中的马具比在另外两个酒钵上的要复杂得多。

在范·贡斯特的版画上，在法厄同和他的马之间，有一只蝎子。这只蝎子在莫塔赫德和洛里昂酒钵上都可以看到，但在温特图尔酒钵上只是模糊地勾勒出来（再次表明后续订单的工艺不如以前那么精细）。贡斯特对这条蝎子的描绘严格遵循了奥维德叙述中富有戏剧性的那一刻（《变形记》2.193-200；杨周翰 2008，第27 页）：当法厄同看到空中的天蝎座，他吓得魂飞魄散。

加思译本中范·贡斯特版画（1732年）

酒钵，前莫塔赫德藏品

洛里昂东印度公司博物馆ML368C172

温特图尔博物馆酒钵1961.0823

图二十七　法厄同的坠落

sparsa quoque in vario passim miracula caelo

vastarumque videt trepidus simulacra ferarum.

est locus, in geminos ubi bracchia concavat arcus　　195

Scorpius et cauda flexisque utrimque lacertis

porrigit in spatium signorum membra duorum:

hunc puer ut nigri madidum sudore veneni

vulnera curvata minitantem cuspide vidit,

mentis inops gelida formidine lora remisit.　　200

天空上一路都看到巨大的野兽的怪影，更加使他害怕。有一处，他看见有大蝎弯着两条臂，像一对弓似的，长长的尾巴，其余的臂膊都向两面展开，足足占了黄道两个宫的地盘。青年法厄同见它身上冒出黑色的毒汗，想用弯弯的尾巴来蜇他，他吓得浑身发冷，失去了知觉，撒开了手中的缰绳。

中国工匠认真模仿了范·贡斯特对奥维德文本细节的忠诚。

和酒钵外面的另外两个场景一样，对劫掠普洛塞尔皮娜的描绘所依据的也是范·贡斯特在同一本书上的版画（图二十八左上）。范·贡斯特的戏剧性焦点在《变形记》卷五中，即冥王普路托实际上抓住普洛塞尔皮娜的那一刻（《变形记》5.395-403；杨周翰 2008，第 99—100 页）：

paene simul visa est dilectaque raptaque Diti:　　　　395

加思译本中范·贡斯特版画（1732年）　　　　酒钵，前莫塔赫德藏品

洛里昂东印度公司博物馆ML368C172　　　　温特图尔博物馆酒钵1961.0823

图二十八　劫掠普洛塞尔皮娜

usque adeo est properatus amor. dea territa maesto

et matrem et comites, sed matrem saepius, ore

clamat, et ut summa vestem laniarat ab ora,

collecti flores tunicis cecidere remissis,

tantaque simplicitas puerilibus adfuit annis,　　　　400

haec quoque virgineum movit iactura dolorem.

raptor agit currus et nomine quemque vocando

exhortatur equos

他一见钟情，就把她抢走，他的爱情原是很冒失的，姑娘吓坏了，悲哀地喊着母亲和同伴们，只是叫母亲的时候更多些。因为她把衣服的上身撕裂了，她所采的花纷纷落了下来，她真可以算是天真的姑娘，就在这样的关头，还直舍不得这些花呢。抢亲人驾车疾驰，鞭策着骏马。

虽然范·贡斯特仔细遵循了奥维德的描述：当冥王鞭策他的马前进时，普洛塞尔皮娜张口呼号，但是他只描绘了这个被劫的女孩所呼叫的一个同伴。三个酒钵上对于普洛塞尔皮娜和冥王的布局同样也非常忠实于版画。和贡斯特一样，莫塔赫德酒钵的工匠描绘的女孩紧紧抓住冥王的马车，但是在另外两个酒钵上，她是缺席的。莫塔赫德酒钵和洛里昂酒钵上的衣服颜色相同，在温特图尔酒钵上不同。在所有三个酒钵上，冥王的权杖都几乎被截断。权杖在版画上更为突出，这可能是因为版画是长方形的，相对于酒钵上的菱形形状，左上方的角落有更多的空间。但几乎可以肯定的是，中国工匠没有意识到这件神器作为神的识别标志的重要性。

最后，对于出现在这些酒钵内部的巴克斯的胜利这一幕，被中国工匠用作模型的是皮卡尔的版画，而皮卡尔的版画（图二十九左上）则基于奥维德对这位神祇在凯旋游行中的细致描述（《变形记》4.24-30；杨周翰 2008，第 67 页）：

> tu biiugum pictis insignia frenis
>
> colla premis lyncum. bacchae satyrique sequuntur,　　　　25
>
> quique senex ferula titubantis ebrius artus

加思译本中皮卡尔版画（1732年）

酒钵，前莫塔赫德藏品

右下：温特图尔博物馆酒钵 1961.0823

左下：洛里昂东印度公司博物馆酒钵编号 ML368C172

图二十九　巴克斯的胜利

sustinet et pando non fortiter haeret asello.

quacumque ingrederis, clamor iuvenalis et una

femineae voces inpulsaque tympana palmis

concavaque aera sonant longoque foramine buxus　　30

你用明亮的辔头和彩色的缰绳套在一对山猫的颈上拉你的车；后面跟着一群女信徒和半人半羊神，还有一个老人，喝得醉醺醺的，拄着一根拐杖，走路摇摇晃晃，有气无力地揪住一头驼背驴。你所到之处，青年人欢呼着，妇女们同声喊叫，击鼓声，铙钹声，悠扬的木笛声，响成一片。

虽然所有三个酒钵都严格遵循了皮卡尔版画的布局，但是在温特图尔酒钵和其他两个之间依然有一些显著的变化。例如，请注意前景中右下方两只山猫的颜色。在温特图尔酒钵上，酒神巴克斯的衣服颜色也与其他两个不同。

关于这些瓷器的许多问题仍然没有答案。例如，是谁定制了《变形记》中的这些特定的场景？为什么选择用于酒钵内部的是巴克斯的场景而不是其他的场景？在画面布局方面，中国制造者是自行决定，还是遵循了来自欧洲的说明？中国工匠在多大程度上理解或解释了他们所看到的内容？由于他们只有版画，而不知道其故事，他们对形象所做的一些变化（冥神的权杖），能够表明他们对场景有什么样的兴趣和理解呢？

尽管有这些悬而未决的问题，通过对这些瓷器和最初的版画进行对比，可以看出中国工匠是怎样在这些酒钵上描绘来自《变

形记》的这些场景的；他们是怎样对这些素材进行加工，使其适
应瓷器这一媒介的；以及细节是怎样被改变或修改的。 最重要的
是，这些中国瓷器展示了在 18 世纪欧洲与中国文化交流的一个重
要时刻，《变形记》所起到的饶有趣味的作用。

第七部分
奥维德在世界各地的接受史

奥维德在中欧与东欧的接受

亚采克·哈伊杜克，波兰雅盖隆大学

(Jacek Hajduk, Jagiellonian University)

马百亮　译

克莱门斯·贾尼基：《哀怨集》（1542）与近代早期奥维德在波兰的接受

　　1542 年，一部名为《哀怨集第一卷·哀歌选集·短诗集》（第一卷）（*Tristium liber I. Variarum elegiarum liber I. Epigrammatum liber I*）的诗集在克拉科夫出版，这是早期人文主义诗歌历史上最重要的事件之一。其作者为克莱门斯·贾尼基（Klemens Janicki，又被称为 Janicjusz）。当然，贾尼基所效仿的就是《哀怨集》和《黑海书简》的作者奥维德，这两部作品都是流放之作，充满了对不公的绝望，因为面对这样的不公，无处可以申诉，是非功过或许只能由后人评说了。

　　在通常也被认为是"自传"的那首哀歌（《哀怨集》4.10）第131-132 行中，我们读道：

> sive favore tuli, sive hanc ego carmine famam,
>
> 　　iure tibi grates, candide lector, ago.

　　　　无论我是因您的善意还是因我的诗歌而获得名声，

　　　　　坦诚的读者啊，我当向你致谢。

　　在克莱门斯·贾尼基这部诗集中，最著名的是题为《给后世的自传·哀歌第 7 首》（*De se ipso ad posteritatem, Elegy VII*）那首诗，它与上面引用的奥维德的诗句在创作和主题上相呼应。这首诗和这部诗集可以被看作是从拉丁语文学（以及整个拉丁语文化）向波兰语文学过渡的象征性时刻。

　　在贾尼基的作品中，我们可以看到他对斯拉夫人的家园有着深厚的依恋，对古代诗人有着同样深厚的热爱，特别是奥维德。根据齐格蒙特·库比亚克（Zygmunt Kubiak）的说法，这种情感的二元性，即要将斯拉夫文化（即东北部的）与古代地中海的文化相协调的尝试，是波兰语言和文学的一个典型特征。[1] 贾尼基精通拉丁诗歌。自他以后，用拉丁语写作的波兰文学便乏善可陈。[2]

　　贾尼基英年早逝，所以在波兰语写作方面没能做出同样的建树。那个时代著名的波兰诗人扬·科卡诺夫斯基（Jan Kochanowski）继承了其使命，用拉丁语和波兰语写作。他沿着贾尼基所奠定的道路，创造了波兰的文学语言。这一语言结合了斯拉夫语的甘美、复杂的变形和形态以及拉丁语的精确和简洁。这是一个困难而且有些不合逻辑的过程，因为波兰语乍一看更接近希腊和东方（东正教）文化。然而，由于波兰接受了西方仪式的洗礼，波兰语也与其他斯

---

① Kubiak 2015, p.7.

② Ziomek 1995, p.90.

拉夫语言分道扬镳。① 波兰文学的历史是斯拉夫元素和地中海元素之间斗争的历史。没有注意到这种二分法（或否认其重要性）的作者通常会落到文学的边缘。

由于学校（大学）的教育，包括《变形记》在内的奥维德作品在波兰都很有名。懂得拉丁语的波兰作家也知道奥维德，并尝试对他的诗歌加以解读。至少从 1449 年起，奥维德就是克拉科夫学院（今天的雅盖隆大学）研讨会的主题。在雅盖隆图书馆的藏书中，就有奥维德作品的一些抄本，还有一部 15 世纪对《变形记》的注疏。奥维德《变形记》最早的两部波兰语全译本来自 17 世纪：分别是 1636 年和 1638 年（均在克拉科夫）。另一部于两个世纪后出版于华沙，译者为布吕农·季钦斯基（Brunon Kiciński，1825—1826）。最新的一部全译本出版于 1995 年，译者为安娜·卡米恩斯卡（Anna Kamieńska）和斯塔尼斯瓦夫·斯塔布瑞拉（Stanisław Stabryla）。②

奥维德和波兰浪漫主义者

在波兰，《变形记》一直属于最受欢迎的古代文学作品。然而，作者的流放诗却遭遇了另一种命运。至少直到 1958 年的奥维德诞辰纪念日，这位诗人的流放诗一直被低估，几乎没有被注意到。即使在 19 世纪和 20 世纪知识渊博的波兰流亡作家那里，奥维德的《哀怨集》和《黑海书简》也主要被当作生平资料，而非文学作品。这种认识十分普遍，直到最近，他的流放诗一直被视为著名诗人

---

① I. Grześczak, *Introduction*, in Kubiak 2015, s. 8.

② Kamieńska and Stabryła 1995, "Introduction", pp.CIX-CX.

奥维德生平的信息来源（在艺术上未必成功），而不是可以和奥维德的爱情和神话作品一视同仁的诗歌。

学者们一致认为，在波兰浪漫主义作品中，提到奥维德主要有两种情况：一种是这位著名的流放者的人生传奇；另一种是奥维德的创造性，有所保留地说，可以简称为"神话创造性"。[①] 我们不防问一句：这位"流放者的人生传奇"有什么独特之处？为什么被称为"波兰第一位民族诗人"（Poeta Sarmaticus）的是奥维德，而不是维吉尔或贺拉斯？毕竟，他们二人也都为波兰作家和知识分子所熟知。

奥维德的传说

安德烈·吕布卡（Andriy Lyubka）铺叙道："我们对奥维德了解多少？他于公元前43年出生于意大利中部苏尔摩纳的一个富裕家庭。他接受了典型的修辞教育，曾一度从事律师工作，但随后放弃这一工作，全身心地投入到诗歌创作中。事实证明他更加擅长这一领域。他很快就名声大噪，其社会地位令人艳羡：他居住在罗马城中心，就在卡匹托林山附近；他有一位心爱的妻子和几位好友。换句话说，他过着十分平静的生活，直到有一天，一个事件永远打破了这种平静。公元8年，屋大维·奥古斯都震怒于这位诗人，将他放逐到了托米斯（罗马尼亚康斯坦察的历史名称），一个被认为极其偏僻的地方。奥维德在那里生活了9年，直到公元17年溘然离世。"[②] 目前尚不清楚流放托米斯之事是否真的发生

---

① Klausa-Wartacz 2014, p.119.

② Lyubka 2016, pp.22-23.

过。除了有人提到诗人的流放之外，当时没有一位波兰作家写过这方面的文章。根据奥维德自己的说法，他在很不情愿的情况下见证了一些犯罪行为，他的罪过就是"有目能视"。在他被流放的地方，他没有找到一个会说拉丁语的人。

如果不排除他曾在黑海沿岸逗留过的可能，可以假设（也有这样的传说）他可能在另一个地区也拥有一处住宅，就在当时波莱西地区（Polesie，这个地区从波兰东部的部分地区延伸出去，横跨白俄罗斯—乌克兰边境，一直到俄罗斯西部）的居民中间。实际上，作者本人曾提到过他一部未曾流传下来的作品，就是用当地的盖塔－萨尔马提亚语写的（《黑海书简》4.13.19-20）：

nec te mirari, si sint vitiosa, decebit

carmina quae faciam paene poeta Getes.

A! pudet et Getico scripsi sermone libellum

structaque sunt nostris barbara uerba modis.

你也不要诧异于我的诗歌，若它们有瑕疵，

我，几乎是作为盖塔诗人，创作了这些诗歌，

啊！真可耻！我甚至用盖塔语作诗，

用我们的格律编织蛮语。

奥维德被认为就居住在通往格罗德诺（Grodno，今白俄罗斯）的路上。有一个关于奥维德在平斯克（Pińsk，也在白俄罗斯）逗留过的说法，据说这一说法得到了考古发现的支持，作者那尔巴特

（T. Narbutt）并不是唯一援引它的人。过去几个世纪的研究者曾描述过一个巨大的坟墓，他们认为这就是传说中的奥维德坟墓。波兰古典语文学家古斯塔夫·普雷索基（Gustaw Przychocki）对奥维德的作品进行了广泛的研究，还研究了关于奥维德的坟墓位于波兰的传说。他写了第一本关于这个主题的书，即《波兰的奥维德之墓》（1920）。一些作者甚至引用了所谓的"奥维德的墓志铭"。

根据这一传说，在 1581 年，一位名叫沃伊诺夫斯基（Woynowski 或 Woynarowski）的历史学家在一处喷泉附近发现了一个墓志铭，这个地方离第聂伯河岸不远。据说他充满仰慕之情地读到这个墓志铭[①]：

Hic situs est Vates, quem Divi Caesaris ira

　　Augusti, Latia cedere jussit humo.

Saepe miser voluit Patriis occumbere terris,

　　Sed frustra! hunc illi fata dedere locum.

这里是诗人的永眠之地，神圣的恺撒·奥古斯都

　　一怒之下，把他从拉丁人的土地上流放。

可怜的人呀！他一直渴望能够葬身故土，

　　但未能如愿！命运让他安息于此。

---

① Chmielowski, *Nowe Ateny.* https://literat.ug.edu.pl/ateny/index.htm（查询时间：2019 年 3 月 18 日）.

杰吉·斯泰姆帕夫斯基及其研究

杰吉·斯泰姆帕夫斯基（Jerzy Stempowski）是 20 世纪波兰的一位著名散文家，旅居瑞士。他十分认真地研究了所谓的"波兰的奥维德传说"。自 1946 年他的散文《伯尔尼的土地》（La terre bernoise，用法语写成）面世之后，奥维德作为一本新书的可能主题就开始出现在他的书信和作品中。在 1956 年至 1958 年之间，可以看到奥维德研究取得了蓬勃的发展。除了奥维德的作品之外，斯泰姆帕夫斯基的灵感还来自于这位诗人 2000 周年诞辰纪念。作为那个时代杰出的知识分子，杰吉·斯泰姆帕夫斯基几次到访苏尔摩纳，在那里从事研究，和当地的知识分子交流。他相信，鉴于 20 世纪欧洲大陆的政治形势，他在新书中所讲述的奥维德遭流放这段历史一定会收获大批读者，引起很多人的共鸣。他相信，一部关于因政治原因背井离乡者原型的书会对 20 世纪的流亡者产生特别的吸引力。多年来他一直在为这本书做准备，但最终没有写出来，也没有篇章的片段流传下来，只有零星的笔记。我们认为，这本书所要展开的主题将包括：奥维德的苏尔摩纳、他童年的风光景致（及其在《变形记》中的映射）、流放（被从童年的风光景致中放逐）、奥维德诗歌的审美特质，还有就是对我们来说非常有趣的对所谓的奥维德传说的思考。根据这一传说，诗人并非死在今天罗马尼亚的托米斯，而是一路向北到了神话中的萨尔马提亚所在地（历史和地理上的波莱西，即今天的中欧和东欧），并逝于这里的某个地方。

斯泰姆帕夫斯基写道："多年前读过古斯塔夫·普日乔基

（Gustav Przychocki）关于波兰和匈牙利的奥维德之墓的论文，我怀疑《黑海书简》中肯定有一些证据可以使这些坟墓的数量倍增。文艺复兴时期的人们仔细地阅读罗马诗人的作品，并且比后来持怀疑态度的世代更具想象力。然而，在'坟墓文学'中，我没有发现一处提到奥维德文本的内容。值得一提的是，甚至有 17 世纪的浮雕刻画了沃伊纳罗夫斯基给乌克兰的外国游客展示的一座坟墓。沃伊纳罗夫斯基求学于巴塞尔，是一位伟大的拉丁语学者，因此我们可以将他视为将奥维德坟墓神秘化以及墓志铭的首创者。显然，奥维德的坟墓存在于托米斯之外某个地方的可能性是显而易见的。……在我看来，奥维德死于喀尔巴阡山脉附近的想法源于据说是科提斯（Cotys）所写的一封信。"[1]

　　奥维德写给色雷斯国王科提斯的信是《黑海书简》2.9（见文后附录），其中提到"奥维德"流落在科提斯的王国附近，将自己描述为祈援人，强调救人于危难之中乃王者之举，科提斯与诸神的共同之点应当是向祈求之人施以援手。奥维德夸赞科提斯的品行和文学修养，甚至称自己对他的祈求，是诗人对诗人的祈求。这首诗的大意和诸如"愿你的土地保全流放中的我"（《黑海书简》2.9.66：*terra sit exsiliis ut tua fida meis*）之类的表述，让人觉得奥维德正在寻求色雷斯国王的保护，要逃到这个当时还独立的国家。科提斯的王国边界并不确定，从理论上讲，向北至少延伸到喀尔巴阡山脉。考虑到诗人在最后几年已经停止写作，并且他的辞世情况鲜为人知，可以假设奥维德逃离了托米斯，死于其他

---

　　[1]　Jerzy Stempowski 与 Lidia Winniczuk 的通信，未发表的档案（do Lidia Winniczuk, private correspondence. Archives of PAN and PAU）。

地方。按照这个假设，人们可以在科提斯广袤王国的每个地方寻找他的坟墓。

斯泰姆帕夫斯基指出："沃伊纳罗夫斯基和他的同事们可能的确翻译了奥维德致科提斯的信，但这封信并不存在于我所知道的任何文本中。我不知道他们是不是最早这样做的。在人文主义者的作品中或许也可以找到这种观点。例如，苏尔摩纳的人文主义者埃尔考拉·乔法诺（Ercole Ciofano）对奥维德进行了广泛的研究。乔法诺与波兰特使伍汉斯基（Uchański）保持着某种关系……可以假设，乔法诺试图说服伍汉斯基承担印刷其作品的费用。在当时，选择这位赞助人是可以理解的。伍汉斯基是萨尔玛提亚人的后裔，奥维德曾教他们拉丁语，并且也是第一位用他们的语言写作的诗人。这位波兰的萨尔玛提亚人是苏尔摩纳诗人奥维德的精神后裔，他们应该维护这位伟大祖先的知识。也许乔法诺的书能够证实我的猜测，即16世纪时这封信被归于科提斯。乔法诺的书只有几本存世，我知道的有两本，但我还没能看到。"

遗憾的是，斯泰姆帕夫斯基这本书未能问世。不然的话，作为公认最杰出的波兰散文家，杰吉·斯泰姆帕夫斯基所创作的作品一定会十分重要。

亚切克·博钦斯基

2007年，在瑞士的拉珀斯维尔市（Rapperswil），波兰著名作家亚切克·博钦斯基（Jacek Bochenski）参加了一场围绕杰吉·斯泰姆帕夫斯基而召开的国际会议。他做了一篇题为《未成之作的描述》（*A Description of the Unconstructed Work*）的报告，专门介绍了杰吉·斯泰姆帕夫斯基这部没有写成的书。博钦斯基分析了能够获取的档案材料，试图重构这本假想中的书。例如，他注意到，在斯泰姆帕夫斯基对奥维德的思考过程中，德律俄珀（Dryope）的神话至关重要。

在奥维德的《变形记》（9.325-393）中，德律俄珀与她的儿子安菲索斯（Amphissus）在湖边漫游，这时他看到了红色的莲花。这些莲花本是水泽女神罗提斯（Lotis），她从普里阿普斯（Priapus）那里逃脱了出来，被变成了一株莲花。德律俄珀想采几朵莲花给她的孩子玩耍，但是当她把花折断时，整株花开始颤抖并流血。她试图逃跑，却被莲花缠住，无法脱身。慢慢地，她开始变成一棵黑杨树，树皮覆盖了她的腿，但就在她的喉咙开始僵硬、手变成树枝之前，她的丈夫安德莱蒙（Andraemon）闻声而至。她让丈夫照顾好孩子，确保他不会摘任何一朵花。

亚切克·博钦斯基的分析，将注意力转向自然景观（特别是树木）在斯泰姆帕夫斯基对奥维德的思考中所发挥的作用。他声称斯泰姆帕夫斯基的书本来要探讨的是树木的秘密语言。博钦斯基不仅评论了斯泰姆帕夫斯基这本假想中的书，还写了他自己的书，即《诗人纳索》（*Naso the Poet*）。意味深长的是，他自己这本书就出版于斯泰姆帕夫斯基去世那一年，即 1969 年。[1]

凡蒂拉·奥里亚

"因为他死于罗马的下莫伊西亚（Moesia Inferior）或小斯基泰

---

[1]　Ziolkowski 2009, p.461.

（Scythia Minor）行省（今天的多布罗加省），在罗马尼亚的民间传说、文化和文学中，奥维德长期占据着一个特殊的地位，在那里他被尊为国家的守护神，从古至今文化连续性的象征，以及第一位民族诗人。"[①] 因此，1957—1958 年的奥维德诞辰两千年成为罗马尼亚热烈庆祝的场合，庆祝活动持续了几个月之久。奥维德的一生成为第二次世界大战后罗马尼亚流亡作家的榜样。其中最著名的是小说《上帝生于流放》（*Dieu est né en exil*, 1960）的作者凡蒂拉·奥里亚（Vintila Horia）。这部小说声称是一本秘密日记，涵盖了奥维德在托米斯（今天的康斯坦察）的 8 年时光，既建立在广泛的历史研究之上，又基于奥里亚的个人经历。当然，凡蒂拉·奥里亚的这部小说依据的是奥维德的《哀怨集》和《黑海书简》。但与奥维德的流放诗形成鲜明对比的是，这部小说所描绘的并不是已经一无所有的诗人的绝望，而是聚焦于他对于一种可以取代怀疑主义的新宗教的追寻。在主人公发现自己的生活缺乏意义之后，他开始寻找一种新的形而上学。

正如哥德尔（Godel）所总结的那样："这部小说由虚构的奥维德日记组成，共分为 8 章，涵盖了他流放生涯的最后 8 年。虽然起初奥维德一再抱怨他认为不公正的流放，但他试图融入托米斯和盖塔人中间。在他的管家达基亚（Dakia）发起的盖塔之旅中，他了解到当地居民的和平品性和宗教信仰。他们的一神论宗教给他留下了极为深刻的印象，这与他持怀疑态度的虚无主义形成鲜明对比。他遇到了希腊医生狄奥多（Theodore），后者宣称弥赛亚

[①]　Ziolkowski 2020, p.162.

即将降临。奥维德突然意识到自己的流放生涯让他对世界和自己的人生都有了新的认识。"我知道上帝也生于流放"。[①] 然而，由于年老体衰，奥维德要从托米斯搬到盖塔人国土上的计划失败了。日暮西山，不久于人世，奥维德又回到了托米斯。[②]

奥维德在东欧和中欧的接受：结语

几个世纪以来，"奥维德时代"与维吉尔的流行交替出现，其规律性几乎可以预测。罗伯特·格雷夫斯（Robert Graves）指出，每当稳定的黄金时代到来、教会信徒众多、财富增长的时期，维吉尔总是回归到最受偏爱的状态。这方面的著名专家西奥多·左科夫斯基（Theodor Ziolkowski）也有同感。他说："每当政治和文化出现动荡时，被公认为'我们的流放者'的奥维德及其反映变化和变形的作品能够给读者带来慰藉，给作家带来榜样。在 20 世纪，这种交替主要出现了三波。"[③] 20 世纪这三波奥维德热一波比一波强大，反映了不同时期欧美的社会和政治氛围。这让奥维德超越了其基本的角色：在 20 世纪初，他成为现代异化和变形的先驱；在战后的几十年里，他成为个人政治流放经历的先导；在后现代时期，他又成为个体自由的普遍象征。[④]

19 世纪是意识形态的时代和民族国家的时代，这个时期的欧洲所高举的是维吉尔式 "虔敬"（*pietas*）和"爱国"（*amor patriae*）。当我们说起"19 世纪的爱国主义"时（有人充满自豪，

---

① Miller and Newlands 2014, p.241.

② Ibid. p.456.

③ Ziolkowski 2009, p.455.

④ Ibid. p.467.

也有人充满憎恶），总是会想到《埃涅阿斯纪》的作者，即使我们意识不到这一点。个人就是民族，国家就是职责，活着就意味着要为独立而献身。这种态度持续了很长时间。但是，19 世纪末和 20 世纪初出现了所谓的反实证主义突破，也可以说是反对 19 世纪的突破，因为当时他们反对与这个世纪有关的一切。"他们"是谁呢？是狄尔泰，是尼采，是柏格森和弗洛伊德等人。这一运动的最早代表对精确科学实证主义方法论批判，但事实上它促进了现代个人主义的诞生，无论是在文学创作领域，还是在文学研究领域。

第一个为自己和同时代人发现奥维德之伟大的人物是美国诗人和文学评论家埃兹拉·庞德。在致朋友的信中，这位《诗章》的作者说，在对诗歌的把握方面，奥维德仅次于荷马。詹姆斯·乔伊斯同样对奥维德充满敬意，他从《变形记》中选了一句话作为其小说《青年艺术家的画像》的格言，"在未知的艺术品中，他释放出自己的灵魂"（《变形记》8.188：*et ignotas animum dimittit in artes*）。奥西普·曼德尔施塔姆（Osip Mandelstam）的诗歌中也显然可以看到奥维德的影响。

庞德、乔伊斯、曼德尔施塔姆，是什么将他们联系到了一起呢？他们都是侨居海外者，虽然方式不同。但这份名单上不仅只有他们。T.S.艾略特、R.M.里尔克、弗朗茨·卡夫卡和弗吉尼亚·伍尔芙也是奥维德式的人物。总而言之，个人主义和自我中心主义的时代就是奥维德的时代。

然而，所谓的历史境遇并不利于这些趋势的进一步发展。法西斯意大利和纳粹德国显然选择了对人与世界的不同看法，而且所有可能的怀疑都被解决了，先是在 1930 年庆祝维吉尔诞辰时，然后是在 1937 年纪念奥古斯都诞辰时。在当时的世界上，是否还有《爱的艺术》的作者的位置呢？他歌颂的是爱情和纯粹的诗，他所代表的不是一代人、一个民族和人类的声音，而是某一个人的声音。

对奥维德的第二波兴趣发生在 20 世纪 50 年代至 70 年代。在另一个战后的世界中，作为流放者的奥维德比以往任何时代都更具吸引力。虽然在 20 世纪的前几十年里，《变形记》的作者是精英的关注目标，但是到了 1945 年后，对于整整一代战争幸存者来说——无论是德国人、英国人、法国人和意大利人，还是罗马尼亚人和波兰人，无论有名无名、境遇好坏——他都成为一种象征。

最后是第三波。现代主义者从奥维德身上看到了个人主义的原型、变形大师和语言魔术师，而战后的艺术家视其为流放者的典范。在 20 世纪最后几十年从事创作的作家那里，这位诗人成为个人自由和内心转变的象征。第三波奥维德热似乎并不具有划时代的意义，但仍然可以说是正在经受检验的主题。可以预测，几乎每一个主流，每一个少数派，每一个群体，每一个国家，都有了或者刚刚形成属于他们自己的奥维德：女权主义的、性别的、后殖民的、非裔美国人的、拉丁的、佛教的、极简主义的、讽刺性的、后现代主义的、后后现代的等。

我同意伊凡·达维坚科（Ivan Davidenko）的观点，即奥维德现象的部分原因在于其创造性成就极高的审美价值。但对于奥维德的兴趣之所以能够持久，传记因素仍具有决定性的作用。与当局者的冲突，以及因此而被迫流放到罗马帝国最偏远的角落，这些都使奥维德成为权力系统受害者的象征。而且，在现阶段，有些作家对这个古老人物的悲惨命运和行为模式依然感同身受。特

别是，这位被流放诗人形象的语义核心是"艺术家的力量""文学
与意识形态"之间的对立。[①]

　　一位乌克兰学者指出，重新思考奥维德文学传记的倾向出现
于 19 世纪前半叶（普希金），但真正意义上的"奥维德热"仅仅
发生在 20 世纪下半叶，此时一种新力量突出了对艺术家的政治压
迫。在 20 世纪 30 年代的"红色恐怖"和法西斯－纳粹的狂热之
后，在看到与这位罗马诗人的经历相类似的对反对派的强制镇压
之后，欧洲作家开始从 20 世纪下半叶出现的灾难的角度来解读奥
维德的形象。[②]

　　最后，让我们从一篇名为《寻找野蛮人》（*In Search of Bar-
barians*，2016）的文章中引用几段话，以此来结束本文。该文出
自前面已经提到过的当代乌克兰作家安德烈·吕布卡之手：

　　　　我怎么来到了这里？我想要更好地了解奥维德，因为他
　　是我最喜欢的诗人。我天真地以为，如果我踏上奥维德曾经
　　踏足的同一个地方，我肯定会感受到东欧的全部。……在奥
　　维德的时代，这里是帝国的尽头，是西方文明的边缘。[③]

　　　　两千年过去了，但这个地方有了另一个边界，即欧盟
　　和北约与乌克兰的边界。我们可以假设乌克兰还没有成为欧
　　盟成员国的原因是因为透过布鲁塞尔的窗户，我们的乌克兰
　　河岸看起来仍然很野蛮。毕竟，只要体验一下两边道路的质

---

①　Davidenko 2015, p.5.

②　Ibid. p.198.

③　Lyubka 2016, p.24.

量，你就会相信直到今天，这里依然有一个边界，一个西方文明的堡垒，因为在乌克兰这边，道路几乎不存在（当地人说这里没有路，地上只有可见的方向），而在罗马尼亚那边，则是平坦的柏油路。①

奥维德巧妙构筑的"野蛮人"概念在东欧仍然适用。毕竟，野蛮人扮演着许多重要的角色。首先，边界另一边野蛮人的存在让人们认识到自己"更优秀""更发达""更文明"。约翰·德林克沃特（John Drinkwater）指出，野蛮人的存在对精英也很有用。政府需要利用神话来为高税收辩护，并维持一支待遇丰厚的军队，来应对野蛮人的威胁。而且，皇帝本人也可以从"野蛮人"真实或虚构的存在中获益：他可以将自己定位为人民的伟大守护者，一位保护文明不受原始、肮脏、好战的部族侵犯的领导者。②

这听起来是不是很熟悉？有很多关于摩尔多瓦人的侮辱性的笑话，我们乌克兰人在他们身上发现了我们的野蛮人，因为我们看起来比他们更发达。斯洛伐克人对匈牙利人的看法也是如此，他们说匈牙利人甚至不是欧洲人，而是来自亚洲的野蛮游牧民族。匈牙利总理维克托·奥班（Viktor Orban）修筑城墙阻止叙利亚难民，他也在构筑自己作为让祖国不受野蛮人入侵的保卫者的形象。似乎只要选民们被边界另一侧伺机而动的野蛮人形象吓坏，他们就可以把经济衰退和腐败抛之脑后。③

---

① Lyubka 2016, p.24.

② Ibid., p.28.

③ Ibid.

附录：奥维德《黑海书简》第二卷第九首译注

石晨叶 译

　　这封书信是致色雷斯王科提斯四世（Cotys）的。公元 12 年，奥古斯都把色雷斯王国分给科提斯及其叔父，科斯提得到王国的绝大部分辖土。这封信可能就是这一背景之下创作的。在信中，奥维德赞扬科提斯的高贵世系，但真正重要的是将他描述为一个"开化"的君主，修养和文化超过武功。奥维德将自己定位为祈求庇护之人，强调自己从未犯罪，诉诸科提斯的王家美德。但奥维德同时又强调自己与科提斯之间的共同之处，即他们都是诗人，而他的请求是"诗人对诗人"的求援（第 65 行）。

　　我们不清楚科提斯和奥维德之间是否有实际上的互动。科提斯逝于奥维德之后，公元 19 年，其叔父攻打科提斯的领土，科提斯身败而亡。

拉丁原文及中译文

Regia progenies, cui nobilitatis origo
　　nomen in Eumolpi peruenit usque, Coty,
Fama loquax uestras si iam peruenit ad aures
　　me tibi finitimi parte iacere soli,
supplicis exaudi, iuuenum mitissime, uocem, 　　5
　　quamque potes, profugo—nam potes—adfer opem.
Me fortuna tibi—de qua quod non queror hoc est—

　　tradidit, hoc uno non inimica mihi.
Excipe naufragium non duro litore nostrum,
　　ne fuerit terra tutior unda tua. 　　10
Regia, crede mihi, res est succurrere lapsis

科提斯啊，王族的后裔，你高贵的出身
　　可追溯至欧莫尔普斯之名。
假若闲碎的杂闻已经传入了你的耳中，
　　我正落难于你邻地的一隅。
青年中最仁慈的人啊，请倾听乞求者的呼声，
　　既然有能力，请尽力救助流放者。
时运将我交付于你 ——就此事我对她并无怨言
　　——只此一事，她对我没有敌意。
请以最温和的海岸接纳我这遭遇海难之人，
　　莫让浪涛比你的领地更为安全。
相信我，拯救落难之人乃王族应为之事，

conuenit et tanto quantus es ipse uiro.

Fortunam decet hoc istam, quae maxima cum sit,

　　esse potest animo uix tamen aequa tuo.

Conspicitur numquam meliore potentia causa　　　　15

　　quam quotiens uanas non sinit esse preces.

Hoc nitor iste tui generis desiderat, hoc est

　　a superis ortae nobilitatis opus.

Hoc tibi et Eumolpus, generis clarissimus auctor,

　　et prior Eumolpo suadet Erichthonius.　　　　　　20

Hoc tecum commune deo est quod uterque rogati

　　supplicibus uestris ferre soletis opem.

Numquid erit quare solito dignemur honore

　　numina, si demas uelle iuuare deos?

Iuppiter oranti surdas si praebeat auris,　　　　　　25

　　uictima pro templo cur cadat icta Iouis?

Si pacem nullam pontus mihi praestet eunti,

　　inrita Neptuno cur ego tura feram?

Vana laborantis si fallat arua coloni,

　　accipiat grauidae cur suis exta Ceres?　　　　　　30

Nec dabit intonso iugulum caper hostia Baccho,

　　musta sub adducto si pede nulla fluent.

Caesar ut imperii moderetur frena precamur,

　　tam bene quod patriae consulit ille suae.

Vtilitas igitur magnos hominesque deosque　　　　　35

　　efficit auxiliis quoque fauente suis.

Tu quoque fac prosis intra tua castra iacenti,

　　o Coty, progenies digna parente tuo.

Conueniens homini est hominem seruare uoluptas

　　et melius nulla quaeritur arte fauor.　　　　　　40

Quis non Antiphaten Laestrygona deuouet aut quis

　　munifici mores improbat Alcinoi?

Non tibi Cassandreus pater est gentisue Pheraeae

　　quiue repertorem torruit arte sua,

sed quam Marte ferox et uinci nescius armis,　　　45

　　tam numquam facta pace cruoris amans.

Adde quod ingenuas didicisse fideliter artes

　　emollit mores nec sinit esse feros.

Nec regum quisquam magis est instructus ab illis

　　mitibus aut studiis tempora plura dedit.　　　　50

Carmina testantur quae, si tua nomina demas,

　　Threicium iuuenem composuisse negem.

Neue sub hoc tractu uates foret unicus Orpheus,

　　Bistonis ingenio terra superba tuo est.

它也和像你一样杰出的人相称。

此举亦和你的地位相符，尽管已经至尊，

　　（地位）却只勉强与你的灵魂对等。

权力从来不会在更好的事因中得到彰显，

　　除了常常不让请求落空以外。

这件事为你族系的光辉所愿，这也是

　　源于诸神之高贵身份的职分。

对此，欧莫尔普斯，你家族显赫的缔造者，

　　和再之前的艾力克托纽斯都劝你为之

此点是诸神与你共通之处：你们被乞求时，

　　都习惯给自己的请求者施以援手。

会有什么让我们觉得神祇配得上传统的荣耀，

　　若你不计诸神乐意提供救助？

如果朱庇特对祈求者示以漠不关心的双耳，

　　为什么有被宰的牺牲倒在他庙前？

假若海洋不向穿行的我保证一刻的安宁，

　　我又为何给涅普图努斯供上燃香？

若刻瑞斯无信，让劳碌农民的土地变得荒芜，

　　为什么她能收下有孕牲畜的脏器？

献祭的山羊不会把脖颈伸给长发的巴克斯，

　　如果没有葡萄汁从踏�的脚下流出。

我们之所以恳求让恺撒来掌控帝国的缰绳，

　　是因为他对祖国事务的规划非常有方。

因此，能够对他人有用使得人和神变得伟大，

　　他们以各自的助益提供泽佑。

你也应当给徜徉在自己帐营内的人提供帮助，

　　哦，科提斯啊，不辱父辈的后嗣。

帮助他人对于任何人都是理所当然的享受，

　　也没有途径可以更好地赢得支持。

谁不咒骂安提法特斯，（食人的）莱斯特利贡
之后？

　　谁又不称赞宽厚的阿尔喀诺俄斯的品行？

你的父亲并非来自卡桑德里亚，或出自斐赖
一族，

　　亦非将巧匠烧死在自己作品中的暴君。

但尽管作战骁勇，且未曾知晓被敌军打败的
滋味，

　　你在和平恢复后，却从不痴迷于杀戮。

除此之外，你潜心学习与贵族相称的博雅
文艺，

　　此举温和你的品性，不使之变得暴虐。

没有哪位国王受那些柔美（文学）的熏陶更深，

　　或者投入更多时间用于修习文艺。

你的诗作即是明证。如果你掩去自己的姓名，

　　我不会认为是色雷斯青年创作了（它们）。

因为俄耳普斯将不再是这片土地上唯一的
诗人，

　　比斯托尼亚之地为你的诗才而骄傲。

Vtque tibi est animus, cum res ita postulat, arma　55

　　sumere et hostili tingere caede manum,

atque ut es excusso iaculum torquere lacerto

　　collaque uelocis flectere doctus equi,

tempora sic data sunt studiis ubi iusta paternis

　　atque suis humeris forte quieuit opus,　60

ne tua marcescant per inertis otia somnos,

　　lucida Pieria tendis in astra uia.

Haec quoque res aliquid tecum mihi foederis adfert:

　　eiusdem sacri cultor uterque sumus.

Ad uatem uates orantia brachia tendo,　65

　　terra sit exiliis ut tua fida meis.

Non ego caede nocens in Ponti litora ueni

　　mixtaue sunt nostra dira uenena manu,

nec mea subiecta conuicta est gemma tabella

　　mendacem linis inposuisse notam.　70

Nec quicquam, quod lege uetor committere, feci:

　　est tamen his grauior noxa fatenda mihi.

Neue roges quae sit, stultam conscripsimus Artem.

　　Innocuas nobis haec uetat esse manus.

Ecquid praeterea peccarim quaerere noli,　75

　　ut lateat sola culpa sub Arte mea.

Quicquid id est, habuit moderatam uindicis iram,

　　qui nisi natalem nil mihi dempsit humum.

Hac quoniam careo, tua nunc uicinia praestet,

　　inuiso possim tutus ut esse loco.　80

就像你有勇气，在情势如此所需时，拿起武器，
　　因敌人倒地而将手染上（鲜血）；
亦如你擅长，在后臂一振之后，掷出长矛，
　　并且控制疾驰骏马的脖颈；
如此，当充分的时间被投入于父辈的技艺，
　　而恰巧，他们肩上的战事告停，
你的闲暇时光不必于慵懒的睡眠中虚度，
　　你沿皮埃里亚之路，走向闪耀星空。
这一件事也带给我某种与你相关的联系，
　　我们都是同一祭仪的信奉者。
诗人对诗人，我向你伸出求援的双臂，
　　求你的土地可供我托付流亡岁月。
我并非因杀人害命而来到黑海之滨，
　　或有致命的毒药经我手调制；
我的戒指没因伪造的文书而被指控
　　按下亚麻封线上虚假的蜡印。
我从来没有做过任何被法律禁止触犯之事：
　　但我必须坦白自己的罪责较之更重。
请别问是什么，我写了那愚蠢的《爱艺》。
　　这一诗作不准我再有清白的双手。
除此以外，我还有何僭越？请勿探究，
　　让罪名匿于我的《爱艺》一错之下。
无论是何事，它仅从审判者处收到平和的怒火，
　　除了生我的土地，他未从我处夺走一物。
既然我失去了故土，现在，请以你的毗邻来保证，
　　我能在令人憎恶的土地上平安苟活。

简注

2.9.9-10 奥维德在流放诗中常将流放比作 naufragium，即"船难""海难"，将自己称为 naufragus，即"遭遇海难之人"。见 Gaertner 2005, p.172；刘津瑜 2018, pp.332-333。

2.9.35 Helzle 译为"Deshalb macht ihr Nutzen die Götter und Menschen groß"。

2.9.44 "将巧匠烧死在自己作品中的暴君"指法拉里斯（Phalaris），西西里阿格里根图姆（Agrigentum）的僭主（前 571—前 555），以残暴著称。巧匠佩里罗斯（Perillus）曾造铜牛来炙烤活人，即这一行中的 repertorem（发明人）。佩里罗斯自己成了第一个遭此酷刑之人。奥维德曾多次引用这个故事，完整的叙述见《哀

怨集》3.11.39-54。《爱的艺术》1.653-654、《哀怨集》5.1.53 亦提及这个典故。

2.9.47 ingenuas...artes，所谓自由人的艺术 liberales artes。

2.9.69 gemma，在这里指戒指图章，亦称印戒；罗马时期的信件之外有蜡封，其上用印戒打上印戳，以防作假；tabella，指文书。

2.9.70 linis，指用来系上信件的亚麻线。西塞罗《反喀提林演说》3.10 提到截获的喀提林同伙的信件（tabellae），在跟他们对证的时候，先让他们辨认印章（signum），接着在读信的内容之前，先切断系在 tabella 外的线（linum）。

奥维德流放中的诉说：凯索·欧·希尔凯的爱尔兰语诗歌与奥维德的流放之声[①]

马修·麦高恩，福特汉姆大学

（Matthew M. McGowan，Fordham University）

沈静思　译

凯索·欧·希尔凯（Cathal Ó Searcaigh）出生于多尼戈尔（*Donegal*）乡下，在爱尔兰的传说中，这个地方近乎神秘，它位于爱尔兰东北角，是整个国家最边远的一个郡。据古爱尔兰语传奇《瑞德海岬》（*Ard Ruide*，约 12 世纪作品）所载，此地以勇武、不逊、冲突与夸耀著称，并且直至今日，许多引人入胜的爱尔兰语文学和音乐依旧发源于此。欧·希尔凯就成长在这片土地上，在克洛赫尼利教区（Cloughaneely），戈塔赫克小镇（Gorthahork）外一个饲养鹅和羊的农场上。这里是爱尔兰语区（Gaeltacht）的中心地带，英语往往是这里的第二语言。[②]他在 2009 年的回忆录《远

① 我要感谢 2017 年 5 月 31—6 月 2 日在上海举办的"全球视野下的奥维德"会议，在此次会议上我首次宣读了这篇文章。迪金森学院的 Christopher Francese 和 Marc Mastrangelo 为在美国和中国的古典学家之间搭建桥梁付出了很多努力，我向他们致以谢意。感谢所有的学生志愿者。最后，非常感谢刘津瑜的远见与勤勉，她是我们在这场旅程中的向导。

② 参见《灵魂之所：心灵智慧之书》（*Soul Space: A Book of Spiritual Wisdom*. Evertype: Westport, 2014），这本文集由自由体英文诗以及对个人生活的回顾两部分构成，以笔名查尔斯·阿格尼丝（Charles Agnes）发表，在其中的作者生平介绍中，欧·希尔凯如此描述他自己："他是旧习俗的信徒，追随德鲁伊和吠陀传统中来自大地的智慧。他是灵魂的医者和民俗学家。他的居所在爱尔兰东北一个偏远的部落，在那里他照料着鹅群和黑面山羊。"

山上的光》（*Light on Distant Hills*）中写到，青年时期他就痛苦地意识到自己是同性恋，感到恐惧和挫败，渴望与"外面"的世界、与这个封闭守旧的家乡以外的世界发生联系。[①]1970 年代，少年希尔凯离开多尼戈尔来到伦敦谋生。他的工作场所集中于各个酒吧，同时，他也得以探索自己的性向，并最终与之和解。欧·希尔凯一直喜欢讲故事，也坚持练习写作，但他真正的天赋却是在诗歌上，尤其是英语诗人使用的轻盈悦耳的自由诗体。与此同时，年轻的凯索向传统学习，他对音乐听觉敏锐，这点或许与奥维德不无相似之处，但欧·希尔凯书写的主题更贴近个人情感的剖白，以及阿那克里翁（Anacreon）式的、与《希腊诗集》类似的庆典狂欢主题。根据埃德·马登 2014 年的文章，欧·希尔凯在职业生涯早期采用了"同性恋浪游者"（gay flaneur）这一身份[②]，也就是城市中的浪荡闲人。从一开始他就立志要述说自己身为男同性恋者完整的肉体和情感经历，先是在 1970 年代早期的伦敦，后来又回到爱尔兰。这一点使他与传统背离，尤其是传统爱尔兰语诗歌。这个传统中既没有阿那克里翁和《希腊诗集》，也没有奥维德。他的坦率自然为他招来了批评者，特别是来自爱尔兰乡村、欧·希尔凯童年家乡的批评者，此地对性的态度原本就很拘谨，更缺乏对同性性爱的想象。但欧·希尔凯的才智依旧让他成名。社会上的很多年轻人对欧·希尔凯诗行中所表露的公开坦诚无比渴慕，诗人给了他们新的路径和希望，对很多人来说他是个英雄。

　　1970 年代中期从伦敦返回爱尔兰后，欧·希尔凯先后在利默

---

① 见 O'Searcaigh 2009, p.14。

② 见 Madden 2014, p.94。

里克（Limerick）和梅努斯（Maynooth）的大学获得了欧洲研究和
凯尔特研究学位，后者对他在 1978 年到 1981 年间参与的爱尔兰
语电视节目《爱尔兰之梦》（*Aisling Ghael*）十分重要，这档节目
使他在爱尔兰语区以及其他地区为人熟知。从 1980 年代初开始，
他发表的诗集、论文和戏剧广受赞誉，此后他便以写作维生。到
1990 年代初的时候，他已经成为爱尔兰非官方的艺术大使，常常
在国际上代表爱尔兰的诗歌、文学、音乐和舞蹈节。1995 年，38
岁相对年轻的他入选了著名的爱尔兰艺术家协会（*Aosdána*），许
多成员同欧·希尔凯一样每年从国家获取大约 20000 欧元的津贴。[①]
不夸张地说，直至 2007 年底，欧·希尔凯已经是在爱尔兰工作
的、阅读受众最广、最著名的爱尔兰语诗人。简单来说，那是他
职业生涯的巅峰。

　　2008 年初，内萨·尼·契亚内安（Neasa Ní Chianáin）的纪录
片《性·谎言·加德满都》（*Fairytale in Kathmandu*）发行，她十
分崇拜欧·希尔凯，希望记录他为帮助贫穷的尼泊尔青年所进行
的"慈善"工作，超过 25 万人在爱尔兰电视上收看了本片，这个
数字十分可观，占到了爱尔兰 450 多万人口的 6%。片中，欧·希
尔凯据说与几个 16 岁以上、和他的慈善事业有关的年轻人发生了
亲密关系。本片由此提出了一系列疑问：欧·希尔凯和这些年轻
人的关系是否是剥削性的？一个 50 岁、相对富有的外国人和受教
育程度不高甚至未受教育的尼泊尔青年之前是否存在不平衡的权

---

　　① 　这一津贴额度大约在 20000 欧元左右。该协会的其他著名成员包括萨缪尔·贝克特
（Samuel Beckett），布莱恩·弗里尔（Brian Friel）和谢默斯·希尼（Seamus Heaney），以及当代
作家保罗·穆尔顿（Paul Muldoon），艾德娜·奥布莱恩（Edna O'Brien）和科尔姆·托宾（Colm
Tóibín）。

力关系？影片记录下欧·希尔凯为这些男孩支付住房、食物、自行车和服装费用，他甚至在镜头前亲口提到自己与其中几人发生了性行为，但他否认自己虐待或者强迫过他们。事实上，欧·希尔凯此后试图澄清自己只与其中少数人有性关系，并且声称他从未在尼泊尔参与鸡奸。有些人公开为欧·希尔凯辩护，特别是他的朋友帕迪·布希（Paddy Bushe），他在 2009 年发行了另一部纪录片《加德满都的真相》（*The Truth about Kathmandu*）。然而直到今天欧·希尔凯的事业和声誉还未恢复。他的一些批评者希望他离开爱尔兰艺术家协会，其中最猛烈批评他的人呼吁以强奸罪起诉他，他们指出这里显然存在双重标准：人们谴责在东南亚进行性旅游的商人，却让爱尔兰语复兴运动（一项爱尔兰的神圣事业）的领军人物全身而退。欧·希尔凯最终没有承担法律后果，但他在职业上仍被边缘化，他的诗歌也似乎从全国"毕业证书"（*Leaving Certificate*）爱尔兰语能力认证考试中被除。①

　　欧·希尔凯两次在电台和书面采访中回应了对他的指控，但其他时候他对这个问题大多保持沉默。然而，他在事件后发表的第一首诗《奥维德说》（*Labhrann Óivid*），完全可以解读为对此事的回应，这是一篇由学术性的、充满隐喻的诗行写成的某种形式的自我辩护。这首诗的爱尔兰语原文曾由加布里埃尔·罗森斯托克（Gabriel Rosenstock）译成英文。这首诗的爱尔兰语原文、英译文以及中译文如下：

---

① 这些考试的内容可以在爱尔兰国家考试委员会（Irish State Examinations Commission）查看。

LABHRANN ÓIVID[①]

Do Frankie Watson

Drochbhreith ar an áit dhamanta seo inar díbríodh mé,

an baile beag fuaramánta seo i mbéal na Mara Duibhe

a chonálfadh na corra ionat an lá is teo amuigh.

I bhfad ó shaol na bhfuíoll agus ó bheatha bhog na Róimhe

tá mé beo gan dóigh i mease na ndaoine danartha seo

nach bhfuil a ndámh le léann ná le béasa deasa an bhoird.

Nach mairg nach bhfuil teacht agam anois ar an tsú spreagtha úd,

íc súmhar na fíniúna lena mbínn ag biathú na mbriathra sa

bhaile.

An tráth seo bliana leac oighir i gerúiscín ata i bpóit an tí seo.

Nach mairg nach bhfeieim gleannta gréine na gcaor, m'fhearann

aoibhinn i gcéin, goirt na n-ológ agus cnoic na geraobh.

Ar an tsuíomh úd b'fhurasta domh bia a bhaint as caint na tíre.

Nil tráth ná uair den lá nach gcuimhním ar chathair gheal na

Róimhe.

---

① 首发于 *The Poetry Ireland Review* 100 (2010), pp.89-90。

Ar an láthair úd chan mé bás agus beatha. Ansiúd chuir mé an tsuaithníocht

　　i bhfriotal na humhlaíochta, an dánaíocht i bhfuaim na grástúlachta.

　　Anseo tá teangaidh anaithnid a théann de mo dhícheall a tuigbheáil.

　　Amannta uaill na bhfaoladh a chluinim i rith na bhfocal agus amannta eile

　　uaill an tseaca ag scoilteadh san uisce a bhíonn i genead a gcainte.

　　Augustus a d'fheall orm, a dhamnaigh m'ainm, a dhaor mé,

　　ach dá dhéine a bhreithiúnas, dá ghéire a phionós, geallaim dó

　　nach sáróidh sé daonlathas mo dháin lena bheo.

　　Is ni éireoidh le aon ri dá réimeas, dá chumhachtaí é,

　　mo dhán a thabhairt faoina thiarnas anois ná go deo.

　　Ó aois go haois, brúchtfaidh siad aníos. Tá an domhan brach

　　le rá acu leis na giùnta dúshlánacha a thiocfas i dtráth;

　　na saoir úd ar chuma sa tsioc leo faoi Shaesar is a shliocht.

　　Seo ár ré, aois Óivid agus Virgil agus Horáit, dá n-admhódh sé é.

Ach tá Augustus rótheann as a thábhacht le go bhfeicfeadh sé

gur faoi scáth na bhfilí a mhaireann sé is gur amhlaidh a bheas

go brach,

gur muidinne a chumann an reachtaiocht is buaine, dlí síoraí

An tsaorbhriathair, an focal coir nach ndlíonn aon deachtóir,

aitheantà glé na héigse atá i gcónaí faoi dhlínse na Bé.

Maith domh an t-uabhar mór is an bród a théann thar fóir,

Ach ó tugadh uaim a raibh agam de ghradam, d'ainm is d'urraim,

fear gan fód mé fágtha i dtuilleamaí na déirce. Ó cuireadh an fan

fada orm nil de bhaile agam anois ach baile seo an Bhriathair.

Nil a athrach le déanamh agam ach a theacht i dtír i ndán.

Ovid Speaks[1]

To Frankie Watson

A hundred curses on this place of banishment,

back door to nowhere by the Black Sea.

The warmest day here would freeze the legs off a heron!　　3

---

① 凯索·欧·希尔凯:《走出荒野》(*Out of the Wilderness*, Oxford: Onslaught Press 2016),由加布里埃尔·罗森斯托克 (Gabriel Rosenstock) 译为英文并撰写导言。

It's a far cry from the cosiness and comforts of Rome.

I'm going to seed here among barbarians

with as much learning and table manners between

them as a flea.　　　　　　　　　　　　　　　6

Oh for a drop of that divine elixir,

fruit of the vine that gives sparkle to words!

For liquor here there's nothing but ice in the bottom of a jug.　　9

Oh for the sunny slopes of those homeland vines again,

olive groves, wooded hills.

There I could live off consonants and vowels.　　　　　12

Scintillating Rome! Always in my thoughts,

where I juggled with life and death. There I gave colour

to humility, boldness to the sweetest sounds.　　　　15

My brain will snap before I understand this Black Sea blather,

it strikes the ears betimes as the howl of wolves,

other times the wrenching of ice from itself.　　　　18

Augustus it was who betrayed me and blackened my name,

but harsh though his judgement, his punishment, might seem

I swear he will not have victory over my words.　　　　21

No king, no regime, however powerful

will tryannise my poetry now or in times to come.

From age to age my poems will surge. They will speak　　24

To rising generations in the fullness of time;

freemen who couldn't care less about Caesar and his ilk.

This is our age, let him know it, the age of Ovid,

Virgil and Horace.　　　　　　　　　　　　　　　　27

But Augustus is too self-important to see

that it is by the grace of poets that he lives and breathes,

and so will it always be; it is we who fashion the ageless

legislation　　　　　　　　　　　　　　　　　　　30

Of the free word, the honest word that bows not to tyranny,

the glowing commandments of poetry forever guarded by the

Muse.

Forgive this hubris, this pride that has brimmed over,　　33

Stature, name and honour have been taken from me

I'm rootless, a beggar. Thrown to the winds

the Word my only home.　　　　　　　　　　　　　　36

Nothing to do but brandish this quill.

奥维德说

致弗朗基·沃森

我千百次地诅咒这流放之地，

黑海之滨通向虚妄之地的后门。

最温暖的天里也要将那苍鹭的腿冻僵！

此地与罗马的温馨和舒适相去甚远，

而我将在这里扎根，如跳蚤般在野蛮人之中，

带着我许多的学识和餐桌礼仪。

啊，若能得一滴那天赐的灵药，

那赋文字以灵光的果实！

这里只有壶底的冰块充作烈酒。

若能再次回到故土，阳光充足的葡萄树山坡，

橄榄园，和树木繁茂的山丘。

在那里我以辅音和元音维生。

光芒万丈的罗马！永远在我心中，

在那里我戏弄生死，在那里我给谦卑

以色彩，给甜美的声音以胆色。

听懂黑海的胡话之前，我的大脑将会停工，

它有时听来像是狼群的嚎叫，

有时又像是冰块将自己拧断。

是奥古斯都背叛了我，抹黑我的姓名，

他的裁决严厉，他的惩罚苛刻，

但我发誓，他无法征服我的语言。

没有国王，没有政权，不管他们如何强大，

能够压迫我的诗歌，现在不会，将来亦不可能。

我的诗歌将世世代代翻涌澎湃，它们将诉说

向着年轻的一代，当时机成熟；

他们是自由的，对恺撒和诸如此类的人物不以为意。

这是我们的时代，告诉他，是奥维德、维吉尔、贺拉斯

的时代。

但奥古斯都自视太高，他看不到

他是仰仗诗人的恩典活着、呼吸着，

从来如此；是我们成就了自由之言的

永恒立法，正直的、不向暴政低头的语言，

诗歌那闪耀的戒律，由缪斯女神永恒守护。

原谅我的放肆，这盈溢的骄傲，

被夺去了声望和荣耀，

我是漂泊的乞儿。在风中飘零，

语言是我唯一的家。

无事可做，唯有挥舞手中的笔。

在我看来，任何语言、任何地方都再没有比这更扣人心弦的对奥维德流放之声的接受和重新利用。欧·希尔凯的《奥维德说》敏锐地捕捉到了奥维德流放诗中一些为人熟知的修辞。比如他在前18个诗行中诅咒了流放地所在的黑海，而没有直接称呼"托米斯"：这个地方严寒、条件不佳、无（不冰冻的）美酒、少文化，与罗马有着天壤之别。这些描述让人联想到奥维德流放诗中

的许多片段，我在这里仅举《哀怨集》5.7 选段（第 17—22 行和第
43—66 行），以示例诗人如何多次感叹自己流放之地的各种问题：

uox fera, trux uultus, uerissima mentis imago,   17

    non coma, non trita barba resecta manu,

dextera non segnis fixo dare uulnera cultro,

    quem uinctum lateri barbarus omnis habet.   20

uiuit in his Naso tenerorum oblitus amorum,

    hos uidet, hos uates audit, amice, tuus. ...

locus est inamabilis, et quo   43

    esse nihil toto tristius orbe potest.

siue homines, uix sunt homines hoc nomine digni,   45

    quamque lupi, saeuae plus feritatis habent;

pellibus et laxis arcent male frigora bracis,

    oraque sunt longis horrida tecta comis

In paucis remanent Graecae uestigia linguae,

    haec quoque iam Getico barbara facta sono.   50

unus in hoc nemo est populo, qui forte Latine

    quaelibet e medio reddere uerba queat.

ille ego Romanus uates (ignoscite Musae)

    Sarmatico cogor plurima more loqui.

En pudet et fateor, iam desuetudine longa   55

    uix subeunt ipsi uerba Latina mihi.

Nec dubio quin sint et in hoc non pauca libello

barbara: non hominis culpa, sed ista loci.

Ne tamen Ausoniae perdam commercia linguae,

　　et fiat patrio uox mea muta sono,　　　　　　　　　　60

ipse loquor mecum desuetaque uerba retracto,

　　et studii repeto signa sinistra mei.

Sic animum tempusque traho, sic meque reduco

　　a contemplatu summoueoque mali.

carminibus quaero miserarum obliuia rerum:　　　　　65

　　praemia si studio consequar ista, sat est.

声音刺耳，面庞粗糙，野人最真实的形象，

　　他们的双手缺乏修饰边幅的技艺

却能快速以匕首中伤敌人

　　凶器常伴每个野人身侧。

朋友啊，您的诗人纳索已忘记心中所爱，

　　而置身野人群中，所见、所闻皆是这般……

……此地令人憎恶，

　　普天之下再没有比这更悲伤的地方。

这里的人们——他们几乎配不上"人"的称号——

　　如狼群一般，甚至更具野性；

以毛皮和宽松的裤子抵御严寒，

　　可怖的面目以蓬乱的毛发遮盖。

少数几人的语言中，还留有希腊语的痕迹，

　　可即便他们的语言，也受盖塔人的影响而变得野蛮。

在这里甚至没有一人

　　能偶尔回以普通的拉丁词语。

原谅我吧，缪斯！身为罗马的诗人，

　　却被迫使用萨尔马提亚的语言。

看哪，我实在羞于承认，因长久的荒废

　　我对拉丁文已十分生疏。

毋庸置疑，这卷小小的书中必有不少

　　蛮夷之言。实非我所愿，只怪这鬼地方。

为防失去使用奥索尼语言①的技艺，

　　或丢失言说母语的声音，

我同自己对话，重拾不再熟悉的词语，

　　找回曾热衷的那些不幸的符号。

如此这般，我将了却残生，如此回归自身，

　　使自己从满腹忧愁中解脱。

在诗歌中，我寻求忘却不幸的厄运，

　　若以此奖赏我的热望，那也便够了。

　　当然，类似的修辞手法在流放诗中比比皆是，但举这些诗句为例在我看来尤为恰切，因为第45行提到了狼，更因为两诗对地理特征的描写高度吻合。我并不是轻率地说出"类似的修辞手法在流放诗中比比皆是"，因为这是事实：纵观《哀怨集》和《黑海

---

①　译者注：奥索尼语言（ausonia lingua），即拉丁文，奥索尼人（Ausones），古代定居意大利中南部地区的族群。Ausonia 常用来指代意大利。原文作者麦高恩提供了自己英译文，中译文反映了麦高恩的理解。黑体为原文作者所加。

书简》，奥维德常常自我重复，来谈托米斯和他被流放的总体境遇。事实上，诗人经常抱怨自己诗歌的单调反复，而这抱怨本身已然成了一个再三出现的主题。[①] 当然，奥维德完全可以重复他的抱怨与此同时又不断收获乐趣，如果他在流放时期真是这么做的。

欧·希尔凯诗歌的第二部分，第 19—37 行中，诗人 – 叙述者将关注的焦点从流放的境遇转移到了奥古斯都以及更普遍的暴政问题。对欧·希尔凯来说——当然对奥维德也一样——有形的、身体的力量（或者更好的说法是"在场的权威"）只存在片刻，它终会消逝，即便不是随着"元首"（*princeps*）本人一起消失。与之相反，诗歌的力量可以说是永恒的，不被时间限制。如果诗人的语言蕴含真理，那么它将持续存在，永恒不衰。比如可以参见《哀怨集》3.7. 45-57：

> en ego, cum caream patria uobisque domoque,
>
> 　　raptaque sint, adimi quae potuere mihi,
>
> ingenio tamen ipse meo comitorque fruorque:
>
> 　　Caesar in hoc potuit iuris habere nihil.
>
> quilibet hanc saeuo uitam mihi finiat ense,
>
> 　　me tamen extincto fama superstes erit,
>
> dumque suis uictrix septem de montibus orbem
>
> 　　prospiciet domitum Martia Roma, legar.

---

① 见 McGowan 2009, p.6 n23。

看哪，尽管我失去了故土和家庭，

　　一切可被拿走的，尽已夺去，

我依旧与我的诗才为伴，乐在其中：

　　在这里，恺撒的权势也无可奈何。

即便用冷酷的刀剑结束我的生命，

　　我的名声也将在死后流传。

只要征服者罗马，依旧从她的七座山上，

　　俯瞰被征服的世界，我将继续被传诵。

　　这里我们再次遇见这个重复多次的主题，我援引《哀怨集》
3.7 这首致裴利拉（Perilla）的诗，是因为它有力地张扬了诗歌的
自主性。语言是诗人的武器，想要对抗诗人除了毁灭语言文化和
禁止读写之外别无他法。《哀怨集》4.10 是诗人在流放中的"自传"，
这首诗提供了又一例证，如第 129—132 行：

si quid habent igitur uatum praesagia ueri,

　　protinus ut moriar, non ero, terra, tuus.

sive favore tuli, siue hanc ego carmine famam,

　　iure tibi grates, candide lector, ago

若诗人的预言不爽，即便我行将逝去，

　　大地啊，我也不会属于你。

或因诗歌或因好意，我收获了名声，

　　热诚的读者啊，我理应向你致谢。

这首诗延续了《变形记》尾声①中所用的语言和表达的情感。此外，我在这里再举一例，《黑海书简》4.16 的第 1—4 行，流放诗中的最后一首，足以说明这些主题在奥维德的流放诗中贯穿始终：

Inuide, quid laceras Nasonis carmina rapti?

　　Non solet ingeniis summa nocere dies

famaque post cineres maior uenit et mihi nomen

　　tum quoque, cum uiuis adnumerarer, erat.

嫉妒的人啊，纳索已死，为何要撕裂他的诗篇？

　　死亡之日无法损害我的诗才，

化为尘土后，更光辉的声名到来，

　　即使旧日里尚在人世时，我已收获美名。

欧·希尔凯的作品同样精湛，其中最后十行（第 27—37 行）尤为震撼："但奥古斯都自视太高，他看不到 / 他是仰仗诗人的恩典活着、呼吸着， / 从来如此；是我们成就了自由之言的 / 永恒立法，正直的、不向暴政低头的语言， / 诗歌那闪耀的戒律，由缪斯女神永恒守护。 / 原谅我的放肆，这盈溢的骄傲， / 被夺去了声望和荣耀， / 我是漂泊的乞儿。在风中飘零， / 语言是我唯一的家。

----

①　奥维德《变形记》15.878-879：ore legar populi, perque omnia saecula fama, / siquid habent ueri uatum praesagia, uiuam（我会被人们传诵，在悠悠千载的声名里 /[诗人们的预言倘若不虚] 我将永生！）（张巍译）。

/ 无事可做，唯有挥舞手中的笔。"

这些诗句将诗歌描述成面对艺术禁锢时的慰藉之源、救赎之所，这一思想在上述援引的《哀怨集》5.7 第 65—66 行可见一斑：在诗歌中，我寻求忘却不幸的厄运，/ 若以此奖赏我的热望，那也便够了（ *carminibus quaero miserarum obliuia rerum: / praemia si studio consequar ista, sat est* ）。此外，它们让人联想到另一位爱尔兰诗人，同时也是爱尔兰艺术家协会的成员德里克·马洪（Derek Mahon，1941 年生于贝尔法斯特），我在这里给出他 1982 年的诗歌《奥维德在托米斯》（ *Ovid in Tomis* ）节选，并在本文最后附上全诗。阅读本诗之前，读者须得设想这位北爱尔兰诗人在托米斯——如今罗马尼亚的康斯坦察港口——遇见一座高大的奥维德铜像。和欧·希尔凯的诗一样，铜像在马洪的想象中代替奥维德本人开口："自我历经变形 / 化身石块 / 已年深日久"（ *It is so long / Since my own transformation / Into a stone* ）。诗句以流放中的变形为主题进行了发挥，讲述了诗人如何在流放中变化，不再是曾经的自己。它同时确认了雕像本身坚硬、石块般的特质：诗人不再有血有肉，而成了铁石之躯。在那之后，雕像继续道："我常冥想 / 关于地上王国的倏忽即逝 / 关于人间君主的背信弃义"（ *[I often] meditate upon / The transience / Of earthly dominion, / The perfidy of princes* ）。这个主题也是奥维德和欧·希尔凯诗中的常客。然而，在紧随其后的诗行中，诗人本人只能选择屈服；因为只有诗歌才能持续存在，见证人世，诗歌所利用的是一种非时间性的力量。因而，马洪赋予了奥维德——或者说作为诗人的喉舌的铜像——让步的权利。"缪斯在 / 别处，而非此处 / 这冰冷的湖边—— / 或者说，若她在此处，／那么就是我／诗才不济／不得窥见。"（*The Muse is somewhere / Else, not here / By this frozen lake – / Or, if here, / then I am / Not poet enough / To make the connection.*）全诗结束于诗歌的让步这一主题："毋宁沉思／对着空白纸页／任其留白／也好过修饰／它的实体／哪怕只添一笔／…… 我低头／向着它的赤诚／为我们的流放哭泣。"（*Better to contemplate / The blank page / And leave it blank / Than modify / Its substance by / So much as a pen-stroke / ... I incline my head / To its candour / And weep for our exile.*）这伤心的哭泣却无疑留存了下来，而且无法被平息，不管那些暴君或人世的政权有何企图，它都已成为流放之歌。

　　当然这些只是全诗的一部分，但它们并不具备欧·希尔凯的《奥维德说》中那种明显的愤怒之情。要论起来，欧·希尔凯的诗是对诗艺本身的狂热辩护，这位爱尔兰语诗人将奥维德那些有明确所指、在特定历史语境下的流放诗导向新的方向，为自己所用。在另一本书中 [1]，我曾主张奥维德在流放诗中所采取的辩护式的姿态有两重效用：在个人的层面上，它对抗的是流放之刑的不义；在更普遍的层面上，它是对诗歌的辩护，抗衡那些依靠武装力量获得权威的暴君和强人的暴力行为。而欧·希尔凯的自我辩护是否也有个人层面和一般层面上的两重含义？这是一个值得探讨的议题。至少他的《奥维德说》强有力地再现了奥维德的流放之声，而这个声音似乎可以超越尘世、藐视死亡。诚然，讲述诗歌如何可以使它所刻画的主题永恒不朽是希腊和拉丁文诗歌中的

---

[1]　参见 McGowan 2009, p.11, 141, 211。

传统手法，也是奥维德写作生涯中一再使用的一种修辞。[①] 欧·希尔凯在《奥维德说》中也使用了这一手法，由此传达了他的反抗和不屈，求助于语言和古罗马诗歌传统的力量。他也同时扩大了奥维德诗歌的地理和语言范围：古罗马最多面的诗人——死于帝国边缘流放地的奥维德——被重新召回，在欧洲的偏远一隅用爱尔兰语诉说。不管我们如何理解这首诗，欧·希尔凯的奥维德显然已经更加多面，而且更加全球化。

附录：

Derek Mahon, "Ovid in Tomis" from *The Hunt By Night* (1982)

What coarse god

Was the gearbox in the rain

Beside the road?

What nereid the unsinkable

Coca-cola

Knocking the icy rocks?

---

① 诗歌所赋予的永恒声名是希腊和拉丁文诗歌中传统主题，比如阿尔克曼 148（Alcm. 148，见 Davies），萨福 32（Sapph. 32，见 Lobel-Page），荷马颂歌《致阿波罗》（Hom. *h.Ap.*）第 166—176 行；恩尼乌斯残篇 12（Enn. fr. 见 Skutsch）；贺拉斯《颂诗集》2.20（Hor. *Carm.* 参见 Nisbett & Hubbard 1978, pp.335-336, 344-345）及 3.30, 4.3；普罗佩提乌斯《哀歌集》（*Prop.*）4.1；奥维德《恋歌》1.15（参见 McKeown 1989, pp.387-389）；《变形记》15.871-879（见 Bömer 1986 相关段落）。

They stare me out

With the chaste gravity

And feral pride

Of noble savages

Set down

On an alien shore.

It is so long

Since my own transformation

Into a stone,

I often forget

That there was a time

Before my name

Was mud in the mouths

Of the Danube,

A dirty word in Rome.

Imagine Byron banished

To Botany Bay

Or Wilde to Dawson City

And you have some idea

How it is for me

On the shore of the Black Sea.

I who once strode

Head-high in the forum

A living legend,

Fasten my sheepskin

By greasy waters

In a Scythian wind.

My wife and friends

Do what they can

On my behalf;

Though from Tiberius,

Whom God preserve,

I expect nothing.

But I don't want

To die here

In the back of beyond

Among these morose

Dice-throwing Getes

And the dusts of Thrace.

No doubt, in time

To come, this huddle of

Mud huts will be

A handsome city,

An important port,

A popular resort

With an oil pipeline,

Martini terraces

And even a dignified

Statue of Ovid

Gazing out to sea

From the promenade;

But for the moment

It is merely a place

Where I have to be.

Six years now

Since my relegation

To this town

By the late Augustus,

The *Halieutica*,

However desultory,

Gives me a sense

Of purpose,

However factitious;

but I think it's the birds

That please me most,

The cranes and pelicans.

I often sit in the dunes

Listening hard

To the uninhibited

Virtuosity of a lark

Serenading the sun

And meditate upon

The transience

Of earthly dominion,

The perfidy of princes.

Mediocrity, they say,

Consoles itself

With the reflection

The genius so often

Comes to a bad end.

The things adversity

Teaches us

About human nature

As the aphorisms strike home!

I know the simple life

Would be right for me

If I were a simple man.

I have a real sense

Of the dumb spirit

In boulder and tree;

Skimming stones, I wince

With vicarious pain

As a slim quoit goes in.

And the six-foot reeds

Of the delta,

The pathos there!

Whenever they bend

And sigh in the wind

It is not merely Syrinx

Remembering Syrinx

But Syrinx keening

Her naked terror

Of the certain future,

She and her kind

Being bulk-destined

For pulping machines

And the cording

Of motor-car tyres.

Pan is dead, and already

I feel an ancient

Unity leave the earth,

The bowl avoid my eye

As if ashamed

Of my failure to keep faith.

(It knows that I

Have exchanged belief

For documentation.)

The Muse is somewhere

Else, not here

By this frozen lake——

Or, if here, then I am

Not poet enough

To make the connection.

Are we truly alone

With our physics and myths,

The stars no more

Than glittering dust,

With no one there

To hear our choral odes?

If so, we can start

To ignore the silence

Of the infinite spaces

And concentrate instead

On the infinity

Under our very noses——

The cry at the heart

Of the artichoke,

The gaiety of atoms.

Better to contemplate

The blank page

And leave it blank

Than modify

Its substance by

So much as a pen-stroke.

Woven of wood-nymphs,

It speaks volumes

No one will ever write.

I incline my head

To its candour

And weep for our exile.

全球语境下对奥维德创世说的解读

约翰·米勒，弗吉尼亚大学

（John Miller, University of Virginia）

马百亮　译

奥维德不止一次提到宇宙和世界起源的问题，例如，在《爱的艺术》第二卷，他对卢克莱修关于世界起源的讲述（2.467-492）进行了情色化的戏仿，而在《岁时记》的第一卷，双面神雅努斯也思考过宇宙起源的问题。雅努斯解释说，在很久以前，他就是混沌之神卡奥斯（Chaos，《岁时记》1.103-104）。在《变形记》的开篇（1.5-88），奥维德对这一话题进行了十分广泛的探讨，后世从塞内加和卢坎到早期基督教诗歌和弥尔顿都受其影响。[1] 切合全球语境下的奥维德这一主题，我想和大家交流一下自己的一点想法，探讨当代美国诗人罗伯特·平斯基（Robert Pinsky）对奥维德《变形记》开篇之创世说的思考。平斯基以这一文本作为试验，对宇宙起源以及奥维德作为诗人在其关于变形的杰作中的成就进行了全球性的反思。

平斯基的诗歌《奥维德的创世说》（*Creation According to Ovid*）的中译文及英文原文如下[2]：

---

① 见 Tarrant 2002, pp. 349-360; Roberts 2002, pp. 403-415。

② *New Republic* 210.11 (1994), p. 44；后收入 Hofmann and Lasdun 1995, pp. 92-93 以及 Pinsky, 1996, pp.26-27（译者注：平斯基诗作原文中的斜体为本文原作者所加，以示强调，中译文用黑体对应原作者所用的斜体）。

起初，万物有序，一切

都在斗争：冷热，干湿，明暗，

均匀分布。唯一的声音

是天体的嗡嗡声，毫无变化

（**即兴变奏，爵士音乐家说**）。

于是，互相冲突的元素开始翻腾起来。

亦母亦父的湿婆或耶和华，

舞蹈之神手执斧头，劈开

排列的原子，将它们打乱

成为太阳和月亮，星星和元素，

海洋和陆地，植物和动物——

甚至还有即兴变奏的奥维德。

在他优美的诗句中，甚至还包括

造物之神：被劈裂之斧

分成了男性自我和女性自我。

他跳跃起来，一脚着地，一脚悬空，

神从天上来到人间，拜访凡人的身体，

他变成公牛、急切的

阵雨、长臂猿和莲花。对怀上他孩子的

那一位，他承诺以她所想要的

任何一种形式出现。"裸身来见我。"

她说，"一如在天上和你的姊妹兼妻子一起时那样。"

神哭了，他知道她的人类之躯

无法承受他的光芒，但是他为她舞蹈

成为一道毁灭性的闪电，

将她烧死。神很悲伤，从她的遗骸里，

他取出胎儿，撕开自己的大腿，

把胎儿缝进伤口。九个月后，

他生下了欢乐之神，他的特征

体现在他的许多称号中：**醉鬼**；**山羊**；

两次出生者（一次从母亲身上，一次从父亲身上）；

长角者（因为他的父亲是公牛神）；

死而复生的**被献祭者**，也是**杀戮者**；

狂欢者和**悲剧之王**；**说谎者**；

宫墙的破坏者；**歌唱者**（所有这些都列举

在《变形记》中，其手稿，因未完成，被奥维德

在流放之际付之一炬，

尽管有其他副本得以幸存）；

扰乱者、微笑者、黑夜里的喊叫者。

In the beginning was order, a uniform

Contending: hot old, dry wet, light dark

Evenly distributed. The only sound

A celestial humming, void of changes

(Playing the changes, jazz musicians say).

And then the warring elements churned forth

The mother-father Shiva or Jehovah,

The dancing god who took a hammer and smashed

The atoms apart in range and disarranged them

Into a sun and moon, stars and elements,

Ocean and land, the vegetation and creatures—

Including even Ovid playing the changes

In his melodious verses, including even

God the creator: himself divided male

And herself female by the sundering hammer

Held prancing, one foot on earth, one lifted in air.

From heaven to earth god came to visit the bodies

Of mortals, making himself a bull, an avid

Shower, a gibbon, a lotus. And to the one

Who had his child inside her, he promised to come

In any form she named. "Come to me naked,"

She said, "as in heaven with your sister-wife."

God wept, because he knew her human frame

Could not sustain that radiance, but he danced

For her and became an annihilating burst

Of light that broke her. God grieved, and from her body

He took the embryo and tearing his thigh

Sewed it up into the wound, and nine months later

Delivered the merry god whose attributes

His many titles embody: *Drunkard; Goat;*

The Twice Born—from the mother, then the father;

The Horned—because his father was a bull-god;

Sacrificed who dies and rises, and also Slayer;

The Orgiast and The Tragedy Lord; The Liar;

*Breaker of Palace Walls; The Singer (*all listed

in *Metamorphoses, which Ovid burned* in manuscript because

it was unfinished when he was exiled, though other copies survived);

Disrupter, Smiler, Shouter in the Night.

　　正如我们从这首诗的标题《奥维德的创世说》（*Creation According to Ovid*）所能料到的那样，平斯基开篇就再次聚焦于《变形记》第一卷所描绘的宇宙最初模样，即各种元素之间混乱的冲突：“起初，万物有序，一切都在 / 斗争：冷热，干湿，明暗，/ 一切都均匀分布。”对比《变形记》1.17 及其后的内容：“它们都还不能保持自己的形状而不变（*nulli sua forma manebat*），总是彼此冲突，同在一体（*corpore in uno*）而冷热、干湿、软硬、轻重彼此斗争。”① 平斯基将奥维德所罗列的元素进行了浓缩、颠倒或修改，并指出由不断的冲突所组成的“秩序”这一悖论。与此同时，第一行里丰富的典故开拓了其他的视野。这让我们想起《约翰福音》著名的开头“太初有道”，通过一种双重指向（window reference），还让我们想起《创世记》的开头：“起初神创造天地。地是空虚混沌……”② 这样一来，奥维德的创世说就和犹太教和基督教的创世神话产生了对话。犹太教和基督教中的上帝是万物

---

　　① 译者注：这里的译文据米勒原文中的散文英译，并参考杨周翰所译《变形记》，人民文学出版社，2008 年。诗体译文请参考张巍：《诗人的变形》，《文汇报·文汇学人》2017 年 5 月 26 日第 3 版：“没有元素保持形状，/ 元素与元素相互阻扰，一体之内，/ 冷的与热的争斗，湿的与干的冲突。”

　　② 译者注：原文在此处注明“引自《钦定本圣经》（King James）”。这里的中译文据《和合本圣经》。

的创造者，而在平斯基和奥维德看来，在一切创世行为或过程之前，世界处于"各种元素相互斗争"的状态。我想第一行也暗示了《变形记》的第一行，而这样一来，我们就有了另外一种视角。"以……形式"这个框架结构复制了《变形记》第一卷第一行，即奥维德拟讨论"各<u>形态</u>变化为新物体"（ in nova fert animus mutatas dicere *formas* / corpora ）。这种对应意味着平斯基在这里会思考双重意义上的"奥维德的创世说"，一方面是诗人本人作为创造者，另一方面是他关于宇宙起源的诗意描绘。

就宇宙洪荒时代而言，平斯基对其声音维度进行了想象，"天体的嗡嗡声，毫无变化"。这是各个行星轨道共振出现之前事物的状态，哲学家毕达哥拉斯认为，这些轨道共振会汇合成和谐的天体音乐。这种嗡嗡声或许最好理解为单一调式的。创世及与其相应的优美音乐只能从变化中产生。在类似的艺术领域中，爵士音乐家的"即兴变奏"（ playing the changes ）是这种现象的范例。这完全是平斯基对于混沌空无状态的即兴发挥，因为在奥维德谈论"世界起源"（ origo mundi ）的 85 行诗中，一次也没有提到过声音。另一方面，在前面提到过的《变形记》第一行，奥维德的确宣称他本人会<u>谈论</u>"形态的变化"（ mutatas <u>dicere</u> formas ）。因此，我们可以说诗人和爵士艺术家一样，是在"即兴变奏"。① 在以插入语的形式谈论宇宙空间缺乏变化时，平斯基已经暗示了这一思想。这里要顺便提一下，插入语是奥维德诗歌中最喜欢使用的一

---

① 比较平斯基的诗《非创》（ *The Uncreation* ），在有些方面是这首诗的姊妹篇，在《非创》中，诗歌是人生十分重要的组成元素。

种修辞手法。[1]

在奥维德看来，神通过终止太初的纷争状态（primeval conflict）而创造了宇宙，但引人注意的是，这位拉丁语诗人并没有指明是哪一位神灵。起初，他提到"一位神，功盖造化"（第21行），后来又提到"神意"（第49行：cura dei）和"创世者"（第57行：mundi fabricator）。奥维德说："正是如此，那位神——不知他姓甚名谁——/ 把原初的质料分离。"（dispositam quisquis fuit ille deorum/congeriem secuit）[2]接着，平斯基再次使用一个让人想起奥维德本人和早期文学之联系的小技巧，填补了奥维德文本中的一处空白，即到底是哪一位神呢？他给出了创生神灵的名字，但是这些神灵来自其他的传说，一个是印度教的创造和毁灭之神湿婆，另外一个是前面提到过的《创世记》中希伯来人的耶和华。先是二选一，"湿婆或耶和华"，但接着他们两个（据说都来自相互斗争的元素）合二为一，成为印度教里的舞蹈之神以及那位众所周知喜欢发怒的犹太教神灵。这种全球语境的融合被神秘地称为"亦母亦父"（mother-father），或许是暗示湿婆的双性特征。平斯基先是把奥维德的创世说转变成现代的粒子物理，又把大爆炸理论转变成神话中的神灵之举，即舞蹈之神用斧头把原子劈开。被创造的实体成双出现，太阳和月亮，星星和风雨，等等，把创世之前的对立元素搭配起来，浓缩了奥维德在其下文中对创世更加详细的讨论。平斯基笔下的创世神灵把原子"打乱"，这和奥维德《变形记》第32—33行（dispositam... congeriem）相呼应。然

---

[1]　见 von Albrecht 1964。

[2]　译者注：译文引自张巍：《诗人的变形》，《文汇报·文汇学人》2017年5月26日第3版。

而，平斯基再次更加突出地强调了无序带来现在的宇宙秩序这一悖论。在平斯基的诗中，同一个动词性前缀的反复出现也加强了这一效果，在第三行中"分布均匀"的相互斗争的元素现在已经被舞蹈之神"打乱"。

这份新实体清单中最后出现的是"动物"，即《创世记》中所说的"动的"或"有生命之物"，其中据说包括"甚至即兴变奏的奥维德。在他优美的诗句中，甚至／还包括造物之神"。这里相互照应的表达突出了这样一点，即在创造性方面，诗人和神是互相映照的。在神的造物中，奥维德被单独挑出来，而奥维德的诗歌主题是创生之神。这位神以湿婆的形式出现，部分以其传统的一脚抬起的舞蹈形象，部分以一种崭新的形象，即他不是在敲鼓，而是手执一把斧头，用这把斧头，他甚至把自己也分成了两半，就像在印度教神话中那样，半男半女。平斯基故事中的奥维德以爵士音乐家的形象出现，而在创世之前，他是不存在的。在"即兴变奏"的过程中，他弥补了含糊不清的混乱之音，即"天体的嗡嗡声，毫无变化"。他优美的《变形记》从本质上填补了早期单调的空无状态。无论是在宇宙的创造中，还是在奥维德悦耳动听的诗歌中，音乐和变化都密切合作。

在下一个阶段，一脚着地，一脚高举，创生之神横扫一切的舞步被折射成为一个"从天上到人间"的叙事之弧。这里的神第一次以小写字母的形式出现，和罗马主神朱庇特相仿，正如朱庇特在《变形记》中出现时，为了追求人间的女性，他变幻着模样。为了追求欧罗巴，他变成了一头公牛；为了追求达娜厄，他变成了一阵金雨。在奥维德的《变形记》中，阿拉克涅所编织的挂毯上把这两个故事结合到了一起，而她本人也是一位艺术家。此外，平斯基还增加了长臂猿和莲花，这反映的似乎是亚洲和埃及的传说。[①] 通过变成长臂猿，朱庇特在某种意义上变成了中国人，因为这种动物的栖息地就位于华南地区。着墨最多之处是朱庇特和塞墨勒的故事，在《变形记》中，这个故事出现在第三卷。由于错误地答应了塞墨勒的请求，朱庇特带着他标志性的闪电出现在她的面前，结果把她烧死，但是他赶紧从她身上取出了胎儿状态的巴克斯。后来，巴克斯从他的大腿里生了出来，或者说是再次生了出来。平斯基没有提精于算计的朱诺，是她引发了这次灾祸，而是对这一情节加以改编，使其和湿婆的传说进行融合。[②] 朱庇特并没有带着他光芒四射的标志来约会，而是像这位印度神灵一样，用他可怕的发光的裸体大肆毁灭。同样，和湿婆一样，这位朱庇特也为塞墨勒跳舞。和宇宙起源时一样，创造紧跟着毁灭。

接着，焦点集中到被从母亲烧焦的身体里拯救出来的孩子身上，此时他已经从父亲的身体里出来。和他的父母亲一样，巴克斯的名字也没有出现。平斯基用很多称号来指代他。创造之神"他生下了欢乐之神，他的特征／体现在他的许多称号中"。接着就是一连串的称号，共同强调了这位新生神灵的放纵（"醉鬼""狂欢

---

①　关于猴神的例子包括印度的哈努曼和中国的孙悟空。莲花常常是印度和埃及神灵的标志；古埃及的内菲尔特穆（Nefertem）据说在创世之时本来是一朵莲花。

②　平斯基也以变形的话语来描述这位神灵的提议，紧接着他的各种变化，"他承诺以她所想要的任何一种形式出现"。塞墨勒并未明确指定礼物，对于其请求，奥维德笔下的朱庇特说："选吧，我是不会拒绝你的"（《变形记》3.289 elige... nullam patiere repulsam），并对着冥河发誓。

者"）、动物性（"山羊""长角者"）、破坏性（"杀戮者""宫墙的破坏者"）及其和文学之间的联系（"悲剧之王""歌唱者"）。这种神迹的列举将这位神灵的出生和此前的创世主题联系在一起。这位欢乐之神出生了两次，就像我们前面提到的那样。平斯基巧妙地将他头上的角追溯到朱庇特最初的变形，"变成一头公牛"。① 巴克斯是一位杀戮者，他被杀，然后又重生，因此这在某种意义上重现了宇宙创造的顺序。歌唱者是长长的插入语之前的最后一个称号，作为歌唱者的这位新生神灵和舞蹈的湿婆—耶和华—朱庇特相照应，但是也和另外一位创造者相照应，即相当于爵士音乐家的奥维德本人。插入语提到，这些称号"都列举 / 在《变形记》中，其手稿，因未完成，被奥维德 / 在流放之际付之一炬，/ 尽管有其他副本得以幸存"。在《变形记》第四卷的开头，在一些波奥提亚妇女唱给酒神的颂歌中，我们可以找到巴克斯的长长一串称号。接着，作为叙事者的奥维德本人又唱了一遍，这是很值得注意的。② 平斯基列举了 11 个称号，而其中只有几个可

---

① 朱庇特成为公牛和公牛之神巴克斯之间的联系同时也是对《变形记》的巧妙解读，让人注意到讲述朱庇特和欧罗巴故事的第二卷末尾和主要讲述巴克斯的第三卷。

② *Bacchus* "巴克斯"，*Bromius* "嚎叫者"，*Lyaeus* "解忧者"，*ignigena* "霹雳之子"，*satus iterum* "两次出生者"，*bimater* "两母之子"，*Nyseus* "来自尼萨的神"，*Thyoneus* "提厄涅之子"，*Lenaeus* "榨酒机之神"，*genialis consitor uvae* "播种快乐葡萄者"，*Nyctelius* "夜临者"，*Eleleus parens* "嚎呼父神"，*Iacchus* "欢呼神"，*Euhan* "呐喊神"（译者注：Nyseus 词源为 Nysa [尼萨]，据《变形记》3.314，巴克斯幼时由 Nysa [尼萨] 的宁芙们抚养；Thyoneus 源自 Thyone [提厄涅]，巴克斯的母亲塞墨勒死后成为 Thyone 女神。杨周翰 [2008]，p.66 将以上 14 个称号分别译为："巴克科斯""吼叫神""快活神""雷的儿子""出生两次的神""有两个母亲的神""尼萨神""提厄涅的不剃发的儿子""榨葡萄机的神""种快乐的葡萄的神""夜游神""厄勒留斯老人""欢呼神""嚎叫神"。并注"厄勒留斯（Eleleus），酒神庆典上人们发出的欢呼"）。两行之后（《变形记》4.17）以他的拉丁语名字 *Liber* 而圆满完成。第三人称到第二人称的转换在颂歌中不常见，类似用法在希腊和拉丁诗歌其他地方只出现过两次，关于这一点，参阅 Danielewicz 1990, pp.73-84。

以在奥维德所列举的 14 个称号中找到完全的对应，其中有 10 个完全是希腊语名称的音译。但是奥维德的酒神颂歌中清单的大意被保留了下来，其中有些重叠是很惊人的。例如，平斯基的第三个称号及其解释，即"两次出生者（一次从母亲身上，一次从父亲身上）"，和奥维德所并列的称号"再次出生，只有他有两个母亲"（satumque iterum solumque bimatrem）密切照应。

　　在《变形记》的开头，奥维德请求神灵将他的诗从宇宙的起源一直延伸到他本人所处的时代（primaque ab origine mundi/ad mea perpetuum deducite tempora carmen）。很多评论者都提到过"我的"（mea）一词在这句话中是多么引人注意，奥维德把自己置于他伟大的诗歌工程的时间终点之上。历经 15 卷，这部史诗以尤利乌斯·恺撒的神化作为高潮。在这部史诗的最后，奥维德宣称他虽然面对来自朱庇特的火焰和愤怒的威胁，但是自己在诗歌上的成就已然接近于神圣的不朽。朱庇特的形象常常被联想为奥古斯都皇帝，是他把诗人流放到了托米斯。[①] 平斯基的诗遵循的是同样的路线，从世界的缘起到奥维德所处的时代，但是更加明确地指向诗人的流放。奥维德将自己未竟的大作付之一炬，而《变形记》的副本却"得以幸存"，这表明了本诗最后一句话实现了，即"我的声名必将千载流传"。虽然经历过烈火，这部作品还是幸存了下来，就像巴克斯一

---

① 《变形记》15.871-872: *iamque opus exegi, quod nec Iovis ira nec ignis / nec poterit ferrum nec edax abolere vetustas*。我已完成我的作品，无论朱庇特的怒气、/ "烈焰"、刀剑还是蚕食万物的时间都无法摧毁（译文引自张巍：《诗人的变形》，《文汇报·文汇学人》2017 年 5 月 26 日第 3 版）。关于将朱庇特等同于奥古斯都，见例如《哀怨集》1.1.81, 1.4.26, 1.5.75-78, 2.33-40, 215-217, 3.5.7 等。奥古斯都的愤怒导致了奥维德的流放，这是《哀怨集》的核心主题；见 Evans 1983，索引条目 Augustus and *ira*（奥古斯都与"愤怒"）。

样，即使在他的母亲亡命于闪电之后，他依然被生了下来。

在对奥维德的生平和作品进行反思的过程中，平斯基还诉诸奥维德的另外一部作品，即《哀怨集》第一卷的第 7 首，这是奥维德焚毁手稿的传说的唯一出处。[①] 在这首诗的开头，流放中的奥维德想象着罗马的一位友人正在凝视他头戴巴克斯常春藤花冠的半身像（hederas, Bacchica serta）。这个互文线索和"歌唱者"这个称号所带有的联想意义，促使我们在回顾这位快乐之神的一连串称号时，脑海中浮现出奥维德的形象。巴克斯是山羊和狂欢者，而在《恋歌》和《爱的艺术》中，奥维德把自己描绘成一位放荡不羁者。他还写过一部悲剧《美狄亚》，而这是悲剧之王巴克斯所司的文类。在奥维德被流放的背景之下，"宫墙破坏者"这一称号让人想起导致他被流放到托米斯的那种政治挑衅。

在这首诗的最后一行，这一系列的思绪发展到了高潮。长长的插入语结束之后，平斯基又补充了三个称号："扰乱者、微笑者、黑夜里的喊叫者。"现在这份清单就和《变形记》第四卷开头的 14 个称号对等了。最后一个称号"黑夜里的喊叫者"是对奥维德所列举清单中最后一串热闹称号的新表达：在这快节奏的一行中，这些称号表达了酒神和黑夜之间的联系以及与他有关的仪式性的喊叫（《变形记》4.15）："夜临者""嚎呼父神""欢呼神""呐喊神"（Nycteliusque Eleleusque parens et Iacchus et Euhan）。在这里，平斯基的诗从创造重新回到了混乱，逆转了最初的宇宙发展

---

① 《哀怨集》1.7.15-16: *haec ego discedens, sicut bene multa meorum, / ipse mea posui maestus in igne manu*（"临行之际，这些诗歌，如同我许多的诗歌一般，/ 悲伤的我亲手付之一炬"）（刘津瑜译）

态势。我们脑海中会联想奥维德。假如我们听到这首诗被大声朗读出来，而看不到括号里的内容，那么指代这位新生神灵称号的加黑部分（扰乱者、微笑者、黑夜里的喊叫者）就可以被视为被流放诗人的同位语。这种文体策略，即这些称号的双重指向，和《变形记》第四卷的酒神颂歌不无相似之处，奥维德变身为歌颂者，满怀崇拜地列举酒神的各种称号。平斯基的诗要求我们把奥维德和神话人物结合起来进行理解。在第一乐章中，这位诗人对宇宙创造以及神祇在一连串神奇事件中的角色进行了即兴变奏。最终，和那位新生神灵一样，被流放的诗人成为一个制造不安的人物，在黑暗中大声抗议，尽管这是可以笑到最后的抗议。最后，虽然我们想到的是两千年前奥维德被流放到托米斯并客死他乡的悲惨境遇，但是在平斯基关于毁灭与创造之辩证对立与统一中，奥维德的呼喊是一种胜利者的呼喊。"其他的副本幸存下来"，奥维德的"声名必将千载流传"，今日我们依然能够欣赏奥维德"创世说"方方面面的含义，而这些含义又是由平斯基在全球语境中之思考所激发的。

第八部分

古典学在中国: 欧美古典学家的视角

中国的西方古典学——从元大都到上海[①]

穆启乐，德国德累斯顿大学、北京大学

（Fritz-Heiner Mutschler，Universität Dresden & Peking University）

唐莉莉　译

　　2017 年以奥维德为主题的会议众多，并且在许多国家举办。而在上海举办的这场是最了不起的会议之一。这场会议在距离苏尔摩、罗马，甚至黑海都很远的地方举行，举办于一个具有独特语言文学的国家，在一个以商贸而非文化活动闻名的城市（也许这么讲有失公正），于一个当下经济政治问题较纪念一位罗马诗人去世两千年显得更为迫切的节点之上。因此人们难免好奇，这一切是怎么发生的。我想这也是会议主办方邀请我就西方古典学在中国的发展历史以及对该会议的历史定位扼要评述的主要原因。我将尽我所能以如下方式完成这个任务。作为引言，我将简短回顾西方古典学在中国的第一个六百年，然后分三部分讨论其现代发展，即从 1900 年左右至今，这部分的讨论会详细一些，但也仍然仅是概括。

[①]　本文的简版曾发表在《新史学》第 20 辑，大象出版社，2017 年，第 274—279 页。本文虽然是扩充版，但仍然仅提供简要概述。若对相关话题有兴趣，请参考 Mutschler 2018, pp.420-434；Renger and Fan 2018 书中的其他文章以及 Zhou 2017, pp.106-128。这些参考书目可助读者们探索最新的研究进展。

引言：天主教和新教徒的传教士及其他

一切始于 700 多年前。1294 年，一位名为孟高维诺（Giovanni di Montecorvino，1247—1328）的方济各会牧师来到元大都，当时元朝的首都，现在的北京。[①] 孟高维诺是一位热情的传教士，显然也很成功。他 1328 年去世，在此之前的 30 多年里，他使得数千名异教徒皈依基督教，建了两座教堂。他去世时基督徒和非基督徒都前来悼念。而下面这件事令我们更感兴趣：他从元大都发回过两份报告，在其中一份里他写道："我还接连买了 40 个异教徒出身的男童，年龄在 7 岁至 11 岁之间……我给他们洗礼，教他们拉丁文和我们的礼仪。" 其后他提到自己给他们写的诗篇和祈祷书。最后他写道："皇帝陛下非常喜欢他们唱的歌。"[②] 这些文字表明，孟高维诺可称得上是中国拉丁文教育的奠基者，尽管他和那些男童们学习的是基督教圣歌而非地道的异教拉丁文。

方济各会来华之后 300 年，耶稣会士来临，其中利玛窦（1552—1610）是最著名的代表。[③] 他和同伴们不仅积极传教，劝导人们皈依基督——那一直是他们的最高目标——而且成了中西文明交流的重要传递者。这包括古典文化。因此，除了宗教著作之外，利玛窦还用中文出版了两小卷哲学性著作，一卷关于友情，包含了一些希腊、罗马作家的格言，另一卷关于日常生活伦理，似乎是基于爱比克泰德的哲学手册。另外，利玛窦与他的

---

① 关于孟高维诺的传教成果的简要综述，请参考 Cameron 1970, pp.90-106。

② 原文请参考 van den Wyngaert 1929, pp.335-355, 347f.。

③ 关于利玛窦的文献很丰富。介绍性的综述见 Cameron 1970, pp.149-194。

助手、朋友徐光启一起——顺便提一下，后者的墓在上海依然可以谒见——翻译了欧几里得《几何原本》前六卷。在接下来的 150 年间，其他耶稣会士的活动方式与利玛窦相似，他们不但向中国听众传播基督教教义，还向他们介绍许多领域的科技知识，甚至以西式的建筑和绘画来愉悦皇帝。1742 年教皇总部发布禁令，禁止耶稣会士迁就当地礼仪，随着 1784 年耶稣会的解散，耶稣会士在中国的传教告一段落。希腊罗马异教的诗歌，包括奥维德，尚未在其中扮演任何有意义的角色。

　　尽管如此，在那时奥维德其实已经进入中国。特别是，基督教传教士的报告激起了西方对神秘、强盛并且显然组织严密的东方帝国的兴趣。不仅有思想家如莱布尼茨和伏尔泰，还有那些权贵，他们有财力从审美的角度来实现他们对西方文化的兴趣：建筑和室内装修中加入中国元素成为时尚，瓷器收集成为显赫的标志。有些人希望可以将异国情调的元素融合于熟悉的事物里，因此 18 世纪包括《变形记》中的场景出现在中国制造的瓷瓶上，毫无疑问这些是根据欧洲买方要求定制的。①

　　另外，中国对西方古典时期文物的接受再次与基督教传教联系在一起，18 世纪基督教传教士中新教徒的比重增加。他们信奉的是福音派原教旨主义，受教育程度不高，既没有能力也没有兴趣宣传西方古典知识。② 但也有例外。德国人郭实腊（Friedrich August Gützlaff，1803—1851）和英国人艾约瑟（Joseph Edkins，1823—1905）不仅是热心的传教士，而且认为中国人应该更多的了

---

① 参考本书中汤姆斯·显克微支（Thomas Sienkewicz）的文章。

② 参见 Treadgold 1973, pp.35-69。

解西方世界、西方的历史、西方文化传统，特别是西方伟大的文学作品。[①] 因此在 19 世纪 30 年代晚期郭实腊在中国早期的一本传教杂志上发表了一系列文章。他在介绍欧洲文学传统时，首讲荷马，认为他是"从古至今最伟大的诗人"。[②] 他讲述特洛伊战争的故事，称史诗《伊利亚特》和《奥德赛》是折射人类处境的强大诗篇。大约 20 年后艾约瑟发表一系列文章介绍希腊文学，其中荷马和他的诗歌占据最重要的位置。[③] 艾约瑟讨论了荷马的生平，史诗的形成、史诗的格式，两部作品总体思想的对比等。在这所有当中，他尤为赞赏荷马的创造力和天赋，毫不讳言他世世代代的影响，如对罗马诗人维吉尔和奥维德的影响。

　　但在 19 世纪，中国正发生着远比发表荷马史诗相关文章更为重要的事情。1793 年，乾隆朝廷还在告诉马戛尔尼勋爵（Lord Macartney）所率领的英国使团，中国自给自足，无意与外部世界交流。[④] 但接下来的几十年清楚表明闭关锁国政策不合时宜了。中国必须看到技术和军事都优于她的外国列强想让本国公民活跃在中国的经济（和意识形态）领域。鸦片战争（1840—1842 和1856—1860）之类事件证明中国国力不足以抵御外国。另外，国内危机加剧，尤以太平天国运动最为严重，持续 14 年之久（1851—1864），成千上万人丧生。显而易见，中国需要重大变革。在随

---

① 参考 Li 2014。

② Li 2014; Liu 2015。

③ Li 2014; Liu 2015。

④ 关于马戛尔尼使团一行的纪录，见 Cameron 1970，pp.294-315，大量引用来自中国官方的回应，p.312f。

后 1900 年前后的讨论中，技术和军事强大的西方成为自然的风向标。对一些人来说，这个进程也包括对西方古代的深思。

帝制的灭亡与探寻新出路：从 1900 年前后到 20 世纪中期

20 世纪前几十年，一些重要知识分子视古希腊为西方文明的摇篮，认为在希腊文化的某些特征中可找到灵感的源头，以帮助中国进行必要的改革和思想转换。[①] 因此，大约在世纪之交，当时的一位重要知识分子梁启超（1873—1929）写了一系列文章，他重点提到斯巴达的爱国主义精神和尚武精神，希腊哲学和希腊科学的知识生动性和所获成就，以及可作为典范在中国被接受一二的希腊城邦政治决策体系。[②] 其他知识分子纷纷效仿。希腊重视理性和逻辑论证，以及希腊民主以公民讨论和竞争为构成要素，这些被认为是现今西方优越地位的重要源头，因此他们提出"科学与民主"——著名的 1919 年五四运动的战斗口号——作为中国走出危机的出路。

但是，此观点并非没有遇到反对声音。有些知识分子认为应该融合中西古典传统的精华，还有人认为古希腊的价值观不符合中国特征，故无济于当时的局势。虽然各方观点不同，但其共同点是它们都对古希腊有所关注。

与对西方古典的"政治爱国"兴趣所不同的是一种可称为

---

① 相关内容参考 Zhou 2017；以及 Huang，"Classical Studies in China"，2018，pp.363-375。
② 大约同时，后来成为中国最著名作家的鲁迅，以同样的思路发表了有关"斯巴达精神"的文章，讲述并评论温泉关战役（参考 Zhou 2017, p.109f；Huang 2018，p.363f.）。

"文化人文主义"的兴趣。[1] 我们发现有不少有机会留学欧洲、美国或日本的人由衷地爱上古希腊和古罗马。其中有些人回国后在大学任教，开始在教学中涉及西方古典学的内容，并率先将古代著作，尤其是古希腊的著作译成中文。我举三个例子。周作人（1885—1967）[2] 曾在日本学习英语和古希腊语，回国后曾任北京大学文科教授，讲授"希腊和罗马文学史"和"欧洲文学史"等课程。他还将希腊诗歌译成中文。周作人可能是当时希腊文化爱好者中最有学识的一位。对他来说，希腊文化具有深厚的人文情怀，它对美与度的感知及其丰富活泼的神话故事都给他留下深刻印象。他憧憬着一个超越国界、中国也能为其做出贡献的人文主义世界文化。可惜，周后来与日本侵略者合作，损毁了他的影响。朱光潜（1897—1986）曾在爱丁堡、巴黎和斯特拉斯堡学习，并在斯特拉斯堡获得博士学位。他也受聘在北京大学担任教授。他特别感兴趣的是美学和文学评论，在这样的学术背景下，他还翻译了莱辛、歌德、黑格尔以及同样重要的柏拉图的相

---

[1]　有趣的是，这样的区分亦适用于 1900 年左右两位著名的西方文学译者，严复和林纾。从 1898—1909 年，严复（1853—1921）翻译了诸如以下西方政治、经济和社会思想的经典：赫胥黎的《天演论》（Thomas Huxley, *Evolution and Ethics*）、亚当·斯密的《原富》（Adam Smith, *The Wealth of Nations*）、斯宾塞的《群学肄言》（Herbert Spencer, *The Study of Sociology*）、约翰·穆勒的《群己权界论》（John Stuart Mill, *On Liberty*）、孟德斯鸠《法意》（Montesquieu, *De l'esprit des lois*）。而林纾（1852—1924）与其说是翻译，不如说他更多的是用优雅的中文改写其他人的翻译作品，从 1899 年起出版的译作有小仲马的《巴黎茶花女遗事》（即《茶花女》）、查尔斯·狄更斯的《贼史》（即《雾都孤儿》）、《块肉余生录》（即《大卫·科波菲尔》）、斯托夫人的《黑奴吁天录》（即《汤姆叔叔的小屋》）、丹尼尔·笛福的《鲁滨孙漂流记》（即《鲁宾逊漂流记》）以及许多其他小说。无论就林纾而言还是就本文其后要讨论的人物而言，我所提出的文化人文兴趣当然都并非完全没有社会与政治意义。

[2]　Zhou 2017, pp. 16-20；周作人生平简介可参考 Zhou 2006 (translated by D.E. Pollard), pp.x-xxxiii。

关作品。陈康（外文名为 Chen Chung Hwan，1905—1992）在柏林受教于大师们，如尼古拉·哈特曼（Nicolai Hartmann）和维尔纳·耶格（Werner Jaeger），并获得博士学位，毕业论文研究亚里士多德。1944 年，他回到中国后，译注了柏拉图的《巴门尼德篇》（*Parmenides*），其详细注解为将来学术研究制定了标准。可惜他后来去了台湾和美国。

　　与此同时，古罗马文学的影响并不突出。主要有几大原因。① 其一，被称作西方文明摇篮的是希腊，罗马的贡献并没有真正得到重视。其二，这个原因和上面一条并重——罗马发展成了帝国，帝国规则代替了共和国规则，这与中国太相似，因此不适合成为一个替代选择。其三，周作人这类学者，如同西方的许多亲希腊者，把罗马文学看成衍生物，与希腊原型不属于同一档次。②

　　尽管如此，还是有一些拉丁语和罗马文学接受的例子。至少要附带提及的是马相伯（1840—1939），他是一名中国耶稣会士，是他所处时代的杰出知识分子之一。他值得在此一提，因为他为中国编写了第一本非教会的拉丁语课本。③ 这本课本可能是 1903 年在上海印刷，它的特别之处在于它的比较方法：马相伯通篇引

---

① Liu 2015, pp.80-81；Huang 2018, p.10f.

② 见周作人《欧洲文学史》中对《埃涅阿斯纪》的讨论；Liu 2015, pp.81-82。

③ Gao 2012；刘津瑜：《晁德莅、马氏兄弟和拉丁文》，《文汇报·学人专刊》2015 年 2 月 6 日。马相伯受过耶稣会教育，"掌握了耶稣会士必备的一切"。他——和他弟弟一样——因为精通西方古典知识而出名，因此那个时候的一些杰出知识分子，如梁启超、蔡元培，决心师从马氏兄弟学习拉丁文，由于事务繁忙，成效不明显。但马相伯仍可以在不同的情境下教拉丁语，或多或少也有些系统性的成果。正是有这些经历使得他下定决心编纂了这本教科书。

用了中国经典著作里的段落来阐明他的语法要点。但由于当时时局动荡，马相伯的拉丁语教学和课本似乎没能产生持久的影响。

另外两则接受的例子实际上着眼点不是语言而是诗歌体裁的文学。1930 年，维吉尔诞辰两千年引起了注意。[①] 傅东华（1893—1971）和施蛰存（1905—2003）的一些相关出版物尤为重要：前者发表了《伊泥易德》（今通译《埃涅阿斯纪》）第一卷译文、《牧歌》的第四首和第八首的译文，并以《维吉尔：富有近代精神的诗人》为题翻译了约翰·厄斯金（John Erskine）的文章 "Virgil, the Modern Poet"；后者发表了两篇关于《牧歌》和《农事诗》的文章以及关于这位罗马诗人的一本小册子。这 7 篇出版物中有 4 篇发表在《小说月刊》（1930）的 21.1 期。这本杂志有计划地推荐世界文学的概念[②]，这似乎表明我们可以将傅东华和施蛰存的作品与二分法中的文化人文主义分支联系起来。但是，这并不妨碍他们呈现迥然相异的维吉尔形象：施蛰存所展示是一位乐观的诗人，充满对罗马帝国和奥古斯都伟业的溢美之词；傅东华笔下则是个充满怀疑的诗人，对帝国感到幻灭，对奥古斯都文明的扩张持质疑的态度——这种对立的观点以最特别的方式预示了维吉尔研究在最近几十年里的张力。[③]

对古典的接受不止这些，有些会让奥维德研究者特别感兴趣。早在纪念维吉尔诞辰两千周年的前一年，诗人戴望舒（1905—1950）以《爱经》为名发表了奥维德《爱的艺术》（*Ars amatoria*）

---

① Li 2014, pp.9-18, 21-23; Liu 2015, pp.84-87。

② 见 Tsu 2010；为 Liu 2015, p.84 n. 2 所引。

③ 参见 Liu 2015, pp.88-93。

的散文译本。戴望舒曾在上海就读大学，主修法语，他根据布袋（Budé）1924 年拉丁语—法语版翻译了奥维德《爱经》，并给译文添加了导言和注解。后来他在法国生活了好几年。在这期间，他成为中国最杰出的现代派诗人之一。除了他自己的诗作和散文作品外，戴望舒还翻译了波德莱尔（Baudelaire）的《恶之花》（*Fleurs du Mal*）。这部译作和《爱经》一样至今仍受到读者喜爱。从戴望舒在翻译活动中选取的对象来看，他更关心生活中的精彩之处以及它们在诗歌中的体现，而非与爱国有关的政治。

中华人民共和国（一）：从 1949 年到 1980 年前后

经过几十年的政治动乱后，中华人民共和国的成立无论如何都开启了中国政治实体的新纪元。事情应该朝着某种方向持续发展。事实表明后来并不只是稳定和进步，但那是另一个话题了。就西方古典学研究而言，可以说在中华人民共和国第一阶段，它经历了某种制度性的稳定，以及与此相关的一种——尽管是片面的——科学化（scientification）。

与之前形成对比的是西方古典学的研究更明确地局限在学术领域，而这个领域因为有新元素加入而得到扩展。如同在苏联，政府除了大学之外还建立了科学院（*Academy of Sciences*）作为独立的研究机构。[①] 希腊罗马古典学研究被整合在这种教学研究新体制中。

希腊罗马古典学成为大学课程设置的一部分。主修历史、

---

① 1977 年中国科学院哲学社会科学部独立出来组成了中国社会科学院（CASS）。

哲学和文学的学生一般会上一些该领域的课，尽管他们实际上没有机会学习古代语言。即便如此，课本还是包括了希腊罗马历史文化的简要叙述，当然是从马克思主义的观点编写的。比如讲历史，这就意味着希腊罗马世界要呈现为奴隶制社会，阶级斗争在社会发展中起着决定性的作用，像斯巴达克斯起义这样的事件代表着历史的某个顶点。大学和科学院的研究在同样的指导原则下进行。根据个人兴趣选择特定主题的专著偏少 ①，多是几位学者合作编写的课本。在社科院的不同部门颇有一些人从事古希腊和古罗马研究，他们多数情况下是一些较大项目的成员，通常是在跨学科的基础上从马克思主义视角研究诸如"古代王权"或"农奴制"这些一般性课题。整体而言，学术格局的特点在于与外部世界联系有限，并且受意识形态的影响比较深远；后者也会制约任何对西方古典的残留的"政治"兴趣。

在这样的制度背景下，仍有空间让一些学者去追求他们对希腊和罗马文学的文化与文学兴趣，这尤为令人刮目。这里我要提到其中的三位。罗念生（1904—1990）曾有机会在美国和雅典的美国古典研究院学习古典学。他于 1934 年回国，在北京大学和清华大学任教，后来又进入社科院外国文学研究所工作：在那里他翻译了荷马的《伊利亚特》和大量希腊悲剧，出版了两本希腊戏剧研究专著以及一部希腊语—汉语字典——或许是应周恩来的关照。② 杨宪益（1915—2009）出生于富有之家，父亲是银行行长，

---

① 有一例外，参考下文关于罗念生的部分。

② 值得一提的是后来在 20 世纪 80 年代，罗念生翻译了索福克勒斯的悲剧《俄狄浦斯王》和《安提戈涅》，还有欧里庇德斯的《美狄亚》甚至被搬上舞台，导演是其子罗锦麟。

20 世纪 30 年代在牛津学习古典学。1940 年回国后，他原计划担任西方古典学教授。因为当时政治时局复杂，计划未能如愿。最终杨宪益和他的英国妻子戴乃迭（Gladys Tayler）在北京外文出版社谋到职位。戴乃迭出生在中国，传教士之女，牛津大学汉语研究的第一位女性毕业生。在出版社工作期间，他们英译了大量中国古典和现代文学作品。除此之外，杨宪益还对希腊和罗马古典作品作了一些短篇札记，翻译了荷马史诗《奥德赛》①、维吉尔的《牧歌》②以及普劳图斯的几部喜剧。③ 王焕生（生于 1939 年）属于下一代，毕业于北京外国语学院（译者注：现北京外国语大学）俄语专业，后赴莫斯科学习希腊语和拉丁语。学业完成之后他作为希腊和罗马文学专家被分配到中国社科院。他支持并配合罗念生，完成了后者的《伊利亚特》译文，并追随他从事希腊和罗马的戏剧翻译。1990 年我们第一次见面时，他已作为希腊和罗马诗歌的重要译者而享有盛名，并且正在撰写《罗马文学史》。但这已是邓小平发起伟大的改革开放的十年后。在这之前，即 20 世纪 70 年代末，局面还没有发展得这么好。那时，以罗马诗歌为例，卡图鲁斯的作品、维吉尔的《农事诗》或《埃涅阿斯纪》、贺拉斯的作品或奥维德的《恋歌》《拟情书》《变形记》《岁时记》《哀怨集》《黑海书简》等尚未有中译。

---

① 这个译本完稿于 20 世纪 60 年代，但直到 1979 年才出版（Zhang 2020 关于 1980 年以来荷马在中国的讨论）。

② 2015 年收入双语日知古典丛书。

③ 要了解杨宪益精彩的一生，见 Xianyi Yang, *White Tiger: An Autobiography of Yang Xianyi,* Hong Kong 2002；中译本《杨宪益自传》，薛鸿时译，人民日报出版社，2010 年。

中华人民共和国（二）：从 1980 年前后至今

如同在很多其他方面一样，"开放政策"给西方古典学带来重大变化。这些变化首先是制度和管理层面的，但它们对个人也会产生影响，很多人会受到激励去从事自认为重要的项目或仅仅就是追求个人的兴趣。

其中一项重要举措是 1985 年长春东北师范大学古典文明研究所（简称 IHAC）的设立。该中心的成立归功于史学巨擘林志纯的高瞻远瞩和坚持不懈。[①] 他成功说服了中央政府对这项事业的重视，并延请前文提到的杨宪益和戴乃迭的女儿杨炽出任研究所副所长，当时杨炽刚刚在芝加哥大学获得苏美尔学博士学位。于是从 20 世纪 80 年代中期开始，外国专家在长春开设了埃及学、亚述学、赫梯学和西方古典学的常规课程，包括古代语言，授课对象为全国各地选拔而来的学生。本科生在大三和大四在研究所学习，但学位仍来自原大学。他们可以在外国专家指导下作为 IHAC 的学生继续硕士和博士深造。除教学之外，古典文明研究所还建立了资料充实的图书馆，创办了期刊[②]，并开创了希腊和罗马文本（与中文）的双语对照版系列。[③] 另外，研究所还主动联系西方研究机构，为学生毕业后继续到海外深造提供帮助。

除了东北师大，其他大学的同仁们也在做同样的努力。天津

---

① 关于林志纯的成就，参考王敦书的传记式概述：《中西古典文明研究——庆祝林志纯教授 90 华诞论文集》，吉林人民出版社，1999 年，第 1—11 页。

② 中文期刊《古代文明》；英文期刊《世界古典文明史杂志》（*Journal of Ancient Civilizations*，简称 JAC）。

③ 已出版 15 部，其中 8 部希腊文—中文对照本，7 部拉丁文—中文对照本，包括罗念生和王焕生的译作。

南开大学的王敦书①因精通英语，且专长希腊和罗马史，使得他在80年代政治上可行之际，能够和西方学者建立联系。例如，他曾邀请奥斯温·默里(Oswyn Murray)和伊丽莎白·罗森(Elisabeth Rawson)等西方学者来天津讲学。几年后，1993年秋，王敦书组织并召开了"第一届古代世界史国际会议"，参加者甚众，并且促成中国和西方学者之间建立众多新联络，其后继会议，1997年在长春举办，2005年在上海举办，2012年再次在天津召开，也起到了同样的效果。②

这些学术接触以及中国政府和国外研究机构的资金支持产生了一项重要成果，即越来越多的中国留学生和学者得以到国外大学深造和研究，外国学者也来到中国参与教学和开设讲座。以上双向交流活动，加上图书馆和网络学术资源获取的不断改善，产生了当下鼓舞人心的形势：在越来越多的大学中的一些院系、研究所或中心正在开设西方古典学领域的各类课程；该领域的学术出版著作的数量和质量不断上升。

关于教学有多种方式。在IHAC，原来的课程还在开展，只是关注的重点从本科生转移到了研究生的学业。在一些大学里，教师个人根据各自能力和擅长，在不同院系教授希腊语或拉丁语、希腊史或罗马史，哲学或文学等课程。北京大学成立了中心，历史、哲学和外语专业的本科生可以申请选择参加西方古典学和中世纪研究的课程学习。广州的中山大学和北京的中国人民大学有

---

① 其简要自传见王敦书的《贻书堂史集》，中华书局，2003年，第1—3页。

② 最新会议论文集《纪念雷海宗先生诞辰一百一十周年：中国第四届世界古代史国际学术研讨会论文集》，中华书局，2016年。

古典学课程，包括中国古典学和西方古典学。最近北京外国语大学开设了拉丁语本科课程，其层次和强度与现代外语学习持平。我们不能确定这些做法是否都能取得成功，但这些努力都是了不起的。

在学术研究方面的发展同样惊人。翻译的数量增加得很快，罗马诗歌是里面的重要内容，其中卡图鲁斯、维吉尔、贺拉斯、普罗佩提乌斯和奥维德的作品不少已经有了中译。就研究文献（secondary literature）而言，显然越来越多的同行们能够读到西方学术文献，并且能够批判性地加以使用。同时，意识形态对学术方面的限制没有以前明显。能达到国际水准的文章数量在增长。专著也是如此，只是专著内容常常相对是综述性的，这是可以理解的。以希腊史和罗马史的两本入门为例[①]，这两本书建立在扎实的知识基础上，不仅运用了英语的文献／研究，还参考了法语、德语和意大利语的文献／研究。作者以明确的"问题导向"方式陈述，即他们不仅仅告诉读者事情的"原本"，而且告诉他们学者们如何来探究事情可能是什么样的，以及为什么一些学者的观点要优于他人的。以这样的方式读者被引入学术过程，最终可能产生的问题比答案还多，但读者能够清楚了解学术研究是关于什么的、以往是如何做的、现在应当如何进行。

如果仔细观察下这一发展的方向及其背后的驱动力，我们会得出有趣的发现。如同上世纪的前几十年里，有些圈子里存在着一种有计划的政治动力。现在这一思想流派的基地在广州的中山

---

① 黄洋、晏绍祥：《希腊史研究入门》，北京大学出版社，2009 年；刘津瑜：《罗马史研究入门》，北京大学出版社，2014 年。

大学和北京的中国人民大学。^① 这两所学校创建的教学计划是向学生传授西方和中国的古典学，目的是培养未来的领导精英。这些课程所呈现的古希腊和古罗马不再是"美好的"现代世界的摇篮，相反，他们强调所谓中国和西方古典时代所共同具备的某些反现代主义特征，并希望这能引导当下有益的社会政治参与。在这一背景下创办的《古典研究》期刊以及"经典与解释"丛书旨在推进所有伟大文明的古典文本解读。对这些文本的翻译热情已呈高涨之势。

然而，不管这项事业有多引人瞩目，我们都不能因此忽视大多数同仁默默的实干与耕耘。在这份耕耘中，上海奥维德项目既代表了一个高潮也会激励进一步的努力。对这位古典核心作家的全集译注，项目组织者设计了独特的方案，并通过这个项目让中国读者能够了解到以往学术的精华，他们理应受到赞誉。而且他们已成功吸引了中国各地的同仁们参与，来共同完成项目，这同样值得钦佩。

如果要我在我可能会遭质疑的二分法里对这个项目进行定位，我当然会认为奥维德全集的译注非常契合我所称的对西方古典学的文化人文主义兴趣。在此就奥维德作品的三部分我分别给出至少一个论据：（1）关于早期"温柔爱情的调侃者"（*tenerorum lusor amorum*）的诗歌，我要提醒诸君，他的《爱的艺术》是最早被译成中文的罗马文学作品之一，这当然不是在政治爱国话语语境下翻译的，而是由诗人戴望舒翻译的。（2）奥维德中期的伟大

---

① 对刘小枫（生于 1956 年）和甘阳（生于 1952 年）所领导的流派的批判性评价，参考 Zhou 2017, pp.121-124；Zhang 2020（特别是关于他们对荷马的阐释）。

叙事性作品对希腊和罗马神话进行了匠心独运的再创作，就这些作品而言，我回到我之前提到的周作人，他是最早一批研究古希腊的中国人。如我所说，希腊文化吸引他的首先是希腊人对美和雅的感悟，以及他们丰富生动的神话内容。我认为如果周作人在希腊文之外还学过拉丁文，会觉得奥维德的《变形记》和《岁时记》完全符合他的趣味。（3）最后，关于奥维德晚期，我认为惨遭奥古斯都流放的奥维德与一些中国的伟大诗人如战国时代的屈原、唐朝的李白或宋朝的苏轼有许多共同之处，我推想大家不久就会看到对诗人们和他们的作品进行的比较性研究，这也会使晚年的奥维德更加贴近中国读者的心。关于上海的这项了不起的翻译项目的介绍我就此打住。

但请允许我就这次会议再说一点，组织者魄力十足，邀请中外学者荟萃于此。我们所有与会者对本次会议都感到十分激动。不过我好奇奥古斯都会怎么想。因为"元首"（*princeps*）就在我们附近。

杭州，它被认为是中国最美城市之一，距离这里仅半个多小时的火车路程。如果你现在从杭州火车站漫步到著名的西湖，途经一幢大楼的门口，你会突然发现其两侧分列两尊复制品——Prima Porta（译者注：位于罗马近郊）的奥古斯都像：与原像大小相同、颜色一般（图一）。显然安放雕像的人们深刻了解奥古斯都艺术以及作为其基本准则之一的对称。又显然基于这样的理解，他们让站在入口右侧的奥古斯都抬右臂，站在左侧的举左臂；他们对寰宇球上方的小爱神应用了同样的原则（图二、图三）。当然，最大的问题是奥古斯都在那里的功能是什么。在网上可以查

图一　杭州奥古斯都雕像（图片由穆启乐提供）

图二、图三　对称的奥古斯都像（图片由穆启乐提供）

到这幢被奥古斯都"保卫"的大楼实际上是一个夜总会，配以装修豪华的房间，其中有些房间配备卡拉 OK 设备，供私人租用。

看看在上海召开的这次会议，看看矗立在杭州的雕塑，一方面，它们之间的共性令人瞩目。元首和诗人，两位截然不同的人，在他们去世两千年后，在他们视其为世界末端的地方受到纪念，对于两位来说都算得上是令人欣慰的事。另一方面，一个同样令人瞩目的差别不可忽略：元首在担任保安，为了给晚上寻求高档场所娱乐的新贵富人们传达一种异国情调。而上海则用一场由中国主办方完美组织并由来自世界各地的学者参与的学术大会来向这位被元首流放的诗人致敬。两位主角中的一位一定会比另一位更喜欢这样的差别，这是毋庸置疑的。

为什么是奥维德？ 21 世纪的翻译和全球化

洛雷尔·富尔克森, 美国佛罗里达州立大学

（Laurel Fulkerson, Florida State University）

马百亮　译

这是一次激动人心的会议，我想首先和大家一起思考几个问题，这些问题和最初的征文启事中提出的问题很相似，即为什么要研究奥维德？为什么是在中国？为什么是现在？[①] 我想从翻译的角度来探讨这些问题，我要提出的是，在今后的几天里，如果我们将翻译视为（或者说是重新视为）奥维德之变形的一种形式，既保留了其原来的形态，同时又变得难以辨认，这将让我们受益匪浅。今天我想利用这个机会提出我对于奥维德的一些思考。这是一个历史性的时刻，是一个起点，在后面的几天里，我们的想法将会发生改变。具体说来，我想讲一讲为什么奥维德似乎开始变成了我们这个时代的诗人，同时也是我们各自所处之地的诗人，无论这些地方之间有多大的不同，也无论和奥维德本人所处的世界有多大的不同。当然，在思考这些问题的过程中，我们将会谈到这样一个问题，即在今天的中国，奥维德可能意味着什么。我的问题还可以更加具体，即在希腊和罗马的所有文学作品中，甚

---

① 感谢梅根·德林科沃特（Megan Drinkwater）和乔尔·克里斯滕森（Joel Christensen）对本报告的反馈，感谢他们提供的关于自古以来人们对待其过去的不同方式的真知灼见和文献目录。

至是在能够以及已经被翻译成中文的所有西方文学作品中，奥维德能够提供哪些与众不同的东西。

翻译的问题不仅对于本次会议非常重要，对于我们日常所做的一切，同样也很重要。在我们将这些问题当作翻译问题来构想时，将会产生更大的问题，在本文中，我将对其中的一些展开探讨。首先，我将回顾一下中国的翻译史，在讲到一半左右的时候，我将聚焦于奥维德本人，不仅将其作为个体，还要将其置于当时的背景之中，希望能够指出他对当今的整个世界能够提供什么，尤其是对中国能够提供什么。

因此，让我们先从翻译开始讲起。我很清楚，关于翻译的理论和实践，在座的各位有很多比我更加精通。这里我所说的翻译，是把一种语言的书写文本转换成另外一种语言的书写文本的过程。但我也知道，提供几个参照点可能会有所帮助。因此，我想让在座的每一位意识到一个明显的事实，那就是即使对于我们中间那些并不以"译者"自居的人来说，在更加宽泛的意义上讲，也必然在从事翻译活动。在这篇文章中，我所提到的翻译大部分是这种更加宽泛意义上的翻译。正如威利斯·巴恩斯通（Willis Barnstone）所言，所有的阅读都是翻译，所有的翻译都是阅读。①这是因为作为职业的古典学者，我们在一种文化之中生活，却会在另外一种文化之中工作，我们总是在进行跨文化的比较，总是在思考不可避免的折中，例如应该怎样给我们的学生或读者讲解拉丁语中"virgo"一词的含义。

---

① 　Barnstone 1993, p.7.

首先，我们将简单回顾一下中国的翻译史，在座的有些对此可能非常熟悉，有些可能未必知道。简单回顾一下，可以让我们站在同一起点，以展开后面的探讨。关于维吉尔的情况，源自刘津瑜教授2014年的一篇论文①，其他关于拉丁语的信息很多源自李永毅教授2014年的一篇论文②，其余信息大部分来自卜立德（David E. Pollard）主编的《翻译与创造》（*Translation and Creation*）一书。③

翻译在中国历史悠久，最早可以追溯到公元前11世纪的周朝，当时政府和外交文件有的被翻译成中文，有的是从中文翻译出去。大概是在公元1世纪，一些主要的佛经被从梵文翻译成中文。到了公元4世纪，中国学者已经形成了相当发达的翻译理论，在这个世纪，更多的佛经被翻译成中文。到了公元7世纪，一些景教徒把《福音书》和《希伯来圣经》的一些内容翻译成了中文，以方便传教。到了16世纪，基督教传教士把拉丁语的宗教典籍翻译成了中文。但有趣的是，直到19世纪初，可能是在1813年，完整版的《希伯来圣经》和《新约》才被翻译成中文，译者是新教传教士马礼逊（Robert Morrison），而天主教的版本直到1968年才完成。另一方面，儒家经典于1593年最早被耶稣会士翻译成拉丁语，而引起广泛注意的拉丁文译文则发表于1687年。耶稣会士正确地意识到，要想理解我们所谓的中国人的精神，《论语》是关键。我后面会再次提到这一点，这就让我们接近了翻译的本质。17和18世纪的耶稣会士还将西方的一些科技著作翻译成中文，而这部

---

①　Liu 2015, pp.67-105.

②　Li, "A New Incarnation of Latin in China" (2014): https://classicalstudies.org/amphora/new-incarnation-latin-china-yongyi-li .

③　Pollard 1998.

分是为了显示西方的优越性。当时的情况是，这些作品中很多原来用的是学术拉丁语，因此从拉丁语翻译成中文已经有三百多年的历史了。

1842 年，第一次鸦片战争结束，开始了西方历史学家所说的"中国的开放"，这大大激发了中国人对外部世界的兴趣，也激发了外部世界对中国的兴趣。很自然地，这也带来了一个新的翻译时代。事实上，20 世纪早期，中国出版的外国翻译小说的数量超过了中文原作。这些翻译很多都经过了日语这个中介。根据那些比我更熟悉这一领域的学者（如卜立德和楼巍①）的说法，当时的中国人之所以会对引进西方文化感兴趣，其直接原因是渴望更好地理解外部世界，部分上是为了理解西方（以及刚刚变得更加西化的日本）是怎样成功超越中国的。这里提前透露一下我后面会再次提到的观点，即在每一个翻译行为背后，肯定有某种这样的动力，即为了满足某种需求，无论是政治的、审美的还是其他方面的。因此，在本次会议期间，我希望大家思考的是奥维德能够为中国文化做点什么，即他的诗可以满足什么样的需求。

现在我将回到对中国翻译史的回顾。在 20 世纪早期，又有很多后来的西方经典被翻译过来，这部分上要归功于严复和林纾这两位翻译家。前者翻译的多为历史和科学著作，包括查尔斯·达尔文、亚当·斯密、约翰·斯图亚特·密尔和赫伯特·斯宾塞的作品。后者翻译的作家包括查尔斯·狄更斯、沃尔特·司各特、斯托夫人和大仲马等。这些作品引入了不同的叙事结构和形式，影

---

① Lou 2010, pp.492-497.

响了中国小说的发展。① 随着 1919 年的五四运动和其后共产主义的传入，中国人的品味开始转向伟大的俄罗斯小说和易卜生这样聚焦于打破传统的作家。晚近以来，大量享有盛名或不那么著名的作品被翻译成中文。一个值得注意的例子就是阿加莎·克里斯蒂的《罗杰疑案》，其中文版最早发表于 1940 年的一本侦探小说杂志，但是除了她之外，按照排名先后，20 世纪被翻译成中文最多的作家还有芭芭拉·卡特兰（Barbara Cartland）、维多利亚·霍特（Victoria Holt）、达芙妮·杜穆里埃（Daphne du Maurier）和伊恩·弗莱明（Ian Fleming）。

　　现在让我们重新聚焦于希腊和罗马古典文学，同样我也仅仅提供几个参照点。欧里庇德斯的《特洛伊妇女》最早翻译于 1924 年，是最早被翻译成中文的希腊悲剧选篇之一，这本身就是一件饶有趣味的事情。② 这部作品的翻译是中国人对国际戏剧长达几十年的兴趣的一部分，其中包括莎士比亚和其他很多剧作家。还要指出的是，这些翻译大部分都是从英语翻译成中文的，而不是直接译自希腊语。《奥德赛》最早翻译成中文是在 1929 年，柏拉图的《理想国》也是这一年。拉丁语的作品要晚一点，维吉尔的《埃涅阿斯纪》和《牧歌》的全本分别在 1984 年和 1957 年被翻译成中文，而《农事诗》至今还没有被翻译过来。在 20 世纪被翻译成中文的拉丁语诗歌包括卢克莱修、普罗佩提乌斯的作品，以及奥维德的《变形记》、《爱的艺术》和《拟情书》。对拉丁语作品的兴趣曾经出现中断，刘津瑜教授对此给出了很好的解释，说这反映了当

---

① Pollard 1998, p.19.

② Chen and Zhao 1994, pp. 1-7.

时这样一种认识，认为古罗马是中国的负面镜像（negative mirror-image），因此不适合仿效。然而，在最近几年里，对拉丁语文学的翻译又多了起来，例如李永毅教授已经把卡图鲁斯以及贺拉斯的作品翻译成中文。

从我非常简短的概述可以看出，将西方文学翻译成中文是一个相对缓慢、也相对晚近的过程，尤其是和其他语言和文化相比，直到进入 19 世纪才有了将世界文学翻译成中文或者是将中文翻译出去的促动。对于了解中国历史的人来说，考虑到明朝和其他历史时期间歇性的封闭，这是完全可以理解的。当然，这种封闭本身不仅反映了一种在物质资源方面的自给自足感，也反映了我们现在所说的文化上的自给自足感。然而，同样的情况也发生在梵文史诗身上，直到 19 世纪末才被翻译成英语。总体说来，翻译是一个民族以各种不同的方式去了解另外一个民族的过程的一部分。

因此，作为对上述内容的一个总结，我认为翻译总是一件全球化的工程，是否翻译，翻译什么，以及怎样翻译，这些问题都可以并且的确会决定另外一个文化的哪些方面能够得到广泛的接受，即使翻译者本人并没有想到这些问题。例如，洛布丛书最近开始包括专业论著和不那么"经典"的文学作品。考虑到对大部分人来说，英语比希腊语和拉丁语都更容易，无论是哪些因素共同促成了这一情况，这种范围上的扩大自然并且也必然意味着一点，即在英语世界里，经典文学这一概念的外延被拓宽。与此类似，无论是将奥维德作为拉丁文学的代表，还是作为整个西方古典作品的代表，奥维德汉译这一项目都会促使以汉语为母语者从根本上改变理解西方的方式。就本项目而言，我们将拭目以待，看一看这些变化究竟是什么样子。然而，考虑到希腊罗马神话对于西方就像中国神话对于东方一样重要，考虑到这两个文化之间有如此之多有趣的重合（在本文的结论部分，我仅仅是间接地提到这一点），我相信并且也希望其中一个变化能够澄清并颠覆传统的讲述，在西方的讲述中，东方神秘莫测，充满异国色彩，而在东方的讲述中，西方人持枪行凶、滥饮滥交。当然，任何两个文化之间都会存在巨大的差异，但是我想我们是否应该更加认真地思考一下它们之间的相似之处呢？

事实上，可能发生的情况之一正是对于东方与西方这个两分法的打破，要么是取而代之以另一种两分法，或者更为有用的是，重新认识到这样的两分法只不过是表达部分真理的简单方式，它粗糙而不精确。对于我们所专注的领域，我们都知道这一点，但是有时我们过于懒惰，或者是过于繁忙，没有认识到这一点普遍适用。

这里我想扯远一点，和大家分享一个关于广义上的翻译的故事。在整篇文章中，我所说的翻译都是这种广义上的翻译。这是一个不同的文化以有趣的方式发生碰撞的故事。虽然我是美国人，但我有时生活在牛津。至少在理论上，英国文化和美国文化非常相似，但是这并不意味着我不会遇到困惑。在我生活在那里时，每天都会以很微妙的方式遇到这样的困惑。事实上，我常常发现这样的困惑比我在差别更大的文化中所遇到的更加让人不安，因为它是间歇性的，因为我会在很长的时间里感到非常自在，却突然意识到自己对发生的情况毫无头绪。然而，今天我想告诉大家的不是我和英国人打交道时遇到的困难，而是另外一种翻译上的问题。我上次在牛津期间，就住在泰晤士河附近的一套公寓里，这里是城市的南部，意味着我每天都要向北走到图书馆。在几个月的时间里，每周我都会被中国游客拦住，问我到《爱丽丝梦游仙境》主题商店应该怎么走。在座的有的可能不知道，这家商店就位于圣阿尔达特街上，在基督教会学院的汤姆门对面，里面专卖和路易斯·卡罗尔的作品有关的物品，价格高得离谱。就这样过了几个月，作为一位学者，加上天生好奇，我决定一探究竟，尤其是因为这样一个事实，即虽然《爱丽丝梦游仙境》已经被翻译成 174 种语言，虽然夏季的牛津游人如织，却没有一个其他国家的人问过我怎么找这个地方。为什么只有中国人会对《爱丽丝梦游仙境》如此情有独钟呢？

　　我承认这是一部伟大的作品，一部经久不衰的经典之作，但为什么就是它呢？我已经有大约 30 年没有读这本书了，已经忘了里面有几处提到了以牛津为中心的地点，但即使还记得，我依然不会把《爱丽丝梦游仙境》作为和牛津有关的文化参照的首选。我的确意识到这并不是一个在统计学上可以成立的样本，但是作为逸事，我可以告诉大家，我问过其他十几个美国人，他们没有一个把这本书和牛津联系在一起的，也并不认为和爱丽丝有关的内容是牛津游不可或缺的一部分。我在基督教会学院（Christ Church College）附近遇到的那些游客肯定会对我们这些美国人的无知感到震惊，他们旅游的特别之处就是和爱丽丝有关的各种纪念品，其中包括一面彩色玻璃窗。因此，可能是因为我有很多其他和牛津有关的参照点，如多萝西·塞耶斯（Dorothy Sayers）、摩斯探长、艾丽丝·默多克（Iris Murdoch）、爱德华·伯恩－琼斯（Edward Burne-Jones）、哈利·波特、J. R. R. 托尔金、奥斯卡·王尔德和克里斯多佛·雷恩（Christopher Wren）。和爱丽丝·利德尔（Alice Liddell）与查尔斯·道奇森（Charles Dodgson）相比，其中很多人都留下了更加具体的印迹，至今依然可以看到。然而，爱丽丝之谜困扰着我，一直到今天。我怀疑爱丽丝现象至少在部分上是一本流行的中文导游书的结果，我希望某一天能够找到这本书。然而，我还认为这其中有某种更大的文化现象的因素，那就是爱丽丝对中国人传递了哪些信息。如果你可以帮我解开这个谜底，请务必赐教。

现在让我们回到学术讨论的道路上来。《爱丽丝梦游仙境》最早于 1922 年被翻译成中文（当时名为《阿丽思漫游奇境记》①），立刻就成为经典，至今依然如此，至少从我遇到的那些游客就可以看到这一点。当然，关于和爱丽丝有关的旅游，有一个方面和我们今天的探讨不无关系，那就是中文版的爱丽丝和英文版的爱丽丝有多大的不同，有哪些不同。② 前面我已经暗示过，翻译总是一个非常复杂的过程，沿着这一思路，我要指出的是，和奥维德的诗相比，有少数的文本可能更难从原语翻译成其他语言，而《爱丽丝梦游仙境》就是其中之一，因为其中有大量的双关语、生造词和对文本页面布局的特别处理。中文版的爱丽丝和英文版的爱丽丝之间有哪些共同之处呢？这个问题直抵翻译之可能性和局限性的核心。顺便说一句，我是没有资格回答这个问题的。

---

① 赵元任 1922。

② Lindseth and Tannenbaum 2015.

　　说到翻译过程，我还想指出一点，虽然翻译实践很困难，翻译理论却很简单。几乎每一个人都会追求"忠实于原文"，但是对于它究竟意味着什么，人们并无共识。一个极端是逐字翻译，这在任何一种语言中都是没有意义的。另外一个极端就是把原语中的一切都转换成目标语。两者都没有做到忠实，然而又都是忠实的。在这两个极端之间，就是所谓的"异化"翻译，追求的是传递原语及其所代表的文化的异国情调。在古典学领域，苏珊娜·莫顿·布朗德（Susanna Morton Braund）讨论了《埃涅阿斯纪》的几个异化译本，这些译本追求的目标不同，其中有些让人无法理解。[①] 正如我所暗示的那样，这些不同种类的翻译，不过是我们在讲授希腊和罗马时所遇到的问题的另外一个版本。我们是专注于表明原作的观念和文化是怎样合乎我们所谓的"译入语文化"的预设，还是该强调两者之间的不同，甚至是对接触点进行陌生化处理呢？就像对非专家所做的任何解释一样，所有的翻译实践都是对两者的折中，或多或少无法让人满意，但是这样的折中是绝对必要的，除非我们决定永远不去考虑差异。

　　因此，在很多方面，翻译者的困境也是学者的困境。如果没有漫长的注释，我们怎么能够把一个文本从其文化中抽离出来呢（这样做总是会产生一种残篇）？译者的几乎每一个决定都可以被视为是有缺陷的误读，或者是富有成果的重新解读，这取决于它在多大程度上和评论者的态度相符。这个问题完全独立于另一些梦魇般的问题，如怎样把有格律的文本翻译成一种没有这种格律

①　Braund 2010, pp. 449-464.

或任何格律的语言。这都不是我马上要面对的问题，因为我并没有承担把奥维德翻译成中文的艰巨任务。然而，正如我一直在指出的那样，这是我们所有人的问题，因为我们一直都在从事某种形式的翻译。

对我来说，任何解析或翻译行为都要始于我们来自哪里的问题。举一个众所周知的例子，《变形记》曾经被视为一本得心应手的神话手册，毕竟，里面收录了大量很精彩的故事。但是，研究表明奥维德对他所接受的几乎每一个神话都进行了根本性的改编。这样做可以吗？他的书是否还可以作为教科书呢？这里我没有考虑一个非常可疑的假设，即这样的神话教科书是存在的。此外还有另外一个事实，即奥维德的版本往往会成为后世所知道的唯一版本，如果关注他的偏离，似乎有点简单粗暴。这个小问题会引发一个更大的问题，即《变形记》是什么？我们应该将其视为一部具有当代意义的政治作品来翻译？还是作为文学作品，或者甚至是逃避现实的文学作品？还是就像我们大部分人可能认为的那样，事实上介乎两者之间？在翻译过程中，我们应该怎样传达这些细微的差异？或者更加让人不安的是，在翻译中，我们是否应该传递这些差异？如果不应该，考虑到我们几乎肯定会有自己的观点这一事实，怎样才能避免这样做？不仅如此，还有另外一个事实，即如果我们可以把翻译视为包括了名称、地点、细节、重点和意义的变化，以及故事要素的结合和分解，那么奥维德本人也是他所知道的故事的翻译者。

我们已经讲到了奥维德及其世界，剩下的大部分内容将主要围绕他展开。我有时会告诉学生，在学习希腊罗马经典作品方面，应该常读常新，希腊人和罗马人是最早提出人生根本问题的民族之一，我们至今依然面对这样的问题，而通过阅读他们的回答，我们的人生将变得更加充实。在西方传统之外，当我们开始思考其他文化时，这个论断变得有点可疑，因为这些文化有不同的认识，面对着不同的持久性挑战。例如，典型的西方叙事是个体对抗社会，但是我的中国朋友告诉我，在中国，这种对抗并不好理解，我认为确实如此。西方的经典可以自认为囊括整个世界，反之亦然：中国和其他的伟大世界文学也会让那些通过翻译接触到它们的人受益匪浅。因此，我并非在为希腊罗马文学呐喊，而是在为整个文学呐喊。

下面我想讲一下当代西方的历史学家和文学批评家解读奥维德的几种方式，并指出他们从他身上所看到的主要特征，往往不过是那些能够让他对不同的读者产生特殊意义的特征，这或许是巧合，或许不是。然而，首先我要探讨一下最近的奥维德接受史，以便让各位意识到人们的趣味会发生变化，并且这种变化有时发生得十分迅速。此外，还要让大家意识到当前的奥维德热并不是永恒的，事实上，我想我们已经能够看到反弹的出现。

我今天所讲的有关奥维德的内容，或多或少也适用于整个希腊罗马文学，尤其是拉丁语文学。对于我们这些以此为生的希腊罗马古典学者来说，这是好事情，因为我想我们有充分的理由在今天的世界继续发挥作用，甚至是发挥更大的作用。至少中国政府已经认识到理解不同文化能够带来什么样的益处，尤其是通过接受他们所重视的文学作品。

作为一个切入点，我想从 35 年前的奥维德开始说起，我们可以看一看情况已经发生了多大的变化。我想从 1982 年《剑桥古典文学史》的出版开始讲起①，这是因为当时我还不是一位古典学者，但是我受到了那一代古典学者的训练，当时的氛围在很大程度上受到了当时思想的影响。《剑桥古典文学史》的第二卷讲的是拉丁语文学，在很多方面都是一个分水岭，但是对于奥维德来说，却并非如此，关于他的学术观点依然十分传统。和奥维德有关的那一章作者是 E.J. 肯尼（Kenney），是当时最优秀的奥维德研究者。这一章长达 37 页，篇幅尚可，尤其是加上前一章中讨论奥维德的《哀歌》的那两页。那两页的作者是格奥尔格·卢克（Georg Luck），也是一位了不起的人物。关于《哀歌》的这一章一共只有 15 页，为了对其相对规模有所把握，要知道，关于维吉尔的内容一共有三章，长达 70 页。 仅仅从这些数字就可以看到当时一些有趣的情况。首先，在总体布局之中，《哀歌》并不重要。例如，和恩尼乌斯（Ennius）和卢齐利乌斯（Lucilius）的讽刺诗相关的内容有 19 页，虽然实际上两位作者的讽刺作品都没有那么多，而就像我前面提到的那样，虽然流传下来的《哀歌》有很多，却只占了区区 15 页。第二点更加有趣，奥维德的情诗(即《恋歌》《爱的艺术》《情伤疗方》和《女容良方》）全部被囊括在关于奥维德的《哀歌》的那两页之中，被认为是奥维德作品中独立的或者至少是可以分离出去的部分。这本身并不能解释为什么在 20 世纪七八十年代奥维德的遭遇会如此难堪，但是我认为这的确让我们对当时起作用的因素有所了解。肯尼所撰写的那一章很有他的个人色彩，相对

---

① Kenney and Clausen 1982.

强调了《拟情书》和流放诗，相关内容分别有 6 页和 13 页。对于《岁时记》的处理可能也很符合当时的主流，有 2 页。有关《变形记》的内容有 11 页，这似乎有点短，但是在 20 世纪 80 年代早期，其价值并非人所共知。像《剑桥古典文学史》这样的大型手册本身就是一种翻译，反映了当时的分类和简化背后的缘由和动力，常常还没有出版就已经过时。当然，我既不是要批评编撰《剑桥古典文学史》这件事，也不是要批评肯尼为其所做的贡献。实际上，奥维德研究的革命之所以能够发生，部分上要归功于他，不但通过他的研究，还训练了新一代的奥维德研究者。现在的情况显然已经不可同日而语，在拉丁语文学里，奥维德所有的作品都变得十分重要。这种重要地位反映在两千年左右的时间里他对其他作家和艺术家的影响。

对我来说，有趣的正是这一巨大的变化。我要指出的是，奥维德是我们这个时代的诗人，但是对于我们的父辈和祖父辈的时代而言，却并非如此，我要探讨的是为什么会这样。让我们先谈一谈我们现在对奥维德的认识，并附加说明"我们"是指谁，以及"现在"有多久。对于奥维德为什么会有如此的吸引力，我所给出的每一个原因都和当今世界直接相关，这并非巧合。我认为这些原因之间是互相关联的，所以在对它们进行讲述的过程中，细节会越来越少。关于奥维德，我首先要指出的是，他是一位有复杂性和多样性的诗人。最近的研究试图把奥维德的作品作为一个整体来看待，或者至少是要记住这位多愁善感的流放诗人同时也是一位哀歌诗人、研究型的神话收集者和执着的宗教史学家。这样更好，因为和作为整体的奥维德相比，如果把他分解开来，虽然更容易把握，但是会少了很多的趣味。因此，就像本次会议所表明的那样，我们生活在一个日益复杂的世界。人们可以获得的信息可能是任何人一辈子也消化不了的，但是新技术也让大量的人们接触到大量的信息，这些都是前所未有的。我们可以或者是认为自己可以马上和世界另一端的人建立联系。无论情愿与否，大部分国家不得不加入到多元文化主义的潮流之中，接受一整套似乎很陌生的信念、行为和价值观。

过去的世界既小也大，奥维德及其同时代人面对的是属于他们的一系列类似问题。大家知道，在奥古斯都时代之前的两个世纪里，罗马通过一连串的征服大大扩张了其领土。一开始，这些征服是和有着类似背景的民族之间的小规模地区冲突，但是罗马很快就和各种不同的民族产生了接触。在罗马世界，希腊人关于他们自己和蛮族人之间的两分法开始解体。希腊人曾经认为除了自己之外的其他一切民族都是不文明的，其中也包括罗马人。罗马人能够同时把自己作为自我和他者来看待，然而或许比这更加有趣的是这样一个简单的事实，即他们所面对的是众多复杂的、无法描述的陌生民族。

罗马人的确曾努力对这些外族人进行描述和分类，罗马的民族志作品是其文学中最有趣的部分，其中当然也包括奥维德关于黑海的诗篇，但是这里我要关注的是令人目眩的进出罗马的人员流动，以及这种多样性对"罗马性"（*Romanitas*）的含义所产生的影响。当然，这并不是奥维德一人所遇到的情况，例如希腊化世界同样也很复杂，同样具有国际化色彩，但是对我们来说，有关这个时间和地点的文本更加难以获得，这主要是因为保存方面的意外因素。透过奥维德在《爱的艺术》中所列举的世界各地妇女与众不同的魅力，我们可以清楚地看到，罗马的面貌开始发生变化，而罗马人自己也不再是一个同质的群体（如果他们过去的确曾经如此的话）。此外，据我们所知，一些古代城市如亚历山大里亚和安条克等也是如此，但是在罗马，这种变化的情况及其给人留下的感受得到了更加充分的表达。不仅如此，和其他大部分古老民族所不同的是，罗马人自我定义为一个流亡者和避难者的族群，这种自我定义使他们很容易接受某种关于宽容差异的话语，但这种话语——就像我们在当代欧洲和美国所看到的那样——很快就显得可疑，即使是对于其拥护者来说也是如此。

当然，变化是不可避免的，即使没有奥维德的《变形记》我们依然可以认识到这一点。就像安德鲁·菲尔德海尔（Andrew Feldherr）指出的那样，有时这种变化似乎像是自然演进，而有时会更加激烈。[1] 实际上，不同个体看待同一事件的方式是不同的，并且随着时间的推移，同一个人看事物的角度也会发生变化。在很多方面，这一时期的所有拉丁语文学作品都为我们提供了一个处于过渡时期的社会的记录，它如饥似渴地吸收借鉴其他民族文化的某些方面，尤其是希腊文化，但又不仅限于此。在我看来，奥维德的观点尤其令人信服，而这正是因为它并不统一。奥维德并不是简单地做出反应（例如，用现代的话说就是采取了拥抱多样性的策略，或者是在一个身份碎片化的社会里依赖于身份政治的策略），而是对各种立场进行了记录，其中有些或许会让我们感

---

① Feldherr 2010.

到厌恶，还有些则或许会让我们很着迷。实际上，奥维德作品吸引人的特征之一就是他所描绘的一些人物既招人讨厌，同时又很有趣。很多罗马作家描绘了现实的复杂性，但是他们常常结合起来这样做，而我想要指出的是，奥维德就像一个棱镜，在同一个文本中反映了多种观点。因此，从奥维德这里，我们可以认识到现实是多么混乱，即使它是可以界定的。

奥维德所描绘的混乱状态常常可得到化解，但也常常得不到化解，我们可以认为这反映了他所处的时代在政治上的混乱状态，但这肯定也反映了他个人对复杂性的接受。在很多方面，这样的世界观是不安定的，但是就像《变形记》中一位自我意识更强的人物可能会说的那样，这种状态既不是永恒的，也无需哀叹。那些喜欢事情简单化的人在读奥维德时会很痛苦，他们找不到一个立足点，只会发现根本的假设不断被挑战，无法得到解决。如果长远来看，我们可以这样说，任何不均衡的状态只不过是走向新均衡的一步而已。当然，大部分情况下，这只是事后的慰藉，或者至多是人生中一段短暂的慰藉，因为奥维德笔下的均衡状态总是岌岌可危的。

说到岌岌可危，我想暂时将目光转向我们自己所处的世界。在我们所生活的这个时代，世界形势的发展让我们连片刻的均衡也难以找到。我要指出的是，希腊罗马文学（尤其是奥维德的作品）通过对多样性进行缩微的复制，或许可以帮助我们应对这个世界令人头晕眼花的多样性。因此，我不太接受这样的观点，认为阅读文学可以让我们变得更加富有同情心。但是，如果这个观点有点道理的话，我们都应该试一试。在今天这个时代，每个人都有属于自己的消息来源，事实唾手可得，如果能够理解一种异己的观点，即使时间很短暂，可能依然弥足珍贵。如果虚构作品能够帮助我们理解那些我们不想赞同的人，善莫大焉。

让我们假设叙事虚构作品的确有此功效，奥维德马上就变得魅力十足，因为他可以让人们爱上文学。在我的课堂上，这样的情况我已经见到了很多次，或许在座的各位也见过：无论是否有人文学科方面的背景，同学们都会发现他们可以从奥维德那里有所收获，而这通常是他们前所未闻的，是他们的同龄人和父母未曾告诉过他们的。有时他们会不喜欢，却发现这很有趣，或者是很发人深思。这里我要顺便讲一个事实，几年前，当美国几所大学里讲授奥维德的《变形记》时，引发了一场关于"触发警告"（trigger warnings）的激烈争论。同学们觉得如果他们要接触的文本中有和强奸有关的内容，应该提前警告他们，他们还觉得应该有不读这样的文本的选择。这场争论之所以会围绕奥维德展开，我认为这部分上正是因为我马上要指出的一点，即奥维德将暴力和压迫行为进行了自然化的处理。但是我要争辩的是，他也让这些行为变得违背自然。正是因为奥维德表现了生活在一个不断变化的世界上是什么样子，他才会让人感到不适，而不适并非坏事，尤其是在不会带来任何实际危险的时候。

因此，正是因为其涵盖范围之广，要想理解西方文化之大体，奥维德也是最方便的切入点。这是我要讲的第二点，它和第一点密切相关。前面我关注的是内容，现在我要把注意力转向形式，虽然两者是无法全然分开的。无论是在深度和广度，还是在想象力方面，奥维德都变化多端。这让我们很难从整体上把握他，很难用一种说法来框定他。这并不意味着没有人尝试这样做，恰恰相反，试图把握奥维德生平的尝试有很多，我最喜欢的是一部关于伪基督徒奥维德的传记，他一开始行为轻浮，后来逐渐成熟，最后经过苦难的磨炼，在其流亡诗中找到了救赎之道。除此之外，还有很多其他的讲述，也同样可以适用于他，我的意思是这些并不只适用于他。对于后世欧洲传统里的诗人和艺术家来说，奥维德也是最为丰富的灵感来源之一，所谓"有多少读者，就有多少奥维德"（*quot lectores, tot Ovidii*），我们不应该对此感到意外。他诗歌的丰富性和多样性意味着不同的人对他有不同的理解，或许每一个人都有属于自己的奥维德。就连罗纳德·塞姆（Ronald Syme）也找到了一个他可以喜欢的奥维德。① 如果你还没有读过塞姆对《黑海书简》的评论，我建议你去读一读，因为他的评论标新立异，也很能打动人。

　　奥维德诗歌的广度意味着在一个地方所采取的立场在另外一个地方会被反驳，在讲解第一点的时候我提到这是一种健康的体验，这里我要指出的是，这也是一种令人慰藉的体验，至少有时是如此。在他的作品中，你几乎总可以找到你自己的影子，即使仅仅有几行。在题材方面，这种广度同样存在。因此，如果你喜欢传统的爱情诗，你或许可以让奥维德符合这一模式，但是如果你像一些非常正派的人那样，觉得哀歌有点令人腻烦，那就看奥维德是怎样将其放大并摧毁的，你或许会觉得很好玩。如果你对罗马的历史和宗教感兴趣，可以试一试《岁时记》。如果你想看一

————————

① Syme 1978.

看自己有多么渊博，《伊比斯》比任何一种在线测试都好玩。如果你对殖民主义、底层话语、中心和边缘感兴趣，不妨直接去看他的流放诗。喜欢动作和冒险，悲剧和喜剧？那就看《变形记》。对神话很着迷？那就去看《拟情书》。喜欢恐怖？那就试试《伊比斯》。虽然这部分上是在开玩笑，但是我认为其中有更加深刻的道理：正是因为他的作品不仅限于一种体裁、主题和风格，奥维德可以提供几种不同的研究古代和西方文化的方式，而这些方式可以让两者似乎都极其相关。我想着让他比其他大部分古代作家能够吸引更为广泛的读者群。我现在所描绘的这一特征也和诗人喜欢重复的习惯相符，现在学界对这一习惯有很多讨论。我想这些不同的观点可以证明你只需要读奥维德就可以了，而这肯定是诗人有意为之的一个策略。

　　我要指出的第三点是奥维德似乎特别关注权力关系，而这是当代世界又一个让我们感兴趣的话题。我已经提到过，奥维德参与到了罗马内外的复杂世界，而这让奥维德像是我们这个时代的诗人。罗马帝国所做的一件事情就是像帝国一样行事，而奥维德的作品比其他很多作家都更好地强调了这个帝国的成本和收益，并且还表明了权力在小规模之内是怎样行使的。以《变形记》的任何一次变形为例，在大部分情况下，所发生的变形都是非自愿的。变形最多算是解决问题的方法，但是这个问题常常是由这样一个事实造成的，即一个强大的意志和一个不那么强大的意志之间发生冲突。许多变形给这个世界带来了新的、美好的事物，但通常是个人须付出巨大的代价。在我看来，在整部作品中，奥维德对权力的腐败进行了更加清醒的思考。在这方面，他胜过许多更加明确地要这样做的作家。小人物总是会受到践踏，不仅在《变形记》中如此，在他所有的诗中都是如此。他们偶尔有机会能够翻身，偶尔他们会变得比他们的压迫者还要坏。因此，我们可以从他这里学到很多。

这样我们就说到了今天。为这次会议提供赞助的项目显然表明中国人对古典的兴趣日益增加，无论是他们自己的古典，还是其他文化的古典。因此我想鼓励在座的每一个人去思考一下，对于选择为这一项目提供资助的社会来说，这意味着什么，以及对于"我们"来说，这又意味着什么。通过一系列的历史偶然和决定，我们把奥维德的作品视为是"我们的"。与此同时，我还想打破我刚才所做的"我们"和"他们"之间的划分，想一想我们所说的西方传统是怎样发源于希腊，并像黑格尔所说的那样到我们这里终结的，无论我们是在欧洲，还是在北美，甚至是在澳大利亚。这个过程已经变得如此自然，以至于我们（甚至包括我们这些把希腊人和罗马人的语言和文学作为外语来讲授并努力去理解的人）忘了我们的前辈以及我们本人在文化上做了多少努力，才开始把奥维德视为"我们的"诗人的。显然，我们大部分人并不和希腊人或罗马人处于同样的地理位置。我们大部分人和他们没有共同的血缘和语言。我们所共有的就是那种无法定义的东西，即文化。当然，文化本身就是一个长期的扬弃的过程。例如，在英语世界，我们把《爱丽丝梦游仙境》作为"我们的一部分"，却没有接受凯瑟琳·辛克莱（Catherine Sinclair）的《度假屋》（*Holiday House*）和玛丽安娜·梅尔（Marianna Mayer）的《十二个跳舞的公主》（*Twelve Dancing Princesses*）。这两部维多利亚时期的儿童奇幻小说几乎和《爱丽丝梦游仙境》一样优秀，但是早已被人们忘却。我们西方人自认为是启蒙运动的继承人，但不是中世纪的继承人。从希腊传播到罗马，又到意大利、法国、荷兰、德国、英国和美国的思想源流常常被视为从未中断过，而我们知道，实际情况要复杂得多。事实上，在我提到"西方"的时候，已经在过度简单化，仿佛它是独一无二的实体。

虽然我担心这样一个事实，即我们生活在西方世界的人会自认为是希腊人和罗马人在思想上的继承人，但我们已经让这样的说法对我们生效了。关于过去，我们已经创造了这样一种叙事，从雅典的民主到罗马的文化多元主义和宽容直到我们今天的自由民主。这个故事不错，它让我们自我感觉良好，其中甚至有部分是真实的。但是，关于希腊和罗马的重要性，其他群体可能会有不同的讲述方式，而这些讲述可能同样是真实的、有用的。例如，这里就有一个故事的梗概，如此众所周知，以至于已经进入美国小学课本，但是仅仅在最近才引起学者们的重视。故事如下：汉朝和罗马帝国基本上处于同一时期，它创造了十分复杂的官僚体系，以及十分复杂的文学和神话，充斥着神灵、鬼怪和各种超自然、超现实的事件。两者都采用了新的历法，都兴起了由国家支持的新的信仰和行为系统（一个是儒家思想，一个是基督教）。要想讲好这个故事，表明罗马和中国之间的这些接触点意味着什么，找出类似点中的差异和差异中的共性，需要比我更聪明、对两者都更加了解的人。然而，我想要指出的是，只有对这两个文化有更深的了解，才能完成这样的工作，找到我们可以互相理解的地方以及依然难以理解的地方。没有宏观的概念和详细的信息，我们就无法理解历史和文学，在我们把新知识吸收到现有的参照系之内时，以及当我们无法做到这一点时，都是因为背景知识的原因。在理想状态下，大概念和小事实是并驾齐驱的。研究拉丁语或罗马历史或其他任何事物，都需要让细节符合全局，但是也需要一个能够纳入这些细节的全局。在此情况下，要想真正完成这一工作，必须经过一段时期的翻译，这是基础工作，但是绝不普通，它用一个事物让另一个事物变得可以理解。

因此，我想再次回到翻译的问题上来，并以此作为结论。前面我概述了中国人和希腊罗马文学互动过程之中的几个点。大家知道，我们今天所说的欧洲文艺复兴也有一个非常类似的过程。对于他们的集体努力，我们不妨这样总结，即这是一个根据他们选择的祖先的形象进行自我重塑的工程，这个工程首先发端于14世纪的意大利，接着是16世纪的法国，而这一过程正是从翻译他们能够得到的一切开始的，把拉丁语翻译成意大利语，把希腊语翻译成法语。我们既没有充分的证据，也没有足够的了解，因此只能进行猜测，但是我认为文艺复兴之所以能够发生，部分上正是因为此前有12和13世纪的"奥维德时代"（*Aetas Ovidiana*）。在两个世纪的时间里，奥维德的诗被用作学校的教材，这意味着每一位受过教育的人都熟知他的诗，而他的世界观也很自然地会影响到各种其他使用各国方言的艺术形式。若非如此的话，对于文艺复兴初期日益高涨的人文主义，我怀疑这几代受过训练的奥维德研究者是否会如此开放。我只能说近期中国人对于罗马文学的兴趣可能与此相似，这是一个环顾四周的重要历史时刻。要想创造这样的故事，虚构亲缘关系是毫无必要的，在19世纪早期欧洲出现的埃及热中，亲缘关系的虚构没有发挥任何作用，虽然对于 19 世纪中晚期英国和美国出现的梵语热来说，这种虚构曾十分重要，因为梵语热关注的是希腊语、拉丁语和梵语之间新发现的联系。大家可能还知道，这两次运动都既是一系列重要作品得以翻译的原因，也是其结果。

本次会议最初的征文启事提议报告人对奥维德进行陌生化，将其置于一个陌生的地点。会议报告人的确就是这样做的，这种陌生化不仅是地理上的，还是观念上的。他们还会提供一些新的方法，利用这些方法，我们或许可以对奥维德以及受其影响的作家进行考察，或者是重新考察。我们会分析一些通常被称为是接受的案例，还会分析接受背后的东西，即后来的文化是怎样对其前文化的某些方面加以吸收与翻译的，以及为什么会这样。至少在深层意义上，我们会思考我们所说的文明、文学和全球化究竟意味着什么。回到我前面刚刚提到的隐喻，我希望我们能够从这次会议上获得新的信息，以充实我们现有的参照系，或者能够获得某种新的参照系可以进行填充。

古典学全球化的新方向

克里斯托弗·弗兰切塞，美国迪金森学院

（Christopher Francese, Dickinson College）

谢奇臻　译

古典主义（Classicism）意味着对于一系列久享盛誉的古典文献及其时代背景的细致研究。古典主义不仅面向过去，同时，它也专注于现在。它可以包括通过对古代文献的使用来理解、启迪、娱乐甚至管理当今世界。[①] 从这个意义上来说，奥维德是一个古典主义者。虽然他任公职的期限很短，但在他作为一个诗人的生涯里，他从古老的文献中旁征博引，以此来了解他周围的人和世界，从而言传身教、娱人娱己。

全球化这个概念指的是在来自先前相互隔绝的不同区域的人们之间的沟通、旅行与和平交际。它暗示着好奇心、对于跨文化理解的探寻，以及对于狭隘的本地性观念、忠诚以及利益的摒弃。奥维德也是一个全球化的古典主义者，虽然并非出于他自己的选择。他虽然旅程走得很远，但像大多数与他同时期的作者一样，他对其他文化缺乏好奇。今天，我们有了一个真正意义上的全球化古典主义：这个不同寻常的会议便是一例！现在这里有来

---

① 对美国语境下古典主义的双重本质的描述，见《古典主义文化：美国精神生活中的古希腊和罗马》（Winterer 2002）。

自中国的优秀希腊—罗马古典学者，还有来自欧洲与美国的杰出中国古典学者。中国古典学与希腊—罗马古典学现已成了教育和文化交流的一部分，在不同程度上，遍布世界。相对便捷的出行、生机勃勃的国际贸易以及通过信息技术的智慧连接使一切成为可能。那我们如何利用我们的全球化古典主义呢？它在未来将如何发展呢？

对于全球化古典主义，一个有着明显关联的重要趋势就是数字人文（digital humanities）的崛起。① 数字人文是使用计算机来对文化产品提出新的问题，来拓宽与它们有关的知识渠道，以及来提供教授它们的新方法。数字人文在学术界造成的兴奋与不安程度相等。这个概念本身就含有一个尚未解决的隐患。传统人文学科强调学术精确、对于语言的精通、对于相关问题的精细设计、精准的描述与证据的使用、深刻的分析、高质量的沟通以及意味深长的艺术性表达。他们的进步与发展缓慢，并且一般只在小圈子内产生。数字媒体使巨量数据的汇总与分析及其网络化分享变得更为容易；它们促进开放式合作并且鼓励最宽阔的知识渠道；此外，它们趋向于重视快速与时效——这些目标不总是与传统人文方法兼容。数字人文的挑战就是在坚守人文主义的同时，尽最大可能使用技术来拓宽渠道、便利学术沟通以及优化学习过程。

学者们可以满怀激情地拥抱数字化的各个方面，而不牺牲人文主义之精粹。最佳的方案是不将数字人文本身视为目的，而是

---

① 对这一概念的讨论，英文著作卷轶浩繁，我尤其推荐 Spiro 2011: http://journalofdigi-talhumanities.org/1-1/getting-started-in-digital-humanities-by-lisa-spiro/ ; John Unsworth (http://www.people.virginia.edu/~jmu2m/publications.html), 以及 McGann 2014。

人类智慧合作的辅助工具。任何学者与科学家团体都是一个知识社群，并且可以在任何 "相同"与"不同"的时间与地点组合中互动。我们可以在相同的时间和地点，比方说，在一个会议里或在一个教室中。我们可以在相同的地点但是不同的时间交流，比如在一个实验室设置之下，或者通过一个图书馆预约架（Reserve Shelf）。我们可以通过电话或者视频会议在相同的时间不同的地点交流。而且，我们可以在不同的地点异步交流，例如通过电子邮件。丹尼尔·亚特金斯（Daniel Atkins）将此称为 "知识社群的四个象限"，借用他的分析，我用表格概述如下[①]：

表 1　丹尼尔·亚特金斯的四象限知识社群

四象限知识社群	同时	不同时
同场	会议、课程、研讨班	实验室空间、图书馆预约架
不同场	视频会议、电话通话、微信	电子邮件、信件、期刊文章

这些组合的第一个（即同时同地组合）将一直会是最重要的，为此人们在旅行和学习中付出了大量费用。任何体量的技术进步都不会减少它的价值。技术在知识社群中的最佳角色不是取代人类互动，而是使得其他三个选项——或者象限——更有效。[②]

数码技术在这些方面已经有所行动，这要归功于电子邮件、互联网和可移植文档。在我看来，未来最需要优先发展的项目有二，即公开的、带有注解的数字化古典文献以及工具书，比如用

---

①　Atkins 2005: http://atkins.people.si.umich.edu/papers/OECD_Paper_ver_2.4.pdf。

②　关于古典学的基础建设，见 Babeu, *"Rome Wasn't Digitized in a Day": Building a Cyberinfrastructure for Digital Classicists*, 2011: https://www.clir.org/pubs/reports/pub150/。

来学习古代语言的辞典和语法书。古典文献通常需要大量的注解才能使之得到充分的理解，并且经常会伴随着丰富的注疏传统，而这些注疏传统是阐释古典文献不可分割的部分。开放而又含有注解的数字化版本，再加上多媒体的强化，将会带来充实而更高效的阅读体验，从而有助于文献解读。开放式的辞典和语法书将会让更多的人使用到传统上专属于学者的工具，并且会增加有语言能力的读者的数量。①

对古籍或旧书进行周到细致的数字化可以在数字化领域内扮演重要角色。在 19 世纪，澳门是天主教传教士训练以及出发前往不同亚洲国家的一个主要据点。在圣约瑟修院（St. Joseph's seminary），江沙维（Joaquim Affonso Gonçalves，1781—1841）是那里的首席语言学家与讲师。江沙维编纂了一部非常全面的拉丁文—汉语词典，名为《辣丁中华合字典》（*Lexicon Magnum Latino-Sinicum*，1841 年第一版）②。这部辞典基于罗贝尔·艾蒂安（Robert Estienne）的《拉丁语辞海》（*Thesaurus Linguae Latinae*），并且在中国天主教教士的帮助下成书。篇幅达 779 页的《辣丁中华合字典》确实规模宏大（*magnum*），包括了诸如在拉丁语文献中所提到的每一种鱼和树的名字。"迪金森古典学在线"（DCO）正在对这部词典进行数字化处理与编辑。我们计划将它加到由芝加哥大学主办的开放式拉丁语辞典数据库 Logeion 中，并且开发一个 App 供

---

① Crane, "Cyberinfrastructure for Classical Philology", 2009: http://www.digitalhumanities.org/dhq/vol/3/1/000023/000023.html

② Gonçalves, *Lexicon magnum latino-sinicum ostendens etymologiam, prosodiam, et constructionem vocabulorum*, 1841 年澳门第一版；1892 年北京 Typis Congregationis Missionis 第三版；1936 年重印。

中国的拉丁语学习者使用。

开放式的文献和参考工具将有助于开拓未来的全球古典主义，但它们本身并非是目的而是工具。新的会议形式已经开始发展，在我看来，这些新的会议形式有可能以全新而又令人兴奋的方式，去激活全球化古典主义。位于纽约的派迪亚学院（The Paideia Institute），独立于任何大学之外，它支持与积极使用拉丁语以及使用拉丁语口语相关的旅行与活动。① 他们的一些项目名为"拉丁语活跃于罗马"（Living Latin in Rome）、"拉丁语活跃于巴黎"（Living Latin in Paris）、"动物园拉丁语"（Living Latin at the Zoo），并将古典语言学习融入到旅行和其他的社交活动当中。这类项目为严肃学习赢得了大众支持，就它们使用通用语（lingua franca）而言，它们也可以成为全球化古典主义社群的一个强有力的统一机制。

对于传统的学术会议而言，"非会议"（Un-Conference）是一个新选择，它也被称为空间开放式会议（Open Space conference），是一个以参与者为主导的会议。② 在宣读事先准备好的文章之外，它还对当场决定的共同话题进行开放式讨论。在传统会议上，用餐及照面时发生的闲聊很有价值，"非会议"选取了这个部分，并且将它们置于活动的中心位置。这种自发性的讨论通常是与工作坊以及较为正式的主题学术报告结合在一起。注重于数字产品的合作性工作坊也是可能的。2015 年，"迪金森古典学在线"（DCO）

---

①　https://www.paideiainstitute.org/.

②　Robin Zander, "How to Run an Un-Conference." May 17, 2017. https://medium.com/responsive-org/how-to-run-an-un-conference-92e7cf089831.

的编辑委员会在上海会面并且将希腊语和拉丁语的核心词汇以及与它们相关的语法术语翻译成了中文。这些工作很快得到编辑并且在 DCO 网站上发布。[①] 2015 和 2017 年间，一批学生和教师在波士顿附近的康科德学院（Concord Academy）数次会面并且完成了数字版的恺撒注释中文版。谷歌分析数据显示，2019 年有 413 位用户在使用这个资源。[②] 在迪金森所资助的活动中包括暑期工作坊，通常为期一周，其中一类是依然活跃的拉丁语集会（Latin conventiculum），另一类则是拉丁语教师的夏令营，我们聚在一起阅读拉丁文。[③] 会议的新形式可以超越参加学术会议的学者们的小团体，将全世界的古典学社群带到一起，并且对数字出版加以利用，从而加速传统学术出版的缓慢进程。

"新拉丁语"（Neo-Latin，也常译为"近代拉丁语"）为全球化古典主义展现了另一个激动人心的前沿。在许多世纪里，拉丁语曾是欧洲及其殖民地的一个通用沟通媒介。越来越多的目光正在投向来自文艺复兴时期以及近代早期的拉丁文作品，大体量、高质量的拉丁语文学，它们由背景各异的作者们所创作，这其中包括科学家、探险家、民族志学者、女士、黑色皮肤的非洲人、传教士等，并且与多种文化（尤其是美洲与亚洲）、历史事件、科学发展以及不同民族的文学经典相互交汇。古典拉丁语经典已受到大量的、甚至过量的解读，但许多这些在各自时代中传阅广泛并且影响不俗的新拉丁语作品，却尚未有现代版本，它们的文学

---

① http://dco.dickinson.edu/vocabulary.

② http://dcc.dickinson.edu/images/concord-academy-latin-mandarin-project.

③ http://www.dickinson.edu/info/20033/classical_studies/61/teacher_workshops.

成就或作为历史素材的价值更鲜有研究。

中国读者可能会对意大利耶稣会士乔万尼·彼得罗·马菲（Giovanni Pietro Maffei，1536—1604，拉丁语名字为马菲乌斯）所著的《印度史十六卷》（*Historiarum Indicarum libri XVI*, 1588）[①] 特别感兴趣。它讲述的故事有关于 16 世纪葡萄牙在非洲海岸、印度的马拉巴尔海岸、马六甲、中国以及日本征服与探索的航行。马菲乌斯自己并未前往东方，他花了 8 年的时间在葡萄牙的皇家档案馆里收集素材与文献，他的作品基于各式各样的文件，包括耶稣会传教士的信件，其中部分现已佚失。马菲乌斯并非毫无批判，他时常批评那些试图洗白葡萄牙罪恶与劫掠行径的早期历史学家。

该书第六卷全篇为中国民族志，在当时对塑造中国在欧洲的形象至关重要。与其他同时期的耶稣会信徒一样，马菲乌斯对于中国印象颇佳。他使用流光溢彩的辞藻来阐述土地与资源的丰饶、它的城市、它的人民与他们的着装，妇人的美丽和中国人对于高尚生活与美食的热切追求。他谈及了出行和交易的方式，震惊于中国人的职业道德，还认为他们在大炮与印刷术的发明上要高于欧洲。他解释茶叶本质有益健康。他还对科举制度有着特别的兴趣，并且对儒家的教育展开了大篇幅的讨论。

马菲乌斯的拉丁语质量也是特别值得重视的。当时的人们惊叹于他用词的简洁与清晰，他的流利与准确，并将他比作恺撒与塔西佗。"他仅有的瑕疵就是他没有瑕疵"，他的一位热诚的读者

---

① Maffei 1588: https://archive.org/details/bub_gb_zOibVyJgfdoC.

如是说道。但问题是，没有任何现代版本供读者阅览。马菲乌斯最近的印刷版本都可以追溯到 1752 年，并且还尚未有人将它的正字法与标点符号进行现代化，或使得它可被数字化编辑。没有任何英语或者中文的翻译。更严重的是，也没有任何注解将马菲乌斯关于中国的描述与同时期的中文史料进行对比，从而将其置于历史语境下来进行考量。欧洲人西行到美洲的探索历程，其描述已被反复研究，马菲乌斯的作品与之形成了鲜明对照，并没有任何实质上的现代研究成果。对马菲乌斯中国民族志进行考古与艺术史方面的注释，这是个明显的机会，但据我所知，这一切都尚未起步。经过适当的注解，这个文本也会对教学非常有用处。它的拉丁文是清晰而又可读的，此外，对于中国读者而言，其主题要比古罗马文本更为熟悉。马菲乌斯是一个重要但被忽略的拉丁文作者，为第六卷做注，作为历史素材和教学工具，都会是拉丁语学者和明史学者的一个理想合作项目。

　　另一个被忽略的新拉丁语领域是耶稣会士所做的中国儒家经典的拉丁语翻译。最佳的例子可能是由弗莱芒耶稣会士卫方济（ François Noël ）1711 年在布拉格出版的《中华帝国六经》（ *Sinensis Imperii libri classici sex* ）。[①] 这同样也没有现代校勘本。而对这些拉丁文本加注也是一个有趣的尝试。探究卫方济为解释儒家概念的精髓所选择的拉丁文词汇可以裨益古代中国和罗马哲学系统和价值的比较。得当的注解会让它们获得很高的教学价值。各地的拉丁语学者与读者定会对这些文献产生浓厚兴趣。

---

① Noël 1711: http://reader.digitale-sammlungen.de/resolve/display/bsb10219788.html.

中国与欧洲之间的古典文学研究并非一帆风顺或者不能免于政治动乱、沟通不畅以及意识形态分歧的影响。出行的耗费、学习古代文献语言所需的努力与学术研究的过度专业化，这些都是激活全球古典主义前景的重大阻碍。但如今，对优质学术成果、自由的思想交流以及文化理解的阻碍正处于历史新低，我们正处在这样一个有利的环境中。扎实的比较研究的兴起，在欧美求学的中国学者数量不断增加，这些都正在转变这个领域。诸如上海师范大学的光启国际学者中心，位于华盛顿的希腊研究中心等机构，正在积极地支持着这项工作。数十年的学习，对开放而诚实的知识积累进行投入，以及对交流对话的追求，为上海奥维德研讨会以及促生这个会议的重要翻译项目铺就了道路。全球古典学者们正处于一个黄金时代，一个让人万分激动的节点！

参考书目

西文书目

Ahl, F. *Metaformations: Soundplay and Wordplay in Ovid and Other Classical Poets.* Ithaca, NY, 1985.

Akrigg, G.M. *The Last Poems of Ovid: a New Edition, with Commentary, of the Fourth Book of the Epistulae Ex Ponto.* The University of Toronto, Ph.D. Dissertation,1985.

Alföldi, András. "Új agyagminták és medaillonok Pannoniából és Dáciából," *Folia Archaeologica* 5 (1945): 66-70.

Allen, Christopher. "Ovid and art," in *The Cambridge companion to Ovid*, edited by P. Hardie, 336-368. Cambridge, 2002.

Alton, E.H., D.E.W. Wormell, E. Courtney, *P. Ovidi Nasonis Fastorum libri sex*, Leipzig, 1978.

Alvar Ezquerra, Antonio. "Ovid in Exile: Fact or Fiction?" *Annals of Ovidius University Constanta: Philology* (2010): 107-126.

Amielle, G. *Recherches sur des traductions françaises des 'Metamorphoses' d'Ovide illustrées et publiées en France à la fin du xve siècle et au xvie siècle.* Paris, 1989.

Anderson, W. S. "Multiple Change in the Metamorphoses," *TAPA* 94 (1963): 1-27.

Anderson, W. S. "The Example of Procris in the *Ars Amatoria*," in *Cabinet of the Muses*, edited by M. Griffith and D. J. Mastronade, 131-145. Atlanta, 1990.

Anderson, W. S. *Ovid's Metamorphoses Books 6-10.* Norman-London: University of Oklahoma Press, 1972; The Revised Edition, 1978.

Anderson, W.S. *Ovid's Metamorphoses Books 1-5.* Norman-London: University of Oklahoma Press, 1997.

André, J. *Ovide. Tristes.* Paris 1968.

Armstrong, R. "Retiring Apollo: Ovid and the Politics and Poetics of Self-Sufficiency," *CQ* 54 (2004): 528-550.

Armstrong, R. *Ovid and his Love Poetry*. London, 2005.

Athanassaki, L. "*The Triumph of Love and Elegy in Ovid's* Amores *1, 2*," *MD* 28 (1992): 125-141.

Austin, R. G. *P. Vergili Maronis Aeneidos liber sextus*. Oxford: Oxford University Press, 1986.

Bakhtin, M.M. *Voprosy literatury i estetiki: Issledovaniya raznykh let*. Moscow: Khudozhestvennaya literatura, 1975.

Baldassarre, I. "Piramo e Thisbe: dal mito all'immagine," in *L'art décoratif à Rome à la fin de la République et au début du principat* 1981: 337-351.

Banier, Abbot. *Ovid's Metamorphoses in Latin and English ... with ... Explications of the Fables*. Illustrated by B. Picart et al., Amsterdam, Wetsteins and Smith, 1732.

Barchiesi, A. "*Notizie sul 'nuovo Gallo'*," *Atene e Roma* 26 (1981): 153-166.

Barchiesi, Alessandro. "Future Reflexive: Two Modes of Allusion and Ovid's Heroides," *HSCP* 95 (1993): 333-365.

Barchiesi, A. "Endgames: Ovid's *Metamorphoses* 15 and *Fasti* 6," in *Classical Closure: Reading the End in Greek and Latin Literature*, edited by D. H. Roberts, F. M. Dunn, and D. Fowler, 181-208. Princeton, 1997.

Barchiesi, A. *Il poeta e il principe. Ovidio e il discorso augusteo*. Roma, 1994.

Barchiesi, A. *The Poet and the Prince: Ovid and the Augustan Discourse*. Berkeley, Los Angeles, London: University of California Press, 1997.

Barchiesi, A."Narrative technique and narratology in the *Metamorphoses*," in *The Cambridge Companion to Ovid*, edited by P. Hardie, 180-199. Cambridge, 2002.

Barchiesi, A., ed. *Ovidio: Metamorfosi*. Vol. 2: Libri III–IV. Scrittori greci e latini. Milan: Mondadori, 2009 (2nd edition).

Barnstone, Willis. *The Poetics of Translation: History, Theory, Practice*. New Haven, CT: 1993.

Barolsky, P. "As in Ovid, So in Renaissance Art," *Renaissance Quarterly* 51.2 (1998): 451-474.

Barolsky, P. "Ovid, Bernini, and the Art of Petrification," *Arion* 13.2 (2005): 149-162.

Barolsky, P. "*Metamorphoses* and History of Baroque Art," in *A Handbook to the Reception of Ovid,* edited by John F. Miller and Carole E. Newlands, 202-216. Chichester, England: Wiley-Blackwell, 2014.

Babeu, Alison. *"Rome Wasn't Digitized in a Day": Building a Cyberinfrastructure for Digital Classicists.* Washington, DC: Council for Library and Information Resources, 2011: https://www.clir.org/pubs/reports/pub150/.

Barsby, J. *Ovid: Amores Book 1.* Oxford, 1973.

Barthes, Roland. *Le Degré zéro de l'écriture.* Paris: Seuil, 1953.

Barthes, Dávid, "Two Roman bronze heads with cirrus from Brigetio," in *Proceedings of the XVIIth International Congress on Ancient Bronzes, Izmir*, edited by Alessandra Giumlia-Mair and Carol C. Mattusch, 163-168. Autun:Éditions Mergoil, 2016.

Bartus, Dávid, László Borhy and Emese Számadó. "Short report on the excavations in Brigetio in 2015." *Dissertationes Archaeologicae* 3.3 (2015): 245-262. https://doi.org/10.17204/dissarch.2015.245.

Bartus, Dávid, László Borhy and Zoltán Czajlik. "Recent research in the canabae and legionary fortress of Brigetio (2014—2015)," in *Legionary fortress and canabae legionis in Pannonia. International Archaeological Conference.* Aquincum Nostrum II.7, edited by József Beszédes, 63-72. Budapest: Aquincumi Múzeum, 2016.

Bartus, Dávid, László Borhy, Nikoletta Sey, and Emese Számadó. "Excavations in Brigetio (2012-2016)," in *Celto – Gallo – Roman Studies of the MTA-ELTE Research Group for Interdisciplinary Archaeology,* edited by László Borhy, Kata Dévai and Károly Tankó, 63-82. Paris: L'Harmattan, 2018.

Bartus, Dávid, Zoltán Czajlik and László Rupnik. "Implication of non-invasive archaeological methods in Brigetio in 2016." *Dissertationes Archaeologicae* 3.4 (2016): 213-232. https://doi.org/10.17204/dissarch.2016.213.

Baudy, D. "Strenarum Commercium", *Rheinisches Museum für Philologie* (=*RhM*), Neue Folge, 130 (1987), 1-28.

Bauman, R. A. *Crime and Punishment in Ancient Rome.* London and New York: Routledge, 1996.

Beacham, Richard C. "The Emperor as Impresario," in *The Cambridge Companion to the Age of Augustus*, edited by Karl Galinsky, 151-174. Cambridge, 2005.

Beard, Mary. "A complex of times: no more sheep on Romulus' birthday," *PCPS* 33 (1987), 1-15.

Beard, M. "Writing Ritual: The Triumph of Ovid," in *Ritual in Ink. A Conference on Religion and Literary Production in Ancient Rome, held at Stanford University in February 2002*, edited by A. Barchiesi, J. Rüpke, S. Stephens, 115-126. Munich: Franz Steiner, 2004.

Beard, Mary. *The Roman Triumph*. Cambridge, MA, 2007 (repr. 2009).

Behm, Torben. "*Resonantia saxa*—Scylla und die Mauern von Megara (Ov. *Met.* 8.6-154)," in *Antike Erzähl- und Deutungsmuster: Zwischen Exemplarität und Transformation; Festschrift für Christiane Reitz zum 65. Geburtstag*, edited by Simone Finkmann, Anja Behrendt, and Anke Walter, 71-90. BzA 374. Berlin: De Gruyter, 2018.

Behm, Torben. "Cities in ancient epic." In *Structures of Epic Poetry*, edited by Christiane Reitz and Simone Finkmann, vol. 2.2, 261-302. Berlin: De Gruyter, 2019.

Behm, Torben. *Städte in Ovids Metamorphosen Darstellung und Funktion einer literarischen Landschaft*. Göttingen, forthcoming.

Bennett, A. *The Author* (The New Critical Idiom). Abingdon and New York, NY: Routledge, 2004.

Bensérade, lssac de. *Les Métamorphoses d'Ovide en rondeaus*. Illustrated by Le Clerc, Chauveau, and Le Brun. Paris, 1676, reengr. C. van Hagen, Amsterdam, 1679/1697.

Bentley, E. Richard., ed. *Studia Bentleiana. v. Ovidius Bentleianus,* edited by E.Hedicke. Freienwald, 1905.

Berman, Daniel W. *Myth, Literature, and the Creation of the Topography of Thebes*. Cambridge: Cambridge University Press, 2015.

Bernhardt, U. *Die Funktion der Kataloge in Ovids Exilpoesie*. Hidesheim: Olms-Weidmann, 1986.

Bessone, F. and S. Stroppa, eds. *Lettori latini e italiani di Ovidio. Atti del Convegno Lettori latini e italiani di Ovidio. Duemila anni di ricezione, Università di Torino, 9-10 novembre 2017*. Pisa, Roma: Fabrizio Serra editore, 2019.

Bickel, Ernst. *Vates bei Varro und Vergil: Die Kult- und Ahnenlieder, Seher-, Zauberund Heilverse des vates*. *Rh.Mus.* Neue Folge 94 (1951): 257-314.

Bickendorf, G. "Eigensinn der Illustration. Ovids *Metamorphosen* in Druckgraphiken des 17. Jahrhunderts," in *Der verblümte Sinn. Illustrations zu den* Metamorphosen *des Ovid*, edited by Marion Keiner, Jens Kräubig, and lrene Ott, 13-82. Kornwestheim, 1997.

Blattner, E. *Holzschnittfolgen zu den Metamorphoses des Ovid, Venedig 1497 und Mainz 1545*. München, 1998.

Block, Elizabeth. *Ars Amatoria I*. Bryn Mawr, 1989.

Blume, D. "Visualizing Metamorphosis: Picturing the *Metamorphosis* of Ovid in XIV Italy," *Troianalexandrina* 14 (2014): 183-212.

Blumenfeld-Kosinski, R. "Illustrations et interprétations dans un manuscrit de l'*Ovide Moralisé* (Arsenal 5069)," *Cahiers de recherches médiévales* 9 (2002): 71-82.

Böckerman, Robin Wahlsten. *The Metamorphoses of Education: Ovid in the Twelfth-Century Schoolroom*. Stockholm, 2016.

Bolzoni, L. *The Gallery of Memory: Literary and Iconographic Models in the Age of the printing Press*. Torino, 1995; Toronto, 2001.

Bömer, Franz. *P. Ovidius Naso. Die Fasten*, 2 vols. Heidelberg: Winer Verlag, 1957-1958.

Bömer, Franz. *P. Ovidius Naso. Metamorphosen: Kommentar*. Wissenschaftliche Kommentare zu griechischen und lateinischen Schriftstellern. Heidelberg: Winter Verlag, Buch I-III, 1969; Buch IV-V, 1976; Buch VIII-IX, 1977; Buch XIV-XV, 1986.

Bömer, Franz. "Der klassicher Ovid. Bemerkungen zu CE 1109", in *Acta Antiqua Academiae Scientiarum Hungaricae* 30 (1982—1984): 275-281.

Bonnefoit, Régine. *Johann Wilhelm Baur (1607—1642): Ein Wegbereiter der barocken Kunst in Deutschland*. Tübingen, 1997.

Bonner, S. F. *Education in Ancient Rome: From the Elder Cato to The Younger Pliny*. London and New York: Routledge, 2012.

Booth, J. *Ovid: The Second Book of Amores*. Warminster, 1991.

Booth, W. C. *The Rhetoric of Fiction*. Chicago: University of Chicago Press, 1983 (2nd edition).

Borhy, László. *Vezető Komárom város római kori kőemlékeihez.* Acta Archaeologica Brigetionensia Ser. I. Vol. 5. Komárom: Klapka György Múzeum, 2006.

Borhy, László. "Brigetio: Ergebnisse der 1992-1998 durchgeführten Ausgrabungen (Munizipium, Legionslager, Canabae, Gräberfelder)." In *The Autonomous Towns of Noricum and Pannonia: Pannonia II*, edited by Marjeta Šašel-Kos and Peter Scherre, 231-235. Ljubljana: Narodni muzej in Ljubljana, 2004.

Borhy, László. "Calçotada im römischen Pannonien? Interpretation eines Wandgemäldes aus Brigetio (FO:Komárom/Szőny-Vásártér, Ungarn)." In *Circulación de temas ysistemas decorativos en la pintura mural antigua. Actas del IX Congreso Internacional de la Association Internationale pour la Peinture Murale Antique (AIPMA), Zaragoza-Calatayud 21–25 septiembre 2004*, edited by Carmen Guiral Pelegrín, 263-265. Zaragoza: Gobierno de Aragon, Departamento de Politica Territorial, Justicia e Interior, 2007.

Borhy, László. "Bibliography of the excavations in Brigetio (1992-2014)." *Dissertationes Archaeologicae* Ser. 3. No. 2 (2014a): 565-580. https://doi.org/10.17204/dissarch.2014.565.

Borhy, László. "Der illusionistische Oculus auf dem Deckengemälde aus Brigetio und das kosmologische Zimmer des Cosmas Indicopleustes," *Acta Antiqua Academiae Scientiarum Hungaricae* 44 (2014b): 305-316.

Borhy, László. *Troianum dicitur agmen – Római kori díszpáncélok Brigetióból és környékéről.* Acta Archaeologica Brigetionensia Ser. I. Vol. 9. Komárom: Klapka György Múzeum, 2016.

Borhy, László, Dávid Bartus and Emese Számadó. "Die bronzene Gesetztafel des Philippus Arabs aus Brigetio." In *Studia archaeologica Nicolae Szabó LXXV annos nato dedicata*, edited by László Borhy, 27-44. Budapest: L'Harmattan, 2015.

Borhy, László, Dávid Bartus, Zoltán Czajlik, László Rupnik, and Emese Számadó. "Brigetio (Komárom/Szőny) – Fortress/City next to the Danube." In *Romans on the Danube. The Ripa Pannonica in Hungary as a World Heritage Site*, edited by Zsolt Visy, 42-51. Pécs: University of Pécs, 2011.

Bowditch, Lowell. "Roman Love Elegy and the Eros of Empire," in *A Companion to*

Roman Love Elegy, edited by Barbara K. Gold, 119-133. Malden, MA, 2012.

Boyd, B. W. *Ovid's Literary Loves: Influence and Innovation in the* Amores. Ann Arbor: University of Michigan Press, 1997.

Boyle, A. J. *Ovid and the Monuments: A Poet's Rome*. Bendigo, Victoria: Aureal Publications, 2003.

Boyle, A. J. "Postscripts from the Edge," *Ramus* 26 (1997): 7-28.

Boyle, Leonard. *Latin Palaeography: A Bibliographical Introduction*. Toronto, 1984.

Braund, Susanna Morton. "Mind the Gap: On Foreignizing Translations of the *Aeneid*." In *A Companion to Vergil's* Aeneid *and its Tradition*, edited by Joseph Farrell and Michael C. J. Putnam, 449-464. Chichester, 2010.

Brink, C. O. *Horace on Poetry*, Vol. II: *The Ars Poetica*. Cambridge: Cambridge University Press, 1971.

Brown, Cynthia J. "Du manuscrit a !'imprimé : *Les XXI Epistres d'Ovid*e d'Octovien de Saint-Gelais," in *Ovide métamorphosé. Les lecteurs médiévaux d'Ovide*, edited by Laurence Harf-Lancner, Laurence Mathey-Maille and Michelle Szkilnik, 69-82. Paris: Presses Sorbonne nouvelle, 2009.

Brown, Sara Annes. *The Metamorphosis of Ovid. From Chaucer to Ted Hughes*. London: Duckworth, 2002.

Büchele, Franz. *Carmina Latina Epigraphica*. Vol. 1. Leipzig: B. G. Teubner, 1896.

Budai Balogh, Tibor. "ROMA. Egy késő római téglagraffito értelmezési lehetőségei," *Ókor* (2011): 64-69.

Bull, Malcon. *The Mirror of the Gods: Classical Mythology in Renaissance Art*. New York, 2005.

Buonocuore, M. *Vedere i classici. L' illustrazione libraria dei testi antichi dall'etá romana al tardo Medievo*. Roma: Palombi, 1996.

Cahoon, L. "The bed as battlefield: erotic conquest and military metaphor in Ovid's *Amores*," *TAPA* 118 (1988): 293-307.

Cairns, F. *Generic Composition in Greek and Roman Poetry*. Edinburgh: Edinburgh University Press, 1972.

Cairns, F. *Sextus Propertius. The Augustan Elegist*. Cambridge, 2006.

Cameron, A. "*The First Edition of Ovid's Amores,*" *CQ 18* (1968): 320-333.

Cameron, A. *Callimachus and His Critics*. Princeton: Princeton University Press, 1975.

Cameron, N. *Barbarians and Mandarins. Thirteen Centuries of Western Travelers in China*. Chicago-London, 1970.

Casali, Sergio. "The Art of Making Oneself Hated : Rethinking (anti-)Augustanism in Ovid's *Ars Amatoria,*" in *Art of Love: Bimillennial Essays on Ovid's Ars Amatoria and Remedia Amoris*, edited by Roy Gibson, Steven Green, and Alison Sharrock, 216-234. Oxford, 2007.

Cassius Dio, *Roman History*, translated by Earnest Cary. Cambridge, MA, 1914—1927.

Castiglioni, Luigi. "Spogli riccardiani " *Bolletino di filologia classica* 27 (1920): 162-166.

Cavallo, Guglielmo, Paolo Fedeli, and Giuseppe Papponetti. *L'Ovidio Napoletano*. Sulmona: Centro Ovidiano di Studi e Ricerche, 1998.

Cazes, H. "Les bonnes fortunes d'Ovide au XVIème siècle," in *Lectures d'Ovide, publiées à la mémoire de Jean-Pierre Néraudau,* edited by E. Bury and M. Néraudau, 239-264. Paris, 2003.

Cazzaniga, A. *Elementi retorici nella composizione delle lettere dal Ponto di Ovidio*. Venegono, 1937.

Chen, Rongnü and Lingling Zhao, "Translation and the Canon of Greek Tragedy in Chinese Literature," *Comparative Literature and Culture* 16 (1994): 1-7.

Chong-Gossard, J. H. K. O. "The irony of consolation in Euripides' plays and fragments," *Ramus* 45 (2016): 18-44.

Chu, Petra Ten-Doesschate, ed. *Qing Encounters. Artistic Exchanges between China and the West.* Los Angeles: Getty Research Institute, 2015.

Ciccarelli, I. *Commento al II libro dei Tristia di Ovidio*. Bari, 2003.

Citroni Marchetti, Sandra. *Amicizia e potere nelle lettere di Cicerone e nelle elegie ovidiane dall'esilio*, Firenze, 2000.

Citroni, Mario. "Poetry in Augustan Rome," in *A Companion to Ovid*, edited by P. E. Knox, 8-25. Chichester: Wiley-Blackwell, 2009.

Claassen, J.-M. *Poeta, Exsul, Vates: A Stylistic and Literary Analysis of Ovid's Tristia and*

Epistulae ex Ponto. Ph.D. dissertation, Stellenbosch University, 1986.

Claassen, J.-M. "*Error and the imperial household: an angry god and the exiled Ovid's fate,*" *AC 30* (1987): 31-47.

Claassen, J.-M. "Ovid's Wavering Identity: Personification and Depersonalisation in the Exilic Poems," *Latomus* 49.1 (1990): 102-116.

Claassen, J.-M. *Displaced Persons: The Literature of Exile from Cicero to Boethius*, London, 1999.

Claassen, J.-M. "The singular myth: Ovid's use of myth in the exilic poetry." *Hermathena* 170 (2001): 11-64.

Claassen, J.-M. "*Literary anamnesis: Boethius remembers Ovid,*" *Helios* 34 (2007): 1-35.

Claassen, J.-M. "*Mutatis mutandis: the Poetry and Poetics of Isolation in Ovid and Breitenbach,*" *Scholia* 13 (2004): 71-107.

Claassen, J.-M. *Ovid revisited. The Poet in Exile*. London, 2008.

Claassen, J.-M. *Tristia*, in *A Companion to Ovid*, edited by P. E. Knox, 170-183. Chichester: Wiley-Blackwell, 2009.

Claassen, J.-M. "Exile, Death and Immortality: Voices from the Grave," *Latomus* 55.3 (1996): 571-590.

Clark, James, Frank T. Coulson and Kathryn Mckinley, *Ovid in the Middle Ages*. Cambridge, 2011.

Clausen, W. "Callimachus and Latin Poetry," *GRBS* 5 (1964): 181-196.

Cohn, Dorrit C. *Transparent Minds. Narrative Modes for Presenting Consciousness in Fiction*. Princeton: Princeton University Press, 1983 (2nd edition).

Cole, Susan Guettel. *Landscapes, Gender, and Ritual Space: The Ancient Greek Experience*. Berkeley: University of California Press, 2004.

Conte, G. B. *Memoria dei poeti e sistema letterario. Catullo, Virgilio, Ovidio e Lucano*. Torino, 1985.

Conte, G. B. *Genres and Readers: Lucretius, Love Elegy, Pliny's Encyclopedia*. Baltimore: Johns Hopkins University Press, 1994a.

Conte, G. B. *Latin Literature: A History*. Baltimore: Johns Hopkins University Press, 1994b.

Coo, L. M.-L. "The Speech of Onetor (Ovid *Met.* 11.346-381) and its Tragic Model (Euripides *I.T.* 236-339)," *Studi Italiani di Filologia Classica* 4° ser. 8 (2010): 86-106.

Corrigan, Karina H., Jan van Campen, and Femke Diercks. *Asia in Amsterdam. The Culture of Luxury in the Golden Age.* Salem, Mass.: Peabody Essex Museum, 2015.

Coulson, Frank T. *A Study of the Vulgate Commentary on Ovid's* Metamorphoses *and a Critical Edition of the Glosses to Book One.* Ph.D. dissertation, University of Toronto, 1982.

Coulson, Frank T. "MSS. of the *Vulgate* Commentary on Ovid's *Metamorphoses*: A Checklist," *Scriptorium* 39 (1985): 118-129.

Coulson, Frank T. "New Manuscript Evidence for Sources of the *Accessus* of Arnould'Orléans to the *Metamorphoses* of Ovid," *Manuscripta* 30 (1986): 103-107.

Coulson, Frank T. "Hitherto Unedited Medieval and Renaissance Lives of Ovid (I)," *Mediaeval Studies* 49 (1987): 152-207.

Coulson, Frank T. "An Update to Munari's Catalogue of the Manuscripts of Ovid's *Metamorphoses*," *Scriptorium* 42 (1988): 111-112.

Coulson, Frank T. "New Manuscripts of the Medieval Interpretations of Ovid's *Metamorphoses*," *Scriptorium* 44 (1990): 272-275.

Coulson, Frank T. *The Vulgate Commentary on Ovid's* Metamorphoses*: The Creation Myth and the Story of Orpheus.* Toronto Medieval Latin Texts 20. Toronto, 1991.

Coulson, Frank T. "Newly Discovered Manuscripts of Ovid's *Metamorphoses* in the Libraries of Florence and Milan," *Scriptorium* 46 (1992): 285-288.

Coulson, Frank T. and Krzysztof Nawotka. "The Rediscovery of Arnulf of Orléans' Glosses to Ovid's Creation Myth," *Classica et Mediaevalia* 44 (1993): 267-299.

Coulson, Frank T. "A Bibliographical Update and *Corrigenda Minora* to Munari's Catalogues of the Manuscripts of Ovid's *Metamorphoses*," *Manuscripta* 38 (1994): 3-22.

Coulson, Frank T. "Addenda to Munari's Catalogues of the Manuscripts of Ovid's *Metamorphoses*," *Revue d'histoire des textes* 25 (1995a): 91-127.

Coulson, Frank T. "A Newly Discovered Copy of the *Vulgate* Commentary on Ovid's *Metamorphoses* in an *Incunabulum* in the British Library," *Studi medievali* 36 (1995b):

321-322.

Coulson, Frank T. "Giovanni Francesco Picenardi and the Ovidian Commentary on the *Metamorphoses* in Modena (*Bibl. Estense, Lat.* 306)," *Revue d'histoire des textes* 26 (1996a): 251-252.

Coulson, Frank T. "A Checklist of Newly Identified Manuscripts of the *Allegoriae* of Giovanni del Virgilio," *Studi medievali* 37 (1996b): 443-453.

Coulson, Frank T. "Addenda to Munari's Catalogues of the Manuscripts of Ovid's *Metamorphoses*(II)," *Manuscripta* 40 (1996c): 115-118.

Coulson, Frank T. "A Checklist of Newly Discovered Manuscripts of Pierre Bersuire's *Ovidius moralizatus,*" *Scriptorium* 51 (1997a): 164-186.

Coulson, Frank T. "Hitherto Unedited Medieval and Renaissance Lives of Ovid (II): Humanistic Lives," *Mediaeval Studies* 59 (1997b): 111-153.

Coulson, Frank T. "Two Newly Identified *accessus* to Ovid's *Metamorphoses* in Oxford, Bodleian Library, MS Rawlinson B.214, and London, British Library, MS Harley 2694, " *Manuscripta* 42 (1998): 122-123.

Coulson, Frank T. and Bruno Roy. *Incipitarium Ovidianum. A Finding Guide for Texts related to the Study of Ovid in the Middle Ages and Renaissance.* Turnhout, 2000.

Coulson, Frank T. "Ovid's Transformations in Medieval France (ca. 1100—ca. 1350)," in *Metamorphosis. The Changing Face of Ovid in Medieval and Early Modern Europe*, edited by Alison Keith and Stephen Rupp, 33-60. Toronto, 2007.

Coulson, Frank T. "Failed Chastity and Ovid: Myrrha in the Latin Commentary Tradition from Antiquity to the Renaissance," in *Chastity: A Study in Perception, Ideals, Opposition*, edited by Nancy van Deusen, 7-35. Leiden, 2008a.

Coulson, Frank T. "Procne and Philomela in the Latin School Tradition of the Middle Ages and Renaissance," *Euphrosyne. Revista de filologia clássica* 36 (2008b), 181-196.

Coulson, Frank T. "Addenda and Corrigenda to *Incipitarium Ovidianum* II," *Journal of Medieval Latin* 20 (2010a), 1-17.

Coulson, Frank T. "Renaissance Latin Commentaries on the *Iudicium armorum,*" *Studi umanistici Piceni* 30 (2010b), 91-100.

Coulson, Frank T. "The *Catena* Commentary and its Renaissance Progeny," *Manuscripta*

54 (2010c), 153-170.

Coulson, Frank T. "Ovid's *Metamorphoses* in the school tradition of France, 1180—1400: texts, manuscript traditions, manuscript settings," in *Ovid in the Middle Ages*, edited by James Clark, Frank T. Coulson, Kathryn McKinley, 48-82. Cambridge University Press, 2011.

Coulson, Frank T. "William of Thiegiis's "Commentary on the *Metamorphoses*," in *Vehicles of Transmission, Translation, and Transformation in Medieval Textual Culture, Cursor Mundi*, vol. 4, edited by Robert Wisnovsky, et al. 293-311. Turnhout, 2012.

Coulson, Frank T. "Reading the Classics in the Twelfth-Century Renaissance: New Manuscript Discoveries," in *Cicero Refused to Die: Ciceronian Influence through the Centuries*, edited by Nancy van Deusen, 21-38. Leiden, 2013.

Coulson, Frank T. *The Vulgate Commentary on Ovid's "Metamorphoses," Book 1.* Kalamazoo, 2015a.

Coulson, Frank T. "Ovidiana from the Wittenberg Collegium in the Ratsschulbibliothek of Zwickau," *Paideia rivista de filologia, ermeneutica e criticaletteraria* 70 (2015b), 43-57.

Coulson, Frank T. "Literary Criticism in the Vulgate Commentary," in *Medieval Textual Cultures*, edited by Faith Wallis and Robert Wisnovsky, 121-132. Berlin: De Gruyter, 2016a.

Coulson, Frank T. "Myth and Allegory in the Vulgate Commentary on Ovid," in *Lire les mythes Formes,usages et visées des pratiques mythographiques de l'Antiquité à la Renaissance,*edd. Arnaud Zucker, Jacqueline Fabre-Serris, Jean-Yves Tilliette, Gisèle Besson, 199-224. Lille, 2016b.

Coulson, Frank T. "The Story of Byblis in the Vulgate Commentary on the *Metamorphoses," in Vivam! Estudios sobre la Obra de Ovidio. Studies on Ovid's Poetry, edited by L. Rivero, M.C. Álvarez. R.M. Iglesias, J.A. Estévez, 223-235.* Huelva, 2018.

Coulson, Frank T. "The Allegories in the Vulgate Commentary," in *Ovidius explanatus. Traduire et commenter les Métamorphoses au Moyen Âge, edited by S. Biancardi, P. Deleville, F. Montorsi, M. Possamaï-Pérez, 23-38.* Paris, 2018.

Coulson, Frank T. "The Story of Iphis in the Middle Ages and Renaissance," *Presses Universitaires de France.* (forthcoming)

Coulson, Frank T. and Urania Molyviati-Toptsis. "Vaticanus latinus 2877: A Hitherto Unedited Allegorization of Ovid's *Metamorphoses*," *Journal of Medieval Latin* 2 (1992), 134-202.

Coulson, Frank T. and Krzysztof Nawotka. "The Rediscovery of Arnulf of Orléans' Glosses to Ovid's Creation Myth," *Classica et Mediaevalia* 44 (1993), 267-299.

Coulson, Frank T. and Bruno Roy. *Incipitarium Ovidianum. A Finding Guide for Texts related to the Study of Ovid in the Middle Ages and Renaissance.* Turnhout, 2000.

Couvreur, Séraphin. *Les quatre livres: avec un commentaire abrégé en chinois, une double traduction en français et en latin et un vocabulaire des lettres et des noms propres.* Ho Kien Fou: Imprimerie de la Mission catholique, 1895.

Crabbe, A. "Structure and Content in Ovid's *Metamorphoses*," *ANRW* II.31.4 (1981): 2274-2327.

Cranz, F. Edward. *A Microfilm Corpus of Unpublished Inventories of Latin Manuscripts Through 1600 A.D.* New London, 1987.

Cresci Marrone, G. "Un verso di Ovidio da una fornace romana dell'agro di Forum Vibii Caburrum", in *Epigraphica* 58 (1996): 75-82.

Cristobal Lopez, V. "Los Amores de Ovidio en la tradicion clasica," in *Actes del IXé simposi de la Secio Catalana de la SEEC*, edited by L. Ferreres, 371-379. Barcelona 1991.

Crook, J. A. "Augustus: Power, Authority and Achievement", in A. Bowman, E. Champlin and A. Linttot eds., *Cambridge Ancient History vol. X: The Augustan Empire 43 B.C—A.D. 69*, edited by A. K. Bowman, Edward Champlin and Andrew Lintott, 70-146. Cambridge: Cambridge University Press, 1996.

Crump, M.M. *The Epyllion from Theocritus to Ovid.* Oxford: Basil Blackwell, 1931.

Cugusi, P. *Aspetti letterari nei Carmina Latina Epigraphica.* Bologna, 1996.

Cugusi, P. *Per un nuovo corpus dei Camina Latina Epigraphica.* Materiali e discussioni. Roma, 2007.

Cugusi, P. "Poesia ufficiale e poesia epigrafica nei graffiti dei centri vesuviani," in *Studia Philologica Valentina* 11 (2008): 43-102.

Cugusi, P. *Carmina Latina Epigraphica Hispanica post Buecheleriana collectionem editam reperta cognita (CLEHisp)*. Faenza, 2012.

Cugusi, P. "CLE 1988 (= CIL VI, 37965), l'epigramma longum e l'elegia. Qualche osservazione metodologica sui testi epigrafici versificati," in *Epigraphica* 75 (2013): 233-249.

Cugusi, P. and M. T. Sblendorio Cugusi. "Carmina Latina Epigraphica delle province greco-orientale (CLEOr)", in *Epigraphica* 73 (2011): 161-245.

Curley, D. *Tragedy in Ovid. Theater, Metatheater, and the Transformation of a Genre*. Cambridge, 2013.

Curtius, Ernst R. *Europäische Literatur und lateinisches Mittelalter*. Tübingen: Francke, 1993(11 th edition).

Dance, Caleb M. X. "Literary Laughter in Augustan Poetry: Vergil, Horace, and Ovid." Order No. 3619933 Columbia University, 2014. Ann Arbor: *ProQuest*. Web. 19 Mar. 2020.

Danesi Marioni, G. "Una reminiscenza di Cornelio Gallo nella Consolatio ad Liviam e il tema del trionfo negli elegiaci," in *Disiecti membra poetae. Studi di poesia latina in frammenti*, edited by V. Tandoi, II, 93-98. Foggia, 1985.

Danielewicz, J., "Ovid's Hymn to Bacchus (*Met.* 4.11 ff.): Tradition and Originality," *Euphrosyne* 18, (1990): 73-84.

Davidenko, Iwan, *ІНТЕРПРЕТАЦІЯ ОБРАЗУ ПУБЛІЯ ОВІДІЯ НАЗОНАВ ПОЛЬСЬКІЙ, АВСТРІЙСЬКІЙ ТА УКРАЇНСЬКІЙ ЛІТЕРАТУРАХ ДРУГОЇ ПОЛОВИНИ XX СТОЛІТТЯ*, Бердянськ, 2015 (unpublished).

Davis, M. *Poetarum melicorum Graecorum fragmenta. Vol. 1: Alcman, Stesichorus, Ibycus*. Oxonii: E Trpographeo Clarendoniano, 1991.

Davis, G. *The Death of Procris*. Roma, 1983.

Davis, John. "*Quo Desiderio*: The Structure of Catullus 96." *Hermes* 99.3 (1971): 297-300.

Davis, P. J. *Ovid & Augustus: A Political Reading of Ovid's Erotic Poems*. London: Bristol Classical Press, 2006.

Davisson, M. T. "*Sed sum quam medico notior ipse mihi*: Ovid's Use of Some Conventions in the Exile Epistles," *CL. Ant.* 2 (1983): 171-182.

Davisson, M. T. "Parents and Children in Ovid's Poems from Exile," *CW* 78.2 (1984): 111-114.

De Gubernatis, M. Lenchantin. "L'epitafio di Allia Potestas," in *Rivista di Filologia e Istruzione Classica* 41 (1913): 385-400.

de Jong, Irene J. F. *Narratology and Classics:A Practical Guide.* Oxford: Oxford University Press, 2014.

Dent-Young, John. *Selected Poems of Garcilaso de la Vega. Edited and Translated by* John Dent-Young. Chicago and London: The University of Chicago Press, 2009.

de Trane, Ginetta. "La storia di Piramo e Tisbe: Tra mito e realtà." *Rudiae* 19 (2007): 21-38.

Dennerlein, Katrin. *Narratologie des Raumes.* Narratologia 22. Berlin: De Gruyter, 2009.

De Vivo, A.*Frammenti di discorsi ovidiani*, Napoli, 2011.

Díez-Platas, Fátima. "Tres maneras de ilustrar a Ovidio: una aproximación al estudio iconográfico de las *Metamorfosis* figuradas del XVI," in *Memoria Artis: Studia in Memoriam Ma. Dolores Vila Jato,* edited by Mª C. Folgar, A. Goy and J. M. López, 247-267. Santiago de Compostela: Xunta de Galicia, Xerencia e Promoción do Camiño de Santiago, 2003.

Díez-Platas, Fátima. "El Minotauro: ¿una imagen "al pie de la letra?, " *Quintana* 4 (2005): 141-152.

Díez-Platas, Fátima. "*Et per omnia saecula imagine vivam*: The completion of a figurative corpus for Ovid's *Metamorphoses* in the XVth and XVIth century book illustrations," in *The afterlife of Ovid* (BICS Supplement 130), edited by Peter Mack and John North, 115-135. London, 2015.

Díez-Platas, Fátima. "Desde la imagen: la *Biblioteca Digital Ovidiana* como instrumento de estudio e investigación iconográfica del libro ilustrado," *Studia Aurea* 11 (2018): 55-72.

Díez-Platas, Fátima. "Glosas visuales: la imagen y las ediciones latinas de las *Metamorfosis* a inicios del siglo XVI" in *La fisonomía del libro medieval y moderno: entre la funcionalidad la estética y la información, In culpa est* 8, 211-222. Prensas de la Universidad de Zaragoza, Zaragoza, 2019.

Díez-Platas, Fátima and P. Meilán Jácome, "De texto con imágenes a imágenes con texto: la confusa transformación de las *Metamorfosis* ilustradas en la primera mitad del siglo XVI," in E. *Canvi, transformació i pervivència en la cultura clàssica en les seves llengües i en el seu llegat*, Secció Catalana de la SEEC, edited by Esperança Borrell Vidal and Óscar De la Cruz Palma, 275-283. Barcelona, 2016.

Díez-Platas, Fátima, and Patricia Meilán, "Le poète dans son œuvre: Ovide dans les images des *Fasti* et *Tristia* entre les XVe et XVIe siècles," *Anabases* 29 (2019): 253-267.

Dilke, Oswald A. W. *Greek and Roman Maps*. Baltimore, 1998.

Doblhofer, E. *Exil und Emigration: Zum Erlebnis der Heimatferne in der römischen, Literatur*. Darmstadt, 1987.

Dobosi, Linda and László Borhy. "The Municipium of Brigetio. Roman Houses at Komárom/Szőny-Vásártér." *Periodica Polytechnica Architecture* 42. 2 (2011): 3-10.

Drinkwater, M. O. "*Militia Amoris*: Fighting in Love's Army," in *The Cambridge Companion to Latin Love Elegy*, edited by T.S. Thorsen, 194-206. Cambridge: Cambridge University Press, 2013.

Drobinsky, J. "La narration iconographique dans l'*Ovide Moralisé* de Lyon (BM MS 742)," in *Ovide métamorphosé. Les lecteurs médiévaux d'Ovide, études réunies*, edited by L. Harf-Lancner, L. Mathey-Maille, and M. Szkilnik, 223-238. Paris, 2009.

Due, O. S. *Changing Forms: Studies in the Metamorphoses of Ovid*. Copenhagen: Museum Tusculanum Press, 1974.

Du Quesnay, I. M. Le M. *The* Amores, in *Ovid*, edited by J. W. Binns, 1-48. London, 1973.

Duke, T. T. "Ovid's Pyramus and Thisbe."*CJ* 66. 4 (1971): 320-327.

Duplessis, G. *Essai bibliographique sur les différentes éditions des oeuvres d'Ovide ornées de planches publiées aux XVe et XVIe siècles*. Paris, 1889.

Eck, W. "Imperial Administration and Epigraphy: In Defence of Prosopography," in *Presentation of Empire: Rome and Mediterranean World*, edited by A. Bowman, H. M. Cotton, M. Goodman, S. Price, 131-152. Oxford: Oxford University Press, 2002.

Eck, W. "The Growth of Administrative Posts," in *Cambridge Ancient History, Vol. 11: The High Empire 70—192*, edited by A. Bowman, P. Garnsey and D. Rathbone, 238-265. Cambridge: Cambridge University Press, 2000.

Eco, Umberto. *Six Walks in the Fictional Woods*, Cambridge, Mass: Harvard University Press, 1994.

Edwards, Catharine and Greg Woolf, eds. *Rome the Cosmopolis*. Cambridge, 2003 (repr. 2006).

Edwards, Catharine and Greg Woolf. "Cosmopolis: Rome the World City," in *Rome the Cosmopolis*, edited by C. Edwards and G. Woolf, 1-20. Cambridge, 2003.

Edwards, Catharine. "Incorporating the Alien: The Art of Conquest," in *Rome the Cosmopolis*, edited by C. Edwards and G. Woolf, 44-70. Cambridge, 2003.

Ehwald, R. *Ad historiam carminum Ovidianorum recensionemque symbolae*, I. Gotha, 1889.

Ehwald, R. *P. Ovidius Naso. Amores, Epistulae, Medicamina faciei femineae, Ars amatoria, Remedia amoris*. Leipzig: B. G. Teubner. 1907.

Elsner, J. "Inventing Imperium: Texts and the Propaganda of Monuments in Augustan Rome" in *Art and Text in Roman Culture*, edited by J. Elsner, 32-53. Cambridge: Cambridge University Press, 1996.

Esposito, P. "Lucano e Ovidio", in *Aetates ovidianae*, edited by I. Gallo, L. Nicastri, 57-76. Napoli 1995.

Essling, Prince d'. *Etudes sur l'art de la gravure sur bois a Venise: Les livres à figures Vénetiens de la fin du XVe siècle et du commencement du XVIe*. Florence: Olschki, 1907—1914.

Evangelisti, S. "Elogio funebre di una liberta dalle doti eccezionali," in *Terme di Diocleziano. La collezione epigrafica*, edited by R. Friggeri, M.G. Granino Cecere, G.L. Gregori, 545-547. Milano, 2012.

Evans, Harry. *Publica Carmina: Ovid's Books from Exile*. Lincoln: University of Nebraska Press, 1983.

Fantham, E. *Ovid: Fasti Book IV*. Cambridge: Cambridge University Press, 1998.

Fantham, E. "Ovid, Germanicus and the Composition of the *Fasti*," *Papers of the Liv-

erpool Latin Seminar 5 (1985): 243-281; *Oxford Readings in Ovid*, edited by Peter E. Knox, 373-414. New York: Oxford University Press, 2006.

Fantham, E. *Roman Literary Culture: From Plautus to Macrobius*. Baltimore: The Johns Hopkins University Press, 2013.

Farrell, J. *Varieties of Authorial Intention: Literary Theory beyond the Intentional Fallacy*. Palgrave Macmillan, 2017.

Favro, D. "Making Rome a World City," in *The Cambridge Companion to the Age of Augustus*, edited by Karl Galinsky, 234-263. Cambridge, 2005.

Feeney, D. C. "*Si licet et fas est*: "Ovid's *Fasti* and the Problem of Free Speech under the Principate," in *Roman Poetry and Propaganda in the Age of Augustus*, edited by Anton Powell, 1-25. London: Duckworth, 1992.

Feeney, D. C. *Literature and Religion at Rome*. Cambridge University Press, 1998.

Feldherr, A. "Metamorphosis and Sacrifice in Ovid's Theban Narrative," *MD* 38 (1997): 25-55.

Feldherr, Andrew. "Putting Dido on the Map: Genre and Geography in Vergil's Underworld." *Arethusa* 32.1 (1999): 85-122.

Feldherr, Andrew. *Playing Gods: Ovid's* Metamorphoses *and the Politics of Fiction*. Princeton: Princeton University Press, 2010.

Fetterley, J. *The Resisting Reader: A Feminist Approach to American Fiction*. University of Massachusetts Press, 1978.

Finglass, P. J. "A new fragment of Euripides' *Ino*," *ZPE* 189 (2014): 65-82.

Finglass, P. J. "Mistaken identity in Euripides' *Ino*," in *Wisdom and Folly in Euripides* (Trends in Classics suppl. 31), edited by P. Kyriakou and A. Rengakos, 299-315. Berlin and Boston: De Gruyter, 2016a.

Finglass, P. J. "Un nuevo papiro de Eurípides, " in *O livro do tempo: escritas e reescritas. Teatro greco-latino e sua recepção* vol I, edited by M. de F. Silva, M. do C. Fialho, and J. L. Brandão, 183-195. Coimbra, 2016b.

Finglass, P. J. "A new fragment of Sophocles' *Tereus*," *ZPE* 200 (2016c): 61-85.

Finglass, P. J. "Further notes on the Euripides *Ino* papyrus (P.Oxy. 5131), " *Eikasmos* 28 (2017): 61-65.

Finglass, P. J. "Suffering in Silence: Victims of Rape on the Tragic Stage," in *Female Characters in Fragmentary Greek Tragedy*, edited by P. J. Finglass and L.Coo, 87-102. Cambridge University Press, 2020.

Fitton Brown A.D. "The Unreality of Ovid's Tomitan Exile," *LCM* 10.2(1985):18-22.

Fitzgerald, W. *Slavery and the Roman Literary Imagination*. Cambridge, 2000.

Fletcher, R. and Hanink, J. eds. *Creative Lives in Classical Antiquity*. Cambridge, 2016.

Flower, Harriet. *Ancestor Masks and Aristocratic Power in Roman Culture*. Oxford, 1996.

Foley, Helene. *Female Acts in Greek Tragedy*. Princeton University Press, 2001.

Fondermann, Philipp. *Kino im Kopf: Zur Visualisierung des Mythos in den* Metamorphosen *Ovids*. Hypomnemata 173. Göttingen: Vandenhoeck & Ruprecht, 2008.

Fontenrose, J. "Ovid's Procris," *CJ* 75 (1979–1980): 289-294.

Forbes Irving, P.M.C. *Metamorphosis in Greek Myths*. Oxford: Clarendon Press, 1990.

Fowler, D. "God the Father (Himself) in Vergil," *Proceedings of the Virgil Society* 22 (1996): 35-52.

Frank, R. I. "Augustus' Legislation on Marriage and Children," *California Studies in Classical Antiquity* 8 (1975): 41-52.

Frazer, James. *Publii Ovidii Nasonis fastorum libri sex*, 5 vols. London: Macmillan,1929.

Fuchs, Ronald W. II, and David S. Howard. *Made in China*. Winterthur, Delaware: Winterthur Publications, 2005.

Fulkerson, L. *The Ovidian Heroine as Author*. Cambridge UP, 2005.

Fulkerson, L. "The *Heroides*: Female Elegy?" in *A Companion to Ovid*, edited by Peter Knox, 78-89. Chichester: Wiley-Blackwell. 2009.

Fulkerson, L. *No Regrets: Remorse in Classical Antiquity*. Oxford, 2013a.

Fulkerson, L. "*Servitium Amoris*: the Interplay of Dominance, Gender, and Poetry," in *Cambridge Companion to Latin Love Elegy*, edited by T. Thorsen, 180-193. Cambridge, 2013b.

Gaertner, J. F. *Ovid Epistulae ex Ponto, Book 1*. Edited with Introduction, Translation, and Commentary, Oxford, 2005.

Gaertner, J. F. "Ovid and the 'Poetics of Exile': How Exilic is Ovid's Exile Poetry?," in *Writing exile. The Discourse of Displacement in Greco-Roman Antiquity and Beyond*, edited by J. F. Gaertner, 155-172. Leiden & Boston, 2007.

Gagliardi, P. "*Tandem fecerunt carmina Musae*. Sui vv. 6-7 del papiro di Gallo," *Prometheus* 36 (2010): 55-86.

Gagliardi, P. "*Carmina domina digna*: riflessioni sul ruolo della domina nel papiro di Gallo," *Museum Helveticum* 69 (2012): 156-176.

Gagliardi, P. "Il poeta, Cesare, il trionfo: una rilettura dei vv. 2-5 del papiro di Gallo," *Papyrologica Lupiensia* 23 (2014): 31-52.

Gagliardi, P. "Non haec Calliope, non haec mihi cantat Apollo*: Prop. 2, 1 e il papiro di Gallo,*" *Hermes* 145.2 (2017):159-173.

Galasso, Luigi. *P.Ovidii Nasonis, Epistularum ex Ponto liber II*. Firenze: Le Monnier, 1995.

Galasso, Luigi. "*Epistulae ex Ponto*," in *A Companion to Ovid*, edited by P. E. Knox, 194-206. Chichester: Wiley-Blackwell, 2009.

Galasso, Luigi. P. Ovidii Nasonis, *Epistularum ex Ponto liber II*. Firenze, 1995.Galasso, Luigi. Ovidio, *Epistulae ex Ponto*. Milano, 2011 (2nd edition).

Gale, M. "Propertius 2.7: *Militia Amoris* and the Ironies of Elegy," *JRS* 87 (1997): 77-91.

Galinsky, K. "The Triumph Theme in the Augustan Elegy," *Wiener Studien* 3 (1969): 75-107.

Galinsky, K. *Ovid's* Metamorphoses*: An Introduction to the Basic Aspects*. Berkeley; Los Angeles: University of California Press, 1975.

Galinsky, K. *Augustan Culture: An Interpretive Introduction*. Princeton: Princeton University Press, 1996.

Galinsky, K. *Augustus: Introduction to the Life of an Emperor*. New York: Cambridge University Press, 2012.

Gao Fengfeng（高峰枫）, "A Latin Primer in Late Qing: Joseph Ma's *Institutio Grammatica*"（晚清的拉丁文语法书：马相伯的《拉丁文通》）, *The Western Classics in Modern China*（西方古代经典在现代中国）, The University of Chicago Center in Beijing, April 27-29,2012, unpublished conference paper.

Gardner, J. F. *Family and* Familia *in Roman Law and Life*. Oxford: Clarendon Press, 1998.

Gatti, P. L. *Ovid in Antike und Mittelalter: Geschichte der philologischen Rezeption*.

Stuttgart, 2014.

Geiger, Joseph. *The First Hall of Fame: A Study of the Statues in the Forum Augustum*. Leiden, 2008.

Genette, Gérard. *Die Erzählung*. Translated by Andreas Knop. UTB 8083. Paderborn: Fink, 2010 (3rd edition).

Genette, Gérard. *Narrative discourse revisited*. Translated by Jane E. Lewin. Ithaca, NY: Cornell University Press, 1988.

Ghisalberti, Fausto. "Giovanni del Virgilio, espositore delle *Metamorfosi*," *Giornaledantesco* 34 (1931): 1-110.

Ghisalberti, Fausto."Arnolfo d'Orleans, un cultore di Ovidio nel secolo XII," *Memorie del Reale Istituto Lombardo di Scienze e Lettere* 24 (1932): 157-234.

Ghisalberti, Fausto. "Mediaeval Biographies of Ovid," *Journal of the Warburg and Courtauld Institutes* 9 (1946): 10-59.

Ghisalberti, Fausto. "Il commentario medioevale all'*Ovidius maior* consultato da Dante," *Rendiconti dell'Istituto Lombardo, Classe di Lettere e scienzemorali e storiche* 100 (1966): 267-275.

Gibson, Bruce "Ovid on Reading: Reading Ovid. Reception in Ovid *Tristia* II," *JRS* 89 (1999): 19-37.

Gibson, R. K. *Ovid:* Ars Amatoria *Book 3*. Cambridge 2003.

Gildenhard, I. and Zissos A. "Ovid's Narcissus (*Met.* 3.339-510): Echoes of Oedipus," *AJP* 121 (2000): 129-147.

Gildenhard, Ingo and Andrew Zissos. "Problems of Time in Metamorphoses 2," in *Ovidian Transformations. Essays on the Metamorphoses and its Reception*, edited by Philip Hardie, Alessandro Barchiesi and stephen Hinds, 31-47. Cambridge: Cambridge Philological Society, 1999.

Giordano, Davide, Renato Mazzanti, and Mariella Bonvicini. Ovidio, *Tristia*. Milano: Garzanti, 2013 (4th edition).

Glare, P. G. W. *Oxford Latin Dictionary*, 2ⁿᵈ ed. Oxford: Oxford University Press, 2012.

Glenn, E.M. *The Metamorphoses: Ovid's Roman Games*. New York: University Press of America, 1986.

Glover, T. R. "The Literature of the Augustan Age," in *The Cambridge Ancient History, Vol 10*, edited by S. A. Cook, F. E. Adcock, and M. P. Charlesworth, 512-544. Cambridge: Cambridge University Press, 1934.

Godwin, John. *Selections from Ovid Heroides: An Edition for Intermediate Students* (Bloomsbury Classical Languages). London: Bloomsbury Academic, 2016.

Goh, I. "The End of the Beginning: Virgil's *Aeneid* in Ovid, *Amores* 1, 2," *G&R* 62 (2015): 167-176.

Gómez Pallarès, J. "Ovidius epigraphicus: *Tristia*, lib. 1," in *Ovid. Werk und Wirkung. Festgabe für Michael von Albrecht zum 65. Geburstag*. edited by W. Schubert, 755-773. Frankfurt am Main: Peter Lang, 1999.

Gömöri, János. "Grabungen auf dem Forum von Scarbantia (1979-1982)," *Acta Archaeologica Academiae Scientiarum Hungaricae* (1986): 343-396.

Gonçalves, Joaquim Affonso. *Lexicon magnum latino-sinicum ostendens etymologiam, prosodiam, et constructionem vocabulorum*. Macai, in Collegio sancti Joseph. ab E. Rosa typis mandatum, 1841.3rd edition, Pekini: Typis Congregationis Missionis, 1892, reprinted 1936.

Goold, G. P. rev. ed. of G. Showerman, ed. *Ovid: Heroides and Amores*. Loeb Classical Library. Cambridge, Mass., 1977.

Goold, G. P. "The cause of Ovid's exile," *ICS* 8.1 (1983): 94-107.

Grasskamp, Anna, and Monica Juneia, editors. *EurAsian Matters: China, Europe, and the Transcultural Object, 1600-1800*. Cham, Switzerland: Springer, 2018.

Graverini, L. "Ovidio a Pompei", in *Lettori latini e italiani di Ovidio. Atti del Convegno Lettori latini e italiani di Ovidio. Duemila anni di ricezione, Università di Torino, 9-10 novembre 2017*, edited by F. Bessonc and S. Stroppa, 27-39. Pisa, Roma: Fabrizio Serra editore, 2019.

Green, F.M. "Witnesses and Participants in the Shadows: The Sexual Lives of Enslaved Women and Boys," *Helios* 42.1 (2015): 143-162.

Green, Peter. "The Innocence of Procris: Ovid *A.A.*3.687-746," *CJ* 75 (1979-80): 15-24.

Green, Peter. "Carmen et Error: πρόφαις and αἰτία in the Matter of Ovid's Exile," *CA* 1.2 (1982): 202-220.

Green, Peter. *Ovid, the Poems of Exile: Tristia and the Black Sea Letters.* Berkeley and Los Angeles: University of California Press, 2005.

Green, Steven J. "Multiple Interpretation of the Opening and Closing of the Temple of Janus: a Misunderstanding of Ovid Text 1.281," *Mnemosyne* 53 (2000): 302-309.

Green, Steven J. *Ovid, Fasti 1, A Commentary.* Leiden: Brill, 2004.

Green, Steven J. "Lessons in Love: Fifty Years of Scholarship on the *Ars Amatoria* and *Remedia Amoris*," in *The Art of Love: Bimillennial Essays on Ovid's Ars Amatoria and Remedia Amoris*, edited by R. Gibson, S. Green and A. Sharrock, 1-20. Oxford: Oxford University Press, 2006.

Green, Steven J. "The Expert, the Novice and the Exile: A Narrative Tale of Three Ovids in *Fasti*," in *Latin Elegy and Narratology: Fragments of Story*, edited by G. Liveley and P. Salzman-Mitchell, 180-195. Ohio: Ohio State University Press, 2008.

Greene, E. "Travesties of love: violence and voyeurism in Ovid *Amores* 1.7," *CW* 92.5 (1998): 409-418.

Greene, Ellen. *The Erotics of Domination: Male Desire and the Mistress in Latin Love Poetry.* Baltimore, 1998.

Gruen, Erich S. "The Expansion of the Empire under Augustus," in *The Cambridge Ancient History, Vol. 10: The Augustan Empire*, edited by Alan K. Bowman, Edward Champlin and Andrew Lintott, 147-197. Cambridge, 1996.

Grześczak, I. "Introduction, " in Zygmunt Kubiak, *Przybliżenia: studia nad twórczością Klemensa Janickiego (Janicjusza) i Jana Kochanowskiego: u początków poezji polskiej.* Warszawa, 2015.

Gura, David T. "From the Orleanais to Pistoia: The Survival of the *Catena* Commentary," Manuscripta 54 (2010a), 171-188.

Gura, David T. *A critical edition and study of Arnulf of Orléans' philological commentary to Ovid's* Metamorphoses. Ph. D. dissertation, Ohio State University, 2010b.

Gura, David T. "Living with Ovid: The Founding of Arnulf of Orléans' Thebes," in *Manuscripts of the Latin Classics 800-1200*, edited by Erik Kwakkel, 131-166. Leiden: Leiden University Press, 2015.

Guthmüller H.-B. *Beobachtungen zum Aufbau der Metamorphosen Ovids.* Marburg:

Görich und Weiershäuser, 1964.

Guthmüller, B. *'Ovidio Metamorphoseos vulgare'. Formen und Funktionen der volkssprachlichen Wiedergabe klassischer Dichtung in der italienischen Renaissance.* Boppard am Rhein: Boldt, 1981. (Italian translation: *'Ovidio metamorphoseos vulgare'. Forme e funzioni della trasposizione in volgare della poesia classica nel Rinascimento italiano.* Fiesole, Cadmo, 2008.)

Guthmüller, B. *Mito, poesia, arte: saggi sulla tradizione ovidiana nel Rinascimento.* Roma, 1997.

Habinek, T. "Ovid and Empire," in *The Cambridge Companion to Ovid*, edited by P. Hardie, 46-61. Cambridge: Cambridge University Press, 2002.

Hainzmann, Manfred and Zsolt Visy. *Das römische Leben im Spiegel der Kleininschriften.* Pécs: Janus Pannonius Museum, 1991.

Haley, S. P. "Black feminist thought and the Classics," in *Feminist Theory and the Classics*, edited by Nancy Sorkin Rabinowitz and Amy Richlin, 23-43. New York, 1993.

Hall, J.B. *P. Ovidi Nasonis Tristia.* Stuttgart-Leipzig, 1995.

Hallam, G. H. Fasti *of Ovid, edited with Notes and Indices.* Macmillan, 1881.

Hallett, J.P. and T. Van Nortwick, eds. *Compromising Traditions: the Personal Voice in Classical Scholarship.* London: Routledge, 1997.

Ham, Charles Tyler. *Empedoclean Elegy: Love, Strife and the Four Elements in Ovid's* Amores, Ars Amatoria *and* Fasti. Ph.D. dissertation, the University of Pennsylvania, 2013.

Hamburger, Käte. *Die Logik der Dichtung*, Stuttgart: Klett-Cotta, 1994, 4th edition. (French translation: *Logique des genres littéraires, traduit De L'allemand Par Pierre Cadiot, préface de Gérard Genette*, Paris 1986).

Hanafin, Patrick, "Rewriting Desire: The Construction of Sexual Identity in Literary and Legal Discourse in Post-Colonial Ireland," *Sexuality in the Legal Arena*, edited by Didi Herman and Carl Stychin, 51-66. London: Athlone Press, 2000.

Hardie, Philip R. "Ovid's Theban History: The first 'Anti-Aeneid'?" *CQ* 40.1 (1990): 224–235.

Hardie, Philip R. "The Janus Episode in Ovid's *Fasti*," *MD* 26 (1991): 47-64.

Hardie, Philip R. "Questions of Authority: The Invention of Tradition in Ovid *Metamorphoses* 15," in *The Roman Cultural Revolution*, edited by Thomas Habinek and Alessandro Schiesaro, 182-198. Cambridge: Cambridge University Press, 1997.

Hardie, Philip R. "Ovid and Early Imperial Literature," *The Cambridge Companion to Ovid*, edited by Philip Hardie, 34-45. Cambridge: Cambridge University Press, 2002a.

Hardie, Philip R. *Ovid's Poetics of Illusion*. Cambridge, 2002b.

Hardie, Philip R. "Lethaeus Amor: The Art of Forgetting," in *The Art of Love: Bimillennial Essays on Ovid's Ars Amatoria and Remedia Amoris*, edited by R. Gibson, S. Green and A. Sharrock, 166-190. Oxford: Oxford University Press, 2006.

Hardie, Philip R. and H. Moore, eds. *Classical Literary Careers and Their Reception*. Cambridge, 2010.

Harrison-Hall, Jessica. "A Meeting of East and West. Print Sources for Eighteenth-Century Chinese Trade Porcelain," *Apollo* 139 (1994): 3-6.

Harrison, S. "Ovid and genre: evolutions of an elegist", in *The Cambridge Companion to Ovid*, edited by P. Hardie, 79-94. Cambridge, 2002.

Haß, Petra. *Der* locus amoenus *in der antiken Literatur: Zu Theorie und Geschichte eines literarischen Motivs*. Bamberg: Wissenschaftlicher Verlag Bamberg, 1998.

Haupt, Birgit. "Zur Analyse des Raums," in *Einführung in die Erzähltextanalyse: Kategorien, Modelle, Probleme*, edited by Peter Wenzel, 69-87. WVT-Handbücher zum literaturwissenschaftlichen Studium 6. Trier: Wissenschaftlicher Verlag Trier, 2004.

Harvey, F. D. "*Cognati Caesaris*: Ovid Amores 1, 2, 51/52," *Wien. Stud.* 17 (1983): 89-90.

Hejduk, J. D. "Death by Elegy: Ovid's Cephalus and Procris," *TAPA* 141 (2011): 285-314.

Helzle, Martin. *Publii Ovidii Nasonis Epistularum ex Ponto liber. IV: a Commentary on Poems 1 to 7 and 16*. Hildesheim, 1989.

Helzle, Martin. *Ovids* Epistulae ex Ponto*: Buch I-II Kommentar*. Heidelberg: Winter Verlag, 2003.

Henderson, John. "Wrapping up the Case: Reading Ovid, *Amores*, 2, 7 (+8) I," *MD* 27 (1991): 37-88.

Henderson, John. "Wrapping up the Case: Reading Ovid, *Amores*, 2, 7 (+8) II," *MD* 28 (1992): 27-83.

Henderson, John. "A Doo-Dah-Doo-Dah-Dey at the Races: Ovid *Amores* 3.2 and the Personal Politics of the Circus Maximus," *CA* 21 (2002): 41-65.

Henkel, M. D. *De Houtsneden van Mansion Ovids Moralisé Bruges 1484*. Amsterdam: Van Kampen, 1922.

Henkel, M. D. "Illustrierte Ausgaben von Ovids Metamorphosen im XV, XVI und XVII Jahrhundert," *Vorträge der Bibliothek Warburg* (1926—1927): 53-144.

Herbert-Brown, Geraldine. *Ovid and the* Fasti: *An Historical Study*. Oxford: Clarendon Press. 1994.

Hervouet, François, Nicole Hervouet, and Yves Bruneau. *La Porcelaine des Compagnies des Indes á Décor Occidental*. Paris: Flammarion, 1986.

Hexter, Ralph. "Ovid in the Middle Ages: Exile, Mythographer, and Lover," in *Brill's Companion to Ovid*, edited by Barbara Weiden Boyd, 413-442. Leiden: Brill, 2002.

Heyworth, S.J. "Some Allusions to Callimachus in Latin Poetry," *MD* 33 (1994): 51-79.

Heyworth, S. J. "Notes on Ovid's *Tristia*," *PCPS* 41 (1995): 138-152.

Heyworth, S. J. *Ovid:* Fasti *Book III*. Cambridge University Press, 2019.

Hinds, S.E. "Booking the Return Trip: Ovid and *Tristia* 1," *PCPS* 31 (1985): 13-32.

Hinds, S. E. *The Metamorphosis of Persephone*. Cambridge: Cambridge University Press, 1987.

Hinds, S. E. "Arma in Ovid's *Fasti*," *Arethusa* 25 (1992): 81-112.

Hinds, S. E. "Medea in Ovid: Scenes from the Life of an Intertextual Heroine," *MD* 30 (1993): 9-47.

Hinds, S. E. *Allusion and Intertext: Dynamics of Appropriation in Roman Poetry*. Cambridge: Cambridge University Press, 1998.

Hinds, S. E. "After exile: time and teleology from *Metamorphoses* to *Ibis*," in *Ovidian Transformations: Essays on Ovid's* Metamorphoses *and Its Reception*, edited by P. Hardie, A. Barchiesi, and S. Hinds, 48-67. Cambridge, 1999.

Hoffmann, Gerhard. *Raum, Situation, erzählte Wirklichkeit: Poetologische und historische Studien zum englischen und amerikanischen Roman*. Stuttgart: Metzler, 1978.

Hofmann, H. "Ausgesprochene und unausgesprochene motivische Verwebung im sechsten Metamorphosenbuch Ovids," *Acta Classica* 14 (1971): 91-107.

Hofmann, H. "The Unreality of Ovid's Tomitan Exile Once Again," *LCM* 12.2 (1987): 23.

Hofmann, M. and J. Lasdun, eds. *After Ovid. New Metamorphoses,* New York, 1995.

Holleman, A. W. J. "Ovid and Politics." *Historia* 20.4 (1971): 458-466.

Hollis, Adrian S. Ars Amatoria *and* Remedia Amoris, in *Ovid,* edited by J. W. Binns, 84-115. London, 1973.

Hollis, Adrian S. *Ovid:* Ars Amatoria*, Book I.* Oxford: Clarendon Press, 1977.

Holzberg, N. *"Ter quinque volumina* as *carmen perpetuum*: The Division into Books in Ovid's *Metamorphoses*," *MD* 40 (1998): 77-98.

Holzberg, N. *Ovid: Dichter und Werk.* Munich: C.H. Beck, 1997.

Honey, W. B. *Guide to the Later Chinese Porcelain.* London: Victoria and Albert Museum. Board of Education, 1927.

Horowitz, James M. "Ovid in Restoration and Eighteenth-Century England," in *A Handbook to the Reception of Ovid,* edited by John F. Miller and Carole E. Newlands, 355-370. Chichester: Wiley-Blackwell, 2014.

Horsfall, N. "*CIL* VI 37965 = *CLE* 1988 (Epitaph of Allia Potestas): A Commentary," in *ZPE* 61 (1985): 251-272.

Horsfall, N. "Virgil and Marcellus' Education," *CQ* 39.1 (1989): 266-267.

Hourmouziades, N. C. "Sophocles' *Tereus,* " in *Studies in Honour of T. B. L. Webster*, vol I, edited by J. H. Betts, J. T. Hooker and J. R. Green, 134-142. Bristol, 1986.

Huang, Yang （黄洋）."Classical Studies in China," in *Greek and Roman Culture in East Asia: Transfer and Reception*, edited by A.- B. Renger and Xin Fan, 363-375. Leiden: Brill, 2018.

Huber-Rebenich, G. "Die Holzschnitte zum *Ovidio Methamorphoseos vulgare* in ihrem Textbezug," in *Die Rezeption der Metamorphosen des Ovid in der Neuzeit*, edited by H. Walter and H. J. Horn, 48-57. Berlin, 1995.

Huber-Rebenich, G. "Le *Metamorfosi* di Ovidio nella grafica europea fra Quattro e Settecento," *Res publica litterarum* 13 (1990): 109-121.

Huber-Rebenich, G. "L'iconografia della mitologia antica fra Quattro e Cinquecento. Edizioni illustrate delle *Metamorfosi* di Ovidio," *Studi Umanistici Piceni* 12 (1992): 123-133.

Huber-Rebenich, G. *Metamorphosen der 'Metamorphosen': Ovids Verwandlungssagen in der textbegleitenden Druckgraphik.* Rudolstadt, 1999.

Huber-Rebenich, G. "Die Macht der Tradition. *Metamorphoses*-Illustrationen im späten 16.un frühen 17. Jahrhunderts," in *Wege zum Mythos*, edited by G. Huber-Rebenich and L. Freedman, 141-162. Berlin, 2001.

Huber-Rebenich, G. "Kontinuität und Wandel in der frühen italienischen Ovid-Illustration. Die Tradition der Holzschnitte zu Giovanni dei Bonsignoris. *Ovidio metamorphoseos vulgare*," in *Metamorphosen: Wandlungen und Verwandlungen in Literatur, Sprache und Kunst von der Antike bis zur Gegenwar Festschrift für Bodo Guthmüller zum 65. Geburtstag,* edited by H. Marek, A. Neuschäfer, and S. Tichy, 63-79. Wiesbaden: Harrassowitz Verlag, 2002.

Huber-Rebenich, G., S. Lütkemeyer, and H. Walter. *Ikonographisches Repertorium zu den* Metamorphosen *des Ovid. Die textbegleitende Druckgraphik, II: Sammeldarstellungen.* Berlin, 2004.

Huber-Rebenich, G., S. Lütkemeyer, H. Walter, *Ikonographisches Repertorium zu den* Metamorphosen *des Ovid. Die textbegleitende Druckgraphik, I: Narrative Darstellungen.* Berlin, 2014.

Huizinga, J. *Homo Ludens: A Study of the Play-element in Culture.* Boston: Beacon Press, 1955.

Hunink, V. *Glücklich ist dieser Ort. 1000 Graffiti aus Pompeji. Lateinisch/Deutsch.* Stuttgart 2011.

Hunter R. "Greek elegy," *The Cambridge Companion to Latin Love Elegy*, edited by T. S. Thorsen. Cambridge: Cambridge University Press, 2013.

Huschke, P. *Das alte römische Jahr und seine Tage.* Breslau, 1869.

Ingleheart, Jennifer. *A Commentary on Ovid* Tristia, *Book 2.* Oxford: Oxford University Press, 2010.

Jacobson, Howard. *Ovid's Heroidos.* Princeton University Press, 1974.

James, Paula. "*Pentheus Anguigena*: Sins of the 'Father'," *BICS* 38.1 (1993): 81-93.

James, S. "*Slave-rape and Female Silence in Ovid's Love Poetry*," *Helios* 24.1 (1997): 60-76.

James, S. *Learned Girls and Male Persuasion: Gender and Reading in Roman Love Elegy.* Berkeley and Los Angeles, 2003.

Janan, M. *Reflections in a Serpent's Eye: Thebes in Ovid's Metamorphoses.* Oxford: Oxford University Press, 2009.

Jean, Michael, Cursus Fastorum*: a Study and Edition of Pomponius Laetus's Glosses to Ovid's* Fasti. Ph.D. dissertation, Ohio State University, 2015.

Johnson, W. R. "Confabulating Cephalus: Self-Narration in Ovid's *Metamorphoses* (7.672-865)," in *Literary Imagination, Anccient & Modern*, edited by T. Breyfogle, 127-138. Chicago, 1999.

Juhász, Lajos. "Two new Roman bronzes with Suebian nodus from Brigetio." *Dissertationes Archaeologicae* Ser. 3. No. 2 (2014): 333-349.

Kamieńska, A. i S. Stabyła Owidiusz. *Metamorfozy.* Wrocław, 1995.

Kannicht, R., and B. Snell, eds. *Tragicorum Graecorum Fragmenta.* Vol. II. *FRAGMENTA ADESPOTA.* GÖTTINGEN, 1981.

Katz, P. "Teaching the Elegiac Lover in Ovid's *Amores*." *CW* 102 (2009): 163-167.

Keith, Alison M. *The Play of Fictions: Studies in Ovid's* Metamorphoses *Book 2.* Ann Arbor: The University of Michigan Press, 1992.

Keith, Alison M. "*Corpus Eroticum*: Elegiac Poetics and Elegiac *Puellae* in Ovid's *Amores*," *CW* 88 (1994): 27-40.

Keith, Alison M. "Versions of Epic Masculanity in Ovid's *Metamorphoses*," in *Ovidian Transformations. Essays on the Metamorphoses and its Reception*, edited by Philip Hardie, Alessandro Barchiesi, and Stephen Hinds, 214-239. Cambridge: Cambridge Philological Society, 1999.

Keith, Alison M. "Sources and Genres in Ovid's *Metamorphoses*," in *Brill's Companion to Ovid*, edited by B.W. Boyd, 235-269. Leiden: Brill, 2002.

Keith, Alison M. *Propertius: Poet of Love and Leisure.* London, 2008.

Keith, Alison M. "Sexuality and Gender," in *A Companion to Ovid*, edited by P. E. Knox, 355-369. Chicester: Wiley-Blackwell, 2009.

Keith, Alison M. "The domina in Roman elegy," in *A Companion to Roman Love Elegy*, edited by Barbara K. Gold, 285-302. Malden, MA, 2012.

Keith, Alison M. "Cityscaping in Propertius and the Elegists," in *Cityscaping: Konstruktionen und Modellierungen von Stadtbildern in Literatur, Film und bildendender Kunst*, edited by T. Fuhrer, F. Mundt, and J. Stenger, 47-60. Berlin, 2015.

Kennedy, D. F. "Epistolarity," in *The Cambridge Companion to Ovid*, edited by P. Hardie, 217-232. Cambridge, 2002.

Kennedy, D. F. "The Epistolary Mode and the First of Ovid's *Heroides*," *CQ* 34 (1984): 413-422.

Kennedy, D. F. *The Arts of Love: Five Studies in the Discourse of Roman Love Elegy*. Cambridge, 1993.

Kennedy, Ducan. " 'Augustan' and 'anti-Augustan': Reflections on Terms of Reference," in *Roman Poetry & Propaganda in the Age of Augustus*, edited by Anton Powell, 26-58. London: Duckworth, 1992.

Kenney, Edward J. and Wendell V. Clausen, eds. *The Cambridge History of Classical Literature*. Vol. 2. Cambridge, 1982.

Kenney, Edward J, Richard J. Tarrant, and Gioachino Chiarini. *Ovidio: Metamorfosi*, Vol. IV (Libri VII-IX). Milano: Mondadori; Fondazione Lorenzo Valla, 2011.

Kenney, Edward J. "Ovidius Prooemians," *PCPS* 22 (1976): 46-53.

Kenney, Edward J, and Ovid. *Oxford Classical Texts: P. Ovidi Nasonis: Amores; Medicamina Faciei Femineae; Ars Amatoria; Remedia Amoris*. Oxford University Press, 1982 (reprint); 1994 (2nd edition).

Kenney, Edward J, ed. *Ovidio: Metamorfosi*. Vol. 4: Libri VII-IX. Scrittori greci e latini. Milan: Mondadori, 2011.

Kenney, Edward J, ed. *P.Ovidi Nasonis Amores, Medicamina Faciei Femineae, Ars Amatoria, Remedia Amoris*. Scriptorum Classicorum Bibliotheca Oxoniensis. Oxford: Oxford University Press, 1961: 1995 (reprint).

Kindt, T. and Müller, H.-H. *The Implied Author: Concept and Controversy*. Berlin: De Gruyter, 2006.

Kinney, Daniel and Elizabeth Styron. "Ovid Illustrated: The Reception of Ovid's *Metamorphoses* in Image and Text. More Faces of Ovid: Ovidian 'Portraits'. " n.d. Accessed November 15, 2018. http://ovid.lib.virginia.edu/portraits.html.

Kirstein, Robert. "An introduction to the concept of space in ancient epic," In *Structures of Epic Poetry*, edited by Christiane Reitz and Simone Finkmann, vol. 2.2, 245-260. Berlin: De Gruyter, 2019.

Klausa-Wartacz, Joanna. Text *Owidiusz polskich romantyków: Inspiracje nawiązania analogie*. Poznań, 2014.

Knox, B. *Oedipus at Thebes: Sophocles' Tragic Hero and His Time*. New Haven: Yale University Press, 1957.

Knox, P. E. *Ovid's Metamorphoses and the Traditions of Augustan Poetry*. Cambridge: Cambridge Philological Society, 1986.

Knox, P. E. "Ovid's Medea and the Authenticity of *Heroides* 12," *HSCP* 90 (1986): 207-223.

Knox, P. E. "In Pursuit of Daphne," *TAPA* 120 (1990): 183-202, 385-386.

Knox, P. E. *Heroides: Selected Epistles*. Cambridge University Press, 1995.

Knox, P. E. "Il poeta e il "secondo" principe: Ovidio e la politica all'epoca di Tiberio," *Maecenas* 1 (2001): 151-181.

Knox, P. E. "The Poet and the Second Prince: Ovid in the Age of Tiberius," *MAAR* 49 (2004): 1-20.

Knox, P. E. "Lost and Spurious Works," in *A Companion to Ovid*, edited by P. Knox. Chichester: Wiley-Blackwell, 2009.

Knox, P. E. "Ovidian Myths on Pompeian Walls," in *A Handbook to the Reception of Ovid*, edited by John F. Miller and Carole E. Newlands, 36-53. Chichester: Wiley-Blackwell, 2014.

Konstan, D. "The Death of Argus, or What Stories Do: Audience Response in Ancient Fiction and Theory," *Helios* 18 (1991): 15-30.

Korenjak, M. & Schaffenrath, F. "Snowmelt in the Alps: Corinna's Tears at Ovid, *Amores* 1.7.58," *CQ* 62 (2015): 874-877.

Kovacs, D. "Notes on a new fragment of Euripides' *Ino* (P. Oxy. 5131) , " *ZPE* 199 (2016): 3-6.

Kovacs, D. "Ovid, *Metamorphoses* 1.2," *CQ* 37 (1987): 458-465.

Kretschmer, Marek Thue. "L'*Ovidius moralizatus* de Pierre Bersuire :essai de mise au point," *Interfaces: A Journal of European Literatures* 3 (2016): 221-244.

Kristeller P. O. (and revised by Sigrid Krämer). *Latin Manuscript Books before 1600. A List of the Printed Catalogues and Unpublished Inventories of Extant Collections.* Munich, 1993.

Kristeller, P. O. *Iter Italicum: a Finding List of Uncatalogued or Incompletely Catalogued Humanistic Manuscripts of the Renaissance in Italian and other Libraries.* 6 volumes. London and Leiden, 1963-1992.

Kruschwitz, P. "Carmina Latina Epigraphica Pompeiana: ein dossier," in *Arctos* 38 (2004): 27-58.

Kruschwitz, P. "Patterns of text layout in Pompeian verse inscriptions," in *Studia philologica Valentina* 11 (2008): 225-264.

Kubiak, Zygmunt. *Przybliżenia: studia nad twórczością Klemensa Janickiego (Janicjusza) i Jana Kochanowskiego: u początków poezji polskiej.* Warszawa, 2015.

Kutzko, D. "The Major Importance of a Minor Poet: Herodas 6 and 7 as a Quasi-Dramatic Diptych," in *Beyond the Canon*, edited by M. A. Harder, R. F. Regtuit and C. G. Wakker, 167-184. Leuven, 2006.

Kyriakidis, S. "Musa iocosa: το παιχνίδι με τις λέξεις στα *Tristia* του Οβιδίου," *Rideamus igitur: humour in Latin literature.* Proceedings of the 9th Panhellenic Symposium of Latin Studies, edited by M. Voutsinou-Kikilia, A.N. Michalopoulos, S. Papaioannou, 170-177. Athens, 2014.

Kyriakidis, S. "Ovid's *Metamorphoses*: The text before and after", *Leeds International Classical Studies* 11.1 (2013): 1-16.

La Penna, A. *L'integrazione difficile. Un profilo di Properzio*, Torino, 1977.

Labate, "M. Amore coniugale e amore 'elegiaco' nell'episodio di Cefalo e Procri (Ov., *Met.*, 7, 661-865)," *Annali della Scuola Normale Superiore di Pisa*, Ser. III, 5 (1975): 103-128.

Labate, M. "Poetica ovidiana dell'elegia: la retorica della città," *MD* 3 (1979): 9-67.

Labate, M. *L'arte di farsi amare. Modelli culturali e progetto didascalico nell'elegia ovidiana*, Pisa, 1984.

Labate, M. "Elegia triste ed elegia lieta. Un caso di riconversione letteraria", *MD* 19

(1987): 91-129.

Laigneau-Fontaine, S. "Procris et Céphale dans les *Métamorphoses*: un Episode Epique entrre Tragédie et Comédie," in *La* Théatralité de L'Oeuvre ovidienne, 157-172. Paris, 2009.

Lamp, Kathleen S. "'A City of Brick': Visual Rhetoric in Roman Rhetorical Theory and Practice." *Philosophy & Rhetoric* 44.2 (2011): 171-193.

Langslow, D. R. "The Language of Poetry and the Language of Science: The Latin Poets and Medical Latin," in *Aspects of the Language of Latin Poetry* (*PBA* 93), edited by J. N. Adams and R. G. Mayer, 183-225. Oxford, 1999.

Lateiner, D. "Ovid's Homage to Callimachus and Alexandrian Poetic Theory (AM. 2, 19)," *Hermes* 106 (1978): 188-196.

Leach, Eleanor Winsor. "Rome's Elegiac Cartography: The View from the Via Sacra," in *A Companion to Roman Love Elegy*, edited by Barbara Gold, 134-152. Malden, MA, 2012.

Lenz, F. W. "Kephalos und Prokris in Ovids Ars Amatoria," *Maia* 14 (1962): 177-186.

Levick, B. "Julians and Claudians," *G&R* 22.1 (1975): 29-38.

Levick, B. "The Fall of Julia the Younger," *Latomus* 35.2 (1976): 301-339.

Li, Sher-shiueh（李奭学）. "Homer and His Epics in Late Imperial China: Christian Missionaries' Perpsectives," *Asia Pacific Translation and Intercultural Studies* 1.2 (2014): 83-106.

Li, Yongyi（李永毅）. "A New Incarnation of Latin in China," *Amphora* 11.1 (2014). https://classicalstudies.org/amphora/new-incarnation-latin-china-yongyi-li.

Lieberg, O. *Puella Divina. Die Gestalt der göttlichen Geliebten bei Catull im Zusammen-hang der antiken Dichtung.* Amsterdam, 1962.

Lindheim, Sara H. "Pomona's Pomarium: The 'Mapping Impulse' in *Metamorphoses* 14 (and 9)," *TAPA* 140 (2010): 163-194.

Lindsay, Hugh. *Adoption in the Roman World.* Cambridge: Cambridge University Press, 2009.

Lindseth, Jon A. and Alan Tannenbaum, eds. *Alice in a World of Wonderlands: The Trans-lations of Lewis Carroll's Masterpiece*, vols 1-3. New Castle: 2015.

Little, D. A. *The Structural Character of Ovid's Metamorphoses*. Ann Arbor: University Microfilms, 1972.

Little, D. "Ovid's Last Poems: Cry of Pain from Exile or Literary Frolic in Rome," *Prudentia* 22 (1990): 23-39.

Littlewood, R. J. *A Commentary on Ovid:* Fasti *Book VI*. OXFORD, 2016.

Liu, Jinyu (刘津瑜)." Virgil in China in the Twentieth Century, " Sino-American Journal of Comparative Literature 1 (2015): 67-105.

Llewellyn, N. "Illustrating Ovid," in *Ovid Renewed: Ovidian Influences on Literature and Art from the Middle Ages on the Twentieth Century*, edited by C. Martindale, 157-166. Cambridge, 1988.

Lobel, Edgar, and Denys Page, *Poetarum Lesbiorum Fragmenta*. Oxford: Clarendon, 1955.

Lord, C. "Three Manuscripts of the *Ovide Moralisé*," *The Art Bulletin* 57.2 (1975): 161-75.

Lord, C. "Illustrated Manuscripts of Berchorius before the Age of Printing," in *Die Rezeption der Metamorphosen des Ovid in der Neuzeit*, edited by H. Walter and H. J. Horn, 1-11. Berlin, 1995.

Lord, C. "A survey of imagery in medieval manuscripts of Ovid's *Metamorphoses* and related commentaries," in *Ovid in the Middle Ages*, edited by J. G. Clark, F. T. Coulson, and K. L. McKinley, 257-283. Cambridge, 2011.

Lotman, Yuri M. *Die Struktur literarischer Texte*. Translated by Rolf-Dietrich Keil. UTB 103. 4th ed. Munich: Fink, 1993.

Lotman, Yuri M. *Die Innenwelt des Denkens: Eine semiotische Theorie der Kultur*. Edited by Susi K. Frank, Cornelia Ruhe, and Alexander Schmitz. Translated by Gabriele Leupold and Olga Radetzkaja. Suhrkamp-Taschenbuch Wissenschaft 1944. Berlin: Suhrkamp, 2010.

Lott, John Bert. *The Neighborhoods of Augustan Rome*. Cambridge, 2004.

Lou, Wei. "Cultural Constraints on the Selection of Literary Translation Texts in Modern China," *Journal of Language Teaching and Research* 1 (2010): 492-497.

Luck, G. *P. Ovidius Naso. Tristia*, I. Heidelberg, 1967.

Luck, G. "Notes on the language and text of Ovid's *Tristia*," *HSCP* 65 (1961): 243-261.

Luck, G. *The Latin Love Elegy*. London: Methuen, 1969.

Ludwig, W. *Struktur und Einheit der Metamorphosen Ovids*. Berlin: De Gruyter, 1965.

Luisi, A. *Il perdono negato. Ovidio e la corrente filoantoniana*. Bari, 2001.

Luppe, W., and Henry, W. B. "5131. Tragedy (Euripides, *Ino*)? , " *The Oxyrhynchus Papyri* 78 (2012), 19-25.

Lyne, R.O.A.M. *The Latin Love Poets from Catullus to Horace*. Oxford, 1980.

Lyubka, Andriy. "In search of Barbarians," *New Eastern Europe* 6 (2016), 21-28.

Maclaughlin, Anne. *The Illuminated Manuscripts of Pierre Bersuire's Ovidius Moralizatus: A Comparative Study*. University of London, 2017.

Madden, Ed. "Transnationalism, sexuality, and Irish gay poetry: Frank McGuinness, Cathal Ó Searcaigh, Padraig Rooney," in *Where motley is worn: transnational Irish literatures*, edited by Amanda Tucker and Moira E. Casey, 83-100. Cork: Cork University Press, 2014.

Mader, G. "Programming Pursuit: Apollo and Daphne at Ovid, *Met.* 1.490-542," *Classical Bulletin* 84 (2009): 16-26.

Maffei, Giovanni Pietro. *Ioannis Petri Maffeii Bergomatis e Societate Iesu historiarum indicarum libri XVI. Selectarum item ex India epistolarum eodem interprete libri IV. Accessit Ignatii Loiolae vita postremo recognita, et in opera singula copiosus index*. Florence: Filippo Giunta, 1588. https://archive.org/details/bub_gb_zOibVyJgfdoC

Mahon, Derek, *The Hunt By Night*. Oxford: Oxford University Press, 1982.

Maltby, R. *Tibullus and Ovid*, in *A Companion to Ovid*, edited by P. E. Knox, 279-293. Chichester: Wiley-Blackwell, 2013.

Mandelbaum, Allen. *The Metamorphoses*. New York: Everyman's Library, 2013.

Marabini Moevs, and Maria Teresa. "On the Cappani grotesque in the Metropolitan Museum of Art," in *From the Parts to the Whole. Acta of the 13th International Bronze Congress, held at Cambridge, Massachusetts, May 28-June 1*, edited by Carol Mattusch, Amy Brauer and Sarah Knudsen. Portsmouth, *Journal of Roman Archaeology*, Supplementary Series 39 (1996): 254-260.

March, J. "Sophocles' *Tereus* and Euripides' *Medea*, " in *Shards from Kolonos. Studies in*

Sophoclean Fragments (le Rane Collana di Studi e Testi 34), edited by A. H. Sommer-stein, 139-161. Bari, 2003.

Marg, W. *Zur Behandlung des Augustus in den* Tristien, in *Atti del convegno internazionale ovidiano*, 345-354. Roma, 1959.

Martin, Charles. *Metamorphoses*. New York: Norton, 2004.

Martindale, C. *Redeeming the Text: Latin Poetry and the Hermeneutics of Reception*. Cambridge, 1993.

Mattia, E. "Due Ovidio illustrati di scuola Bolognese," *Miniatura: studi di storia dell' illustrazione e decorazione del libro* 3-4 (1990-1991): 63-72.

Mattia, E. "L'illustrazione della *Metamorfosi* di Ovidio nel códice Panciatichi 63 dela biblioteca nazionale di Firenze," *Rivista di storia della miniatura* 1-2 (1996-1997): 45-54.

Mayer, M. "Ovidi a Badalona (Baetulo)," in *Sylloge Epigraphica Barcinonensis* 4 (2002): 95-102.

Mazal, O. *Die Überlieferung der antiken Literatur im Buchdruck des 15. Jahrhunderts*. Stuttgart, 2003.

McGann, Jerome. *A New Republic of Letters: Memory and Scholarship in the Age of Digital Reproduction*. Cambridge, MA: Harvard University Press, 2014.

McKeown, J. C. *Amores: Text, Prolegomena and Commentary in Four Volumes*. Leeds, Francis Cairns, Volume 1 (1987), Volume 2 (1989), Volume 3 (1998).

McGowan, Matthew, *Ovid in Exile: Power and Poetic Redress in the* Tristia *and* Epistu-lae ex Ponto. Leiden–Boston: Brill, 2009.

McNamara, Joanne. "The Frustration of Pentheus: Narrative Momentum in Ovid's *Metamorphoses*, 3.511-753," *CQ* 60.1 (2010): 173-193.

Meyer, H. D. *Die außenpolitik des Augustus und die augusteische Dichtung*, Köln und Graz, 1961.

Mézin, Louis. *Cargaisons de Chine*. Lorient, France: Musée de la Compagnie des Inde de Lorient, 2002.

Michalopoulos, A.N. *Ovid* Heroides *16 and 17: Introduction, Text and Commentary*. Cambridge, 2006.

Michalopoulos, A.N. "Ovid's last wor(l)d," in *Two thousand years of solitude. Exile after Ovid*, edited by J. Ingleheart, 275-288. Oxford, 2011.

Michalopoulos, A.N. "*Famaque cum domino fugit ab urbe suo*: Aspects of Fama in Ovid's Exile Poetry," in *Libera Fama: An Endless Journey* (Pierides 6), edited by S. Kyriakidis, 94-110. Newcastle upon Tyne, 2016.

Michels, Agnes Kirsopp. *Calendar of the Roman Republic*. Princeton, 1967.

Millar, F. *The Emperor in the Roman World (31 BC—AD 337)*. London: Duckworth, 1977.

Millar, F. "Ovid and the Domus Augusta: Rome seen from Tomi," *JRS* 83 (1993): 1-17.

Miller, Frank J. *Ovid. Metamorphoses*. Books 1-8. Loeb classical library 42. Cambridge: Harvard University Press, 1971.

Miller, Frank. J. *Ovid. Metamorphoses:* Books 9-15. 2nd ed. Cambridge: Harvard University Press, 1984.

Miller, John F. "Introduction: Research on Ovid's *Fasti*, " *Arethusa* 25 (1992):1-10.

Miller, John F. "Ovidian Allusion and the Vocabulary of Memory." *MD* 30 (1993):153-164.

Miller, John F. "Reading Cupid's Triumph," *Text* (1995): 287-294.

Miller, John F. "Ovid in the Augustan Palatine (*Tristia* 3.1)" in *Vertis in Usum: Studies in Honor of Edward Courtney*, edited by Cynthia Damon, John F. Miller, K. Myers, and E. Courtney, 129-139. Berlin: De Gruyter, 2002.

Miller, John F. "Breaking the Rules: Elegy, Matrons and Mime," in *The Cambridge Companion to Latin Love Elegy*, edited by T. S. Thorson. Cambridge: Cambridge University Press, 2013.

Miller, John F. and Carole E. Newlands, eds. *A Handbook to the Reception of Ovid*. Chichester: Wiley-Blackwell, 2014.

Miller, P. A. *Subjecting Verses: Latin Love Elegy and the Emergence of the Real*, Princeton, 2004.

Moisan, J. C. and S. Vervacke. «Les *Métamorphoses* d'Ovide et le monde de l'imprimé: la *Bible des Poëtes,* Bruges, Colard Mansion, 1484,» in *Lectures d'Ovide, Publiées à la mémoire de Jean-Pierre Néraudau*, edited E. Bury, 217-237. Paris: Belles Lettres, 2003.

Moles, J. "The Dramatic Coherence of Ovid, *Amores* 1.1 and 1.2 Text" *CQ* 41 (1991): 551-554.

Monda, S. "Procedimento allusivo: Ovidio e *CLE* 2054", in *Invigilata lucernis* 15-16 (1993-1994): 231-251.

Morgan K. *Ovid's Art of Imitation: Propertius in the* Amores. Leiden: Brill, 1977.

Moss, A. *Ovid in Renaissance France. A survey of the Latin editions of Ovid and commentaries printed in France before 1600.* London, 1982.

Motley, William. *Baroque & Roll.* Reigate, England: Cohen & Cohen, 2015. Motley, William. *Hit & Myth.* Reigate, England: Cohen & Cohen, 2014.

Motley, William. *Tyger! Tyger!.* Reigate, England: Cohen & Cohen, 2016.

Mozley, J. H., ed. *Ovid. Vol. 2: The Art of Love, and other poems.* Loeb classical library 232. Cambridge: Harvard University Press, 1969.

Mozley, J. H., and G. P. Goold. *Art of Love. Cosmetics. Remedies for Love. Ibis. Walnut-tree. Sea Fishing. Consolation.* Loeb Classical Library. Harvard, 1979.

Mühlenfels, F. von *Pyramus und Thisbe—Rezeptionstypen eines Ovidischen Stoffes in Literatur, Kunst und Musik.* Heidelberg: Carl Winter Universitätsverlag, 1972.

Munari, F. "Ovidio nel medioevo," in *Tredici secoli di elegia latina. Atti del Convegno Internazionale,* edited by G. Catanzaro, F. Santucci, 237-247. Assisi, 1989.

Munari, Franco. *A Catalogue of the MSS of Ovid's Metamorphoses.* London, 1957.

Munk Olsen, Birger. *L'étude des auteurs classiqueslatins aux XIᵉ et XIIᵉ siècles. I. Catalogue des manuscritsclassiqueslatinscopiés du IXᵉ au XIIᵉ siècle. Apicius-Juvénal.* Paris, 1982; *II. Catalogue des manuscritsclassiqueslatinscopiés du IXᵉ au XIIᵉ siècle. Livius-Vitruvius; florilèges - essais de plume.*Paris, 1985; *III/1. Les classiquesdans les bibliothèquesmédiévales.*Paris, 1987; *III/2. Addenda et corrigenda, tables.* Paris, 1989.

Munzi, L. "Da Properzio a Ovidio: un itinerario letterario nel pastiche di un anonimo pompeiano," in *Annali dell'Istituto Orientale di Napoli (filol.)* 18 (1996): 93-107.

Murgatroyd, Paul. "*Militia amoris* and the Roman Elegists." *Latomus* 34 (1975): 59-79.

Murgatroyd, Paul. *Mythical and Legendary Narrative in Ovid's Fasti.* Brill, 2005.

Murgia, C.E. "Ovid *Met.* 1.544-547 and the Theory of Double Recension," *Cl. Ant.* 3

(1984): 205-235.

Mutschler, Fritz-Heiner. "Western Classics at Chinese Universities and Beyond: Subjective Observations," in *Greek and Roman Culture in East Asia: Transfer and Reception*, edited by A.- B. Renger and Xin Fan, 420-434. Leiden and Boston, 2018.

Myers, K. Sara. *Ovid's Causes. Cosmogony and Aetiology in the* Metamorphoses. Ann Arbor: University of Michigan Press, 1994.

Myers, S. "Ovid, *Epistulae ex Ponto 4.8*, Germanicus, and the *Fasti*," *CQ* 64.2 (2014): 725-734.

Nagle, Betty Rose. *The Poetics of Exile: Program and Polemic in the* Tristia *and* Epistulae ex Ponto *of Ovid*. Brussels: Latomus 170, 1980.

Nelis, P. D. and J. Nelis-Clement. "*Furor epigraphicus*: August, the Poets and the Inscriptions," in *Inscriptions and their Uses in Greek and Latin Literature*, 317-347. Oxford, 2013.

Newlands, Carole. "The role of the book in *Tristia* 3.1, " *Ramus* 26 (1997): 57-79.

Newlands, Carole. "Ovid's Narrator in the 'Fasti'," *Arethusa* 25.1 (1992): 33-54.

Newlands, Carole. *Playing with time*: *Ovid and the* Fasti. Ithaca, 1995.

Nicastri, L. *Cornelio Gallo e l'elegia ellenistico-romana*. Napoli, 1984.

Nicolet, Claude. *Space, Geography, and Politics in the Early Roman Empire*. Jerome Lectures 19. Ann Arbor, 1991 (repr. 2015).

Nicoll, W.S.M. "Cupid, Apollo, and Daphne," *CQ* 30 (1980): 174-182.

Nisbet, R. G. M. and Hubbard, M. *A Commentary on Horace*: Odes, *Book I*. Oxford: Clarendon Press, 1970.

Nisbett, Robin G.M. & Margaret Hubbard, *A Commentary on Horace, Odes Book II*. Oxford: Oxford University Press, 1978.

Noël, François（卫方济）. *Francisci Noel Sinensis imperii libri classici sex: nimirum adultorum schola, immutabile medium, liber sententiarum, memcius, filialis observantia parvulorum schola*. Prague: Typis Universitatis Carolo-Ferdinandeae, 1711. http://reader.digitale-sammlungen.de/resolve/display/bsb10219788.html.

Norden, E. P. *Vergilius maro: Aeneis Buch VI*, 4th edn. Stuttgart: Teubner, 1926.

Nugent, S. G. "Tristia 2: Ovid and Augustus" in *Between Republic and Empire: Inter-*

pretations of Augustus and His Principate, edited by K. Raaflaub, M. Toher and G. W. Bowersock, 239-257. Berkeley and Los Angeles: University of California Press, 1990.

Ó Searcaigh, Cathal. *Light on Distant Hills*: *A Memoir*. London: Simon & Shuster, 2009.

Ó Searcaigh, Cathal. *An Tam Marfach Ina Mairimid*. Galway: Arlen House, 2010.

Ó Searcaigh, Cathal. *Soul Space: A Book of Spiritual wisdom*, published under the pseudonym "Charles Agnes," Cathair na Mart, Co. Mhaigh Eo, Éire: Evertype, 2014.

Ó Searcaigh, Cathal, *Out of the Wilderness*, introduced and translated by Gabriel Rosenstock. Oxford: Onslaught Press, 2016.

O'Bryhim, S. "Ovid's Version of Callisto's Punishment," *Hermes* 118 (1990): 75-80.

O'Hara, J. *Inconsistency in Roman Epic: Studies in Catullus, Lucretius, Vergil, Ovid and Lucan*. Cambridge: Cambridge University Press, 2007.

O'Rourke, D. "Make War Not Love: Militia Amoris and Domestic Violence in Roman Elegy," in *Texts and Violence in the Roman World*, edited by M.R. Gale, J. H. D. Scourfield, 110-139. Cambridge, 2018.

Oade, Stephanie. "Poetry into Music: Ovid's *Metamorphoses* and Dittersdorf's 'Twelve Symphonies on Ovid's *Metamorphoses*'," *International Journal of the Classical Tradition* 21 (2014): 245-272.

Oliensis, E. "The Power of Image-Makers: Representation and Revenge in Ovid *Metamorphoses* 6 and *Tristia* 4," *Cl. Ant.* 23 (2004): 285-321.

Oliensis, E. "The Paratext of *Amores* 1: Gaming the System," in *The Roman Paratext: Frames, Texts, Readers*, edited by Laura Jansen, 206-223. Cambridge, 2014.

Opsomer, T. "*Referre aliter saepe solebat idem*: The Relation between Ovid's *Amores* and *Ars Amatoria*," in *Studies in Latin Literature and Roman History XI*, edited by C. Deroux, 313-350. Latomus: Brussels, 2003.

Orofino, G. "L'illustrazione delle *Metamorfosi* di Ovidio nel ms. IV F 3 della Biblioteca Nazionale di Napoli", in *Ricerche di Storia dell'Arte* 49 (1993): 5-18.

Orofino, G. "Ovidio nel Medioevo: l'iconografia delle *Metamorfosi*," in *Aetates Ovidianae. Lettori di Ovidio dall'Antichità al Rinascimento*, edited by I. Gallo and L. Nicastri, 189-208. Salerno, 1995.

Orofino, G. "Il codice Napoletano delle *Metamorfosi* como libro illustrato," in *L'Ovidio napoletano*, edited by Guglielmo Cavallo, Paolo Fedeli, and Giuseppe Papponetti, 103-109. Sulmona: Centro Ovidiano di Studi e Ricerche, 1998.

Otis, Brooks *Ovid as an Epic Poet*. Cambridge: Cambridge University Press, 1966; 2nd edition, 1970.

Owen, S. G. *P. Ovidi Nasonis Tristium Liber Primus Oxford*, 1885.

Owen, S. G. *P. Ovidi Nasonis Tristium libri V*. Oxford, 1889.

Owen, S. G. *P. Ovidi Nasonis Tristium Liber Secundus*. Oxford, 1924 (repr. Amsterdam, 1967).

Pairet, Ana. "Recasting the *Metamorphoses* in fourteenth-century France: The challenges of the *Ovide Moralise*," in *Ovid in the Middle Ages*, edited by J. G. Clark, F. T. Coulson, and K. L. McKinley, 83-107. Cambridge, 2011.

Palmer, A. ed. *P. Ovidi Nasonis Heroides, with the Greek translation of Planudes*. Oxford: Clarendon Press, 1898.

Palmer, Arlene M. *A Winterthur Guide to Chinese Export Porcelain*. New York: Winterthur Museum, 1976.

Pandey, Nandini B. *Empire of the Imagination: the Power of Public Fictions in Ovid's 'Reader Response' to Augustan Rome*. Ph.D. dissertation, the University of California, Berkeley, 2011.

Pandey, Nandini B. "Caesar's Comet, the Julian Star, and the Invention of Augustus," *TAPA* 143.2 (2013): 405-449.

Pandey, Nandini B. "Reading Rome from the Farther Shore: *Aeneid* 6 in the Augustan Urban Landscape," *Vergilius* 60 (2014): 85-116.

Pandey, Nandini B. "*Caput mundi*: Female Hair as Symbolic Vehicle of Domination in Ovidian Love Elegy," *CJ* 113 (2018): 454-488.

Pasco-Pranger, Molly. "Vates operosus: Vatic Poetics and Antiquarianism in Ovid's *Fasti*," *CW* 93.3 (2000): 275-291.

Pasco-Pranger, Molly. *Founding the Year: Ovids's Fasti and the Poetics of the Roman Calendar*. Brill, 2006.

Pasco-Pranger, Molly. "Duplicitous Simplicity in Ovid, *Amores* 1," *CQ* 62 (2012): 721-730.

Peachin, M. *Iudex Vice Caesaris: Deputy Emperors and the Administration of Justice during the Principate*. Stuttgart: Franz Steiner Verlag, 1996.

Pechillo, M. "Ovid's Framing Technique: The Aeacus and Cephalus Epyllion (*Met.* 7.490-8.5)," *CJ* 86 (1990): 35-44.

Peebles, Bernard. "The Ad Maronis mausoleum: Petrarch's Virgil," in *Classical, Medieval and Renaissance Studies in Honor of B.L. Ullman*. Rome, 1964.

Peek, P. Cephalus' Incredible Narration: Metamorphoses 7, 661-865," *Latomus* 63 (2004): 605-614.

Pepe, L. "Un distico pompeiano e Ovidio", in *Poesia latina in frammenti. Miscellanea filologica*, Genova 1974, 223-234.

Perkins, C. A. "The *Poeta* as *Rusticus* in Ovid, *Amores* 1.7," *Helios* 42 (2015): 267-285.

Peter, H. *Der Brief in der Römischen Literatur*. Hildesheim, 1965.

Peters, H. *Symbola ad Ovidii artem epicam cognoscendam*. Göttingen: Officina Dieterichiana, 1908.

Pianezzola, E. *Ovidio. Modelli retorici e forma narrativa*. Bologna 1999.

Pianezzola, Emilio, ed. *Ovidio, L'arte di amare. Commentary by Gianluigi Baldo and Lucio Cristante. Milan: Arnoldo Mondadori Editore*, 2005 (6th edition).

Pinkster, H. *Oxford Latin Syntax: Volume 1: The Simple Clause*. Oxford, 2015.

Pinsky, R., *The Figured Wheel: New and Collected Poems, 1966-1996*. New York, 1996.

Platt, Verity. "The Empty Chair and the Silent Voice," *Eidolon*. February 8, 2016.

Pollard, David E., ed. *Translation and Creation: Reading of Western Literature in Early Modern China, 1840-1918*. Philadelphia, 1998.

Porter, J. I. "Against λεπτότης: Rethinking Hellenistic Aesthetics," in *Creating a Hellenistic World*, edited by A. Erksine and L. Llewellyn-Jones, 271-312. Swansea: Classical Press of Wales, 2011.

Pöschl, V. "Kephalos und Prokris in Ovids Metamorphosen," *Hermes* 87 (1959): 328-343.

Possamai, Marylène and Marianne Besseyre. "L'*Ovide moralisé* illustré," *Cahiers de recherches médiévales et humanistas* 30 (2015): 13-19.

Postgate, J.P. *Corpus Poetarum Latinorum*. London, 1894.

Purcell, Nicholas. "Livia and the Womanhood of Rome," *PCPS* 212 (1986): 78-105.

Purcell, Nicholas. "The Creation of Provincial Landscape: The Roman Impact on Cisalpine Gaul," in *The Early Roman Empire in the West*, edited by T. Blagg and M. Millett, 6-29. Oxford. 1990.

Raaflaub K. and Salmon II, L. "Opposition to Augustus," in *Between Republic and Empire: Interpretations of Augustus and His Principate*, edited by K. Raaflaub, M. Toher and G. W. Bowersock, 417-454. Berkeley and Los Angeles: University of California Press, 1991.

Radke, G. "Beobachtungen zum römischen Kalender," *RhM*, Neue Folge 106 (1963), 313-335.

Redford, Bruce. "Speaking Pictures: Ovid and the Visual Arts," in *Approaches to Teaching the Works of Ovid and the Ovidian Tradition. Approaches to Teaching World Literature 113*, edited by Barbara Weiden Boyd and Cora Fox, 23-26. New York: Modern Language Association of America, 2010.

Rehak, Paul. *Imperium and Cosmos: Augustus and the Northern Campus Martius*. University of Wisconsin Press, 2009.

Reitzenstein, E. "Das neue Kunstwollen in den Amores Ovids," *Rh.Mus.* 84 (1935): 62-88.

Rich, J. "Augustus's Parthian Honours, the Temple of Mars Ultor and the Arch in the Forum Romanum." *PBSR* 66 (1998): 71-128.

Richmond, J. A. *Ovidius Ex Ponto Libri Quattuor*. Leipzig: Teubner, 1990.

Rieker, J. R. *Arnulfi Aurelianensi Glosule Ovidii Fastorum*. Florence, 2005.

Rieks, R. "Zum Aufbau von Ovids *Metamorphosen*," *Würzburger Jahrbücherfür die Altertumswissenschaft* 6b (1980): 85-103.

Rimmel, V. *Ovid's Lovers: Desire, Difference and the Poetic Imagination*. Cambridge, 2006.

Rizzelli, G. "Il dibattito sulle ll. 28-29 dell'elogio di Allia Potestas," in *Studia et Documenta Historiae Iuris* 61(1995): 623-655.

Roberts, M., "Creation in Ovid's *Metamorphoses* and the Latin Poets of Late Antiquity," *Arethusa* 35 (2002): 403-145.

Robinson, Matthew. "Salmacis and Hermaphroditus. When Two Become One: (Ovid, Met. 4.285-388)," *CQ* 49 (1999): 212-223.

Robinson, Matthew. *A Commentary on Ovid's Fasti, Book 2*. Oxford, 2011.

Rohde, A. *De Ovidi arte epica capita duo*. Berlin, 1929.

Romer, F. E. "Gaius Caesar's Military Diplomacy in the East." *TAPA* 109 (1979): 199-214.

Ronconi, A. "Fortuna di Ovidio," in *Atene e Roma*, 29, 1984, 1-16.

Rosati, G. "L'esistenza letteraria. Ovidio e l'autocoscienza della poesia," *MD* 2 (1979): 101-136.

Rosati, G. "The Art of *Remedia Amoris*: Unlearning to Love?," in *The Art of Love: Bimillennial Essays on Ovid's Ars Amatoria and Remedia Amoris*, edited by R. Gibson, S. Green and A. Sharrock,143-165. Oxford: Oxford University Press, 2006.

Rosati, G. *Ovidio. Metamorfosi. Vol. III (Libri V-VI)*. Milan: Arnoldo Mondadori editore, 2009.

Rose, C. B. "The Parthians in Augustan Rome," *AJA* 109 (2005): 21-75.

Rosenmeyer, P. A. *Ancient Epistolary Fictions. The Letter in Greek Literature*, Cambridge, 2001.

Ross, D. O., Jr. *Backgrounds to Augustan Poetry: Gallus, Elegy and Rome*. Cambridge: Cambridge University Press, 1975.

Roussel, D. *Ovide épistolier*, Collection Latomus Vol. 314. Brussels, 2008.

Roy, Bruno, and Hugues V. Shooner, "Arnulfi Aurelianensis *Glosule* de Remediis amoris," *The Journal of Medieval Latin* 6 (1966): 135-196.

Rudd, N. *Lines of Enquiry: Studies in Latin Poetry*. Cambridge: Cambridge University Press, 1976.

Rumpf, L. "Bucolic *nomina* in Virgil and Theocritus: On the Poetic Technique of Virgil's *Eclogues*," in *Vergil's* Eclogues, edited by K. Volk. New York: Oxford University Press, 2008.

Rüpke, J. *Kalender und Öffentlichkeit: Die Geschichte der Repräsentation und religiösen Qualifikation von Zeit in Rom*. Berlin: de Gruyter, 1995.

Rutledge, Steven H. *Ancient Rome as a Museum: Power, Identity, and the Culture of Col-*

lecting. Oxford, 2012.

Ryan, Marie-L. "Space," in *Handbook of Narratology*, edited by Peter Hühn, Jan C. Meister, John Pier, and Wolf Schmid, vol. 2, 796-811. De Gruyter Reference. Rev. ed. Berlin: De Gruyter, 2014.

Sabot, A. "Heur et malheur d'un amour conjugal: Céphale et Procris (Ovide, *Métamorphoses*, VII, 661-862)," in *Journées Ovidiennes de Parménie*, edited by J. M. Frécaut et D. Porte. (Collection Latomus 189), 199-214. Bruxelles, 1985.

Saby, F. "L'illustration des *Mètamorphoses* d'Ovide à Lyon (1510-1512): la circulation des images entre France et Italie à la Renaissance," *Bibliothèque de l'École des Chartes* 158 (2000): 11-26.

Sacks, E. *The Web of Change in Ovid's Metamorphoses*. Ann Arbor: University Microfilms, 1983.

Salmon, E. T. "The Evolution of Augustus' Principate," *Historia* 5.4 (1956): 456-478.

Saltelli, E. *L'epitaffio di Allia Potestas (CIL VI 37965 = CLE 1988). Un commento.* Venezia, 2003.

Salway, B. "Travel, Itinerary, and Tabellaria," in *Travel and Geography in the Roman Empire*, edited by C. Adams and R. Laurence, 22-66. London, 2001.

Salzman-Mitchell, Patricia B. *A Web of Fantasies. Gaze, Image and Gender in Ovid's Metamorphoses*, Columbus, OH: The Ohio State University Press, 2005.

Sander, Max. *Le livre à figures italien, depuis 1467 jusqu'a 1530*. Milano: Hoepli, 1942.

Scheffel, Michael. "Käte Hamburgers Logik der Dichtung: ein Grundbuch der Fiktionalitäts- und Erzähltheorie? Versuch einer Re-Lektüre," in Käte Hamburger. Zur Aktualität einer Klassikerin, edited by Johanna Bossinade and Angelika Schaser, 140-155. Göttingen: Wallstein, 2003.

Scheid, John. "Myth, Cult and Reality in Ovid's *Fasti*," *PCPS* 38 (1993), 118-131.

Scheid, John. 2005. "Augustus and Roman Religion: Continuity, Conservatism, and Innovation," in *The Cambridge Companion to the Age of Augustus*, edited by Karl Galinsky, 175-192. Cambridge, 2005.

Scheid, John. *An Introduction to Roman Religion*. Indiana University Press, 2003.

Schindler, W. "*Speculum animi* oder das absolute Gespräch," *Der Altsprachliche Unterricht* 32 (1989): 4-21.

Schmidt, E. *Ovids poetische Menschenwelt: Die Metamorphosen als Metapher und Symphonie*. Heidelberg: Winter, 1991.

Schönbeck, Gerhard. *Der* Locus amoenus *von Homer bis Horaz*. Ph. D. dissertation, University of Heidelberg, 1962.

Schröder, Bianca-Jeanette. "Inimice lamnae (Hor. carm. 2, 2), " *Gymnasium* 106 (1999): 335-342.

Scott, Kenneth. "Emperor Worship in Ovid," *TAPA* 61 (1930): 43-69.

Scourfield, J. H. D. "Towards a Genre of Consolation," in *Greek and Roman Consolations: Eight Studies of a Tradition and its Afterlife*, edited by Han Baltussen, 1-36. Swansea: Classical Press of Wales, 2013.

Searle, J. R. "The Logical Status of Fictional Discourse," *New Literary History* 6 (1975): 319-332.

Segal, C. *Landscape in Ovid's* Metamorphoses. *A Study in the Transformations of a Literary Symbol*. Wiesbaden: Steiner, 1969.

Segal, C. "Ovid's Cephalus and Procris: Myth and Tragedy," *Grazer Beiträge* 7 (1978): 175-205.

Severy, Beth. *Augustus and the Family at the Birth of the Roman Empire*. New York: Routledge, 2003.

Sharrock, A. R. "Ovid and politics of reading," *MD* 33 (1994a): 97-122.

Sharrock, A. R. *Seduction and Repetition in Ovid's Ars Amatoria II*. Oxford: Clarendon Press, 1994b.

Sharrock, A. R. "Representing metamorphosis", in *Art and text in Roman culture,* edited by J. Elsner, 103-130. Cambridge University Press, 1996.

Sharrock, A. R. "Constructing characters in Propertius," *Arethusa* 33 (2000): 263-284

Sharrock, A. R. "Womanufacture," *JRS* 81 (1991): 36-49.

Sharrock, A. R. "Gender and Sexuality," in *The Cambridge Companion to Ovid*, edited by Philip Hardie, 95-107. Cambridge: Cambridge University Press, 2002.

Sicilano, R. "Lucano e Ovidio. Piccolo contributo sullo studio dei rapporti," *Maia* 50

(1998): 309-315.

Sinclair, Keith. *Descriptive catalogue of medieval and Renaissance western manuscripts in Australia.* Sydney, 1969.

Skutsch, O. The Annals of Q. Ennius. Oxford: Clarendon Press, 1985.

Slattery, S. "5292. Sophocles, *Tereus,* " *The Oxyrhynchus Papyri* 82 (2016), 8-14.

Sloboda, Stacey. *Chinoiserie. Commerce and Critical Ornament in Eighteenth-Century Britain.* Manchester: Manchester University Press, 2014.

Snowden, F.M. *Before Colour Prejudice: The Ancient View of Blacks.* Cambridge, MA, 1983.

Solodow, J.B. *The World of Ovid's Metamorphoses.* Chapel Hill: University of North Carolina Press, 1988.

Solomon, Jon. "The Influence of Ovid on Opera," in *A Handbook to the Reception of Ovid,* edited by John F. Miller and Carole E. Newlands, 371-385. Chichester: Wiley-Blackwell, 2014.

Soproni, Sándor. "Marinianus Ursicinus magister," *Folia Archaeologica* (1986): 183-195.

Spannagel, Martin. *Exemplaria Principis: Untersuchungen zu Entstehung und Ausstattung des Augustusforums.* Heidelberg, 1999.

Stanford, William B. "Towards a History of Classical Influences in Ireland," *Proceedings of the Royal Irish Academy, Section C,* 70 (1970): 13-91.

Stechow, Wolfgang. *Apollo und Daphne: mit einem Nachwort und Nachträgen zum Neudruck.* Darmstadt: Wissenshaftliche Buchgesellschaft, 1965.

Stein, Gabriele. *Mutter, Tochter, Geliebte: Weibliche Rollenkonflikte bei Ovid.* BzA 204. Munich: Saur, 2004.

Steiner, G. *Language and Silence: Essays on Language, Literature and the Inhuman.* New York, 1967.

Stempowski, Jerzy, *do Lidia Winniczuk, private correspondence. Archives of PAN and PAU.* Krakow, Poland.

Stevens, B. "*Per gestum res est significanda mihi:* Ovid and Language in Exile," *CPhil.* 104 (2009): 162-183.

Stroh, W. "Ovids Liebeskunst und die Ehegesetze des Augustus". *Gymnasum* 86 (1979):

323-352.

Sullivan, J. P. *Propertius*. Cambridge, 1976.

Syme, Ronald. *Roman Revolution*. Oxford: Clarendon Press, 1939.

Syme, Ronald. *History in Ovid*. Oxford. 1978.

Szilágyi, János György. "Anacreonteum Brigetióból," *Ókor* 6 (2007): 74-78.

Talbert, Richard. *Rome's World: The Peutinger Map Reconsidered*. Cambridge, 2010.

Tarrant, R. J. "Chaos in Ovid's *Metamorphoses* and its Neronian Influence," *Arethusa* 35 (2002): 349-360.

Tarrant, R. J. *Seneca: Agamemnon, edited with a commentary*. Cambridge University Press, 2004.

Tarrant, R. J. "Ovid and Ancient Literary History," in *The Cambridge Companion to Ovid*, edited by Philip Hardie, 13-33. Cambridge: Cambridge University Press, 2002.

Tarrant, R. J., ed. *P. Ovidi Nasonis Metamorphoses*. Scriptorum classicorum bibliotheca Oxoniensis. Oxford: Oxford University Press, 2004.

Taylor, Helena. *The Lives of Ovid in Seventeenh-Century French Culture*. Oxford: Oxford University Press, 2017.

Thibault, John. *The Mystery of Ovid's Exile*. Berkeley: The University of California Press, 1964.

Thiering, Martin. "Implicit Knowledge Structures," in *Features of Common Sense Geography: Implicit Knowledge Structures in Ancient Geographical Texts*, edited by Klaus Geus and Martin Thiering, 265-317. Vienna: Lit-Verlag, 2014.

Thorsen, T.S. "Ovid the Love Elegist," in *The Cambridge Companion to Latin Love Elegy*, edited by T.S. Thorsen, 114-129. Cambridge: Cambridge University Press, 2013.

Thorsen, T.S. *Ovid's Early Poetry: From the Single Heroides to his Remedia Amoris*. Cambridge: Cambridge University Press, 2014.

Thraede, K. *Grundzüge griechisch-römischer Brieftopik*. Munich, 1970.

Tissol, G. *The Face of Nature*. Princeton, 1999.

Tissol, G. *Ovid: Epistulae ex Ponto Book I*. Cambridge: Cambridge University Press, 2014.

Tola, E. "Ille referre aliter saepe solebat idem (Ovidio, Ars II, 128): reflexiones sobre el uso de la repetición en las Tristia de Ovidio", in *Latina lingua!: nemo te lacrimis decoret neque funera fletu faxit. Cur? Volitas viva per ora virum (Papers on Grammar)*, IX, 2, edited by G. Calboli, 957-965. Roma, 2005.

Tola, E. *La Métamorphose poétique chez Ovide:* Tristes *and* Pontiques. *Le poème inépuisabel.* Louvain-Paris-Dudley, 2004.

Torelli, M. *Typology and Structure of Roman Historical Reliefs.* Ann Arbor, 1982.

Tóth, István. "Savaria legendái. I. rész—Ovidius sírja," *Vasi Honismereti és Helytörténeti Közlemények* (1999): 47-60.

Trapp, Joseph B. "Portraits of Ovid in the Middle Ages and the Reinassance," in *Die Rezeption der Metamorphosen des Ovid in der Neuzeit,* edited by H. Walter and H. J. Horn, 252-278. Berlin, 1995.

Trapp, Joseph Burney. "Ovid's Tomb: The Growth of a Legend from Eusebius to Laurence Sterne, Chateaubriand and George Richmond." *Journal of the Warburg and Courtauld Institutes* 36 (1973): 35-76.

Treadgold, D.W. *The West in Russia and China. Religious and Secular Thought in Modern Times*, vol.2: China, 1582-1949. Cambridge, 1973.

Treggiari, Susan. *Roman Marriage: Iusti Coniuges from the Time of Cicero to the Time of Ulpian.* Oxford: Clarendon Press, 1991.

Tsitsiou-Chelidoni, Chrysanthe. *Ovid,* Metamorphosen, *Buch 8: Narrative Technik und literarischerKontext.* Studien zur klassischen Philologie 138. Frankfurt a. M.: Lang, 2003.

Tsu, Jing. "Getting Ideas about World Literature in China, " *Comparative Literature Studies* 47.3 (2010): 299-317.

Tuori, Kaius *The Emperor of Law: The Emergence of Roman Imperial Adjudication.* Oxford: Oxford University Press, 2016.

Turpin, W. *Ovid,* Amores*: Book 1.* Cambridge, 2016.

Vágó, Eszter and István Bóna. *Die Gräberfelder von Intercisa I. Der spätrömische Südostfriedhof.* Budapest: Akadémiai Kiadó, 1976.

Vandlik, Katalin. "Aesopica: Eine Silbergemme aus Brigetio," *Archäologisches Korrespondenzblatt* 35 (2005): 397-403.

Verducci, Florence. *Ovid's Toyshop of the Heart:* Epistulae Heroidum. Princetone

University Press, 1985.

Viel, M. F. (La Bible des poëtes: une réécriture rhétorique des *Métamorphoses* d'Ovide), *Tangence* 74 (2004): 25-44.

Volk, K. "*Ille ego*: (mis)reading Ovid's elegiac persona," *Antike und Abendland* 51 (2005): 83-96.

Volk, K. *Ovid.* Malden, MA: Wiley-Blackwell, 2010.

von Albrecht, M. *Die Parenthese in Ovids Metamorphosen und ihre dichterische Funktion.* Spudasmata 7. Hildesheim, 1964.

von Albrecht, M. *Das Buch der Verwandlungen. Ovid-Interpretationen.* Düsseldorf: Artemis & Winkler, 2000.

von Albrecht, M. *Ovids Metamorphosen: Texte, Themen, Illustrationen.* Heidelberg: Winter Verlag, 2014.

Wallace-Hadrill, A. "Image and Authority in the Coinage of Augustus," *JRS* 76 (1986): 66-87.

Wallace-Hadrill, A. "*Mutatio Morum*: The Idea of a Cultural Revolution," in *The Roman Cultural Revolution*, edited by Thomas Habinek and Alessandro Schiesaro, 3-22. Cambridge: Cambridge University Press, 1997.

Wallace-Hadrill, A. "*Mutatas formas*: The Augustan Transformation of Roman Knowledge," in *The Cambridge Companion to the Age of Augustus*, edited by Karl Galinsky, 55-84. Cambridge, 2005.

Wallace-Hadrill, A. *Rome's Cultural Revolution.* Cambridge University Press, 2008.

Warde Fowler, W. "Note on Ovid, *Tristia* III.6.8 (Augustus et Juppiter)," *CR* 29 (1915): 46-47.

Watson, P. "Ovid, *Amores* ii.7 and 8: the disingenuous defence," *Wien. Stud.* 17 (1983): 91-103.

Weinrich, Harald, ed., *Positionen der Negativität*, München: Fink, 1975.

Weinrich, Harald. *Tempus. Besprochene und erzählte Welt.* München: C. H. Beck, 2001 (6th edition).

Welch, Tara S. *The Elegiac Cityscape: Propertius and the Meaning of Roman Monuments.* Columbus, OH, 2005.

Wheeler, A. L. "Topics from the Life of Ovid," *AJP* 46.1 (1925): 1-28.

Wheeler, A. L. *Ovid*: Tristia, Ex Ponto. Cambridge: Harvard University Press, 1965.

Wheeler, S. "Into New Bodies: the *incipit* of Ovid's *Metamorphoses* as Intertext in Imperial Latin," *MD* 61 (2009): 147-160.

Wheeler, S. M. *A Discourse of Wonders: Audience and Performance in Ovid's* Metamorphoses. Philadelphia: University of Pennsylvania Press, 1999.

White, Peter. *Promised Verse: Poets in the Society of Augustan Rome*. Cambridge, MA: Harvard University Press, 1993.

White, Peter. "Ovid and the Augustan Milieu," in *Brill's Companion to Ovid*, edited by Barbara Weiden Boyd, 1-26. Leiden: Brill, 2002.

Whittaker, C. R. *Frontiers of the Roman Empire: A Social and Economic Study*. Baltimore, 1994.

Wiedmann, Thomas "The Political Background to Ovid's *Tristia* 2," *CQ* 25.2 (1975): 264-271.

Wilkins, Ann T. "Bernini and Ovid: Expanding the Concept of Metamorphosis," *International Journal of the Classical Tradition* 6.3 (2000): 383-408.

Williams, G. D. *Banished Voices: Readings in Ovid's Exile Poetry*. Cambridge University Press, 1994; 2007 (2nd edition).

Williams, G. D. "Ovid's exile poetry: *Tristia, Epistulae ex Ponto* and *Ibis*," in *The Cambridge Companion to Ovid*, edited by P. Hardie, 233-245. Cambridge, 2002a.

Williams, G. D. "Ovid's exilic poetry: worlds apart", in *Brill's Companion to Ovid*, edited by B.W. Boyd, 337-381. Leiden, 2002b.

Williams, G. D. "Politics in Ovid," in *Writing Politics in Imperial Rome*, edited by W. J. Domink, J. Garthwaite and P. A. Roche, 203-224. Brill: Leiden, 2009.

Williams, Gordon. *Change and Decline: Roman Literature in the Early Empire*. Berkeley and Los Angeles: University of California Press, 1978.

Wills, J. *Repetition in Latin Poetry: Figures of Allusion*. Oxford: Clarendon Press, 1996.

Winterer, Caroline. *The Culture of Classicism: Ancient Greece and Rome in American Intellectual Life, 1780–1910*. Baltimore: Johns Hopkins University Press, 2002.

Wiseman, Anne and Peter Wiseman. *Ovid: Times and Reasons: A New Translation of*

Fasti. Oxford, 2011.

Wyke, Maria. "Mistress and Metaphor in Augustan Elegy." *Helios* 16 (1989): 25-47.

Wyngaert, A. van den, ed. "Epistolae Fr. Iohannis de Monte Corvino," in *Sinica Franciscana* I. Florence, 1929.

Yang, Xianyi （杨宪益）. *White Tiger: An Autobiography of Yang Xianyi*. Hong Kong, 2002.

Zanker, G. *Realism in Alexandrian Poetry. A Literature and its Audience*, London, 1987.

Zanker, P. *Forum Augustum. Das Bildprogramm*. Tübingen, 1970.

Zanker, P. *The Power of Images in the Age of Augustus*, trans. Alan Shapiro. Ann Arbor, 1990.

Zhang, Wei. "Reading Homer in Contemporary China (from the 1980s until Today)," *International Journal of the Classical Tradition* (2020) https://doi.org/10.1007/s12138-020-00558-z.

Zhou, Yiqun （周轶群）. "Greek Antiquity, Chinese Modernity, and the Changing World Order," in *Chinese Visions of World Order. Tianxia, Culture, and World Politics*, edited by Ban Wang, 106-128. Durham and London, 2017.

Zhou, Zuoren （周作人）. *Selected Essays*, translated by D.E. Pollard. Hong Kong, 2006.

Ziogas, I. "The Poet as Prince: Author and Authority Under Augustus," in *The Art of Veiled Speech: Self-Censorship from Aristophanes to Hobbes*, edited by H. Baltussen, P. J. Davis, 115-136. University of Pennsylvania Press, 2015.

Ziogas, I. *Ovid and Hesiod: The Metamorphosis of the Catalogue of Women*. Cambridge: Cambridge University Press, 2013.

Ziolkowski, Theodore. "Ovid in the Twentieth Century," in *A Companion to Ovid*, edited by Peter E. Knox, 455-468. Chichester: Wiley-Blackwell, 2009.

Ziolkowski, Theodore. *Roman Poets in Modern Guise: The Reception of Roman Poetry Since World War I*. Rochester, New York: Camden House, 2020.

Ziomek, Jerzy. *Renesans*. Warszawa, 1995.

Zsidi, Paula. "Uralkodó képmása egy aquincumi téglatöredéken," *Budapest Régiségei* 34 (2005): 187-204.

中文书目

奥维德：《变形记》，杨周翰译，人民文学出版社，1984 年，2008 年。

包雨苗 、肖馨瑶：《试论西方经典的跨文化译介策略——以戴望舒译奥维德〈爱经〉为例》，《中国翻译》2019 年第 2 期，第 54—59 页。

北塔：《雨巷诗人——戴望舒传》，浙江人民出版社，2003 年。

戴望舒：《爱经》，漓江出版社，1993 年。

飞白：《古罗马诗选》，广州花城出版社，2000 年。

寒川子：《爱的艺术》，内蒙古大学出版社，2007 年。

黄建华、黄迅余：《罗马爱经》，陕西人民出版社，2006 年。

黄洋、晏绍祥：《希腊史研究入门》，北京大学出版社，2009 年。

荷马：《奥德赛》，王焕生译，人民文学出版社，2003 年。

李维：《建城以来史（前言·卷一）》，穆启乐、张强、付永乐、王丽英译，日知古典丛书，上海人民出版社，2005。

李永毅：《卡图卢斯〈歌集〉拉中对照译注本》，中国青年出版社，2008 年。

李永毅：《贺拉斯诗全集：拉中对照详注本》，中国青年出版社，2017 年。

刘淳：《奥维德〈拟情书〉两封》，《新史学》2017 年第 20 辑，第 301—316 页。

刘淳：《奥维德〈拟情书〉第四封：淮德拉致希波吕托斯》，《世界历史评论》2019 年第 12 辑，第 191—214 页。

刘淳：《美狄亚致伊阿宋(《拟情书》第十二封信)》，《世界文学》2019 年第 4 期，第 307—318 页。

刘津瑜：《晁德莅、马氏兄弟和拉丁文》，《文汇报·学人专刊》2015 年 2 月 6 日。

刘津瑜：《罗马史研究入门》，北京大学出版社，2014 年。

刘津瑜：《踏上流放之途的前夜：奥维德《哀怨集》第一卷第三首译注》，《世界历史评论》2017 年第 8 辑，第 329—346 页。

刘津瑜：《奥维德对小书的寄语：〈哀怨集〉第一卷第一首译注》，《世界历史评论》2019 年第 12 辑，第 155—174 页。

刘津瑜：《背信弃义的友人：〈哀怨集〉第一卷第八首》，《都市文化研究》2019 年第 23 辑，第 303—311 页。

刘津瑜：《诗集的罗马之旅：〈哀怨集〉第三卷第一首》，《都市文化研究》

2019 年第 2 期，第 311—322 页。

刘津瑜、康凯、李尚君、熊莹：《奥维德在西方和中国的译注史和学术史概述》，《世界历史评论》2016 年第 5 辑，第 26—94 页。

鲁刚、郑述谱编译：《希腊罗马神话词典》，中国社会科学出版社，1984 年。

迈克尔·丰坦：《奥维德流放之神话》，马百亮译《世界历史评论》2019 年第 13 辑，第 117—134 页。

穆启乐（Fritz-Heiner Muschler）著，唐莉莉译：《中国的西方古典学——从元大都到上海》，《新史学》，2017 年第 20 辑（2017 年），第 274—279 页。

南开大学历史学院、中国世界古代中世纪研究会编：《纪念雷海宗先生诞辰一百一十周年：中国第四届世界古代史国际学术研讨会论文集》，中华书局，2016 年。

奈波斯：《外族名将传》，刘君玲等译、张强校，日知古典丛书，上海人民出版社，2005 年。

石晨叶：《奥维德〈黑海书简〉第一卷第一首“致布鲁图斯”译注》，《都市文化研究·书写城市史》2017 年第 17 辑，第 471—493 页。

王晨：《奥维德〈岁时记〉第一卷第 1—100 行译注》，《世界历史评论》2018 年第 9 辑，第 355—367 页。

王敦书：《中西古典文明研究——庆祝林志纯教授九十华诞论文集》，吉林人民出版社，1999 年。

王敦书：《贻书堂史集》，中华书局，2003 年。

王焕生：《古罗马文学史》，中央编译出版社，2008 年。

王忠孝：《提比略隐退罗德岛——罗马帝国早期帝位递嬗机制研究》，《中国社会科学》2014 年第 7 期，第 185—203 页。

塔西佗：《历史》，王以铸、崔妙音译，商务印书馆，2002 年。

维吉尔：《埃涅阿斯纪》，杨周翰译，译林出版社，1999 年。

维吉尔：《牧歌》，杨宪益译，日知古典丛书，上海人民出版社，2015 年。

肖馨瑶：《奥维德“爱的艺术”：欧洲中世纪学童课本》，《世界历史评论》2017 年第 8 辑，第 305—317 页。

肖馨瑶：《〈爱的艺术〉第一卷第 1—100 行汉译及简注》，《世界历史评论》2017 年第 8 辑，第 318—328 页。

肖馨瑶：《〈爱的艺术〉第一卷第 229—350 行译注》，《世界历史评论》2019
年第 12 辑，第 175—190 页。

杨宪益：《杨宪益自传》，薛鸿时译，人民日报出版社， 2010 年。

张巍：《诗人的变形》（纪念"奥维德两千年"专题），《文汇报·文汇学人》
2017 年 5 月 26 日。

张竹明、王焕生：《古希腊悲剧喜剧全集》，译林出版社，2015 年。

赵元任：《阿丽思漫游奇境记》， 商务印书馆， 1922 年。

网络资源

数据库、网络档案、古籍：

2000 lat literatury w Polsce. O legendzie grobu Owidiusza Nazona na Polesiu:
poselska.nazwa.pl/wieczorna2/historia-starozytna/2000-lat-literatury-w-polsce-o-
legendzie-grobu-owidiusza-nazona-na-polesiu.

Archives de littérature du Moyen Âge: ARLIMA, http://www.arlima.net/index.html.

Biblioteca Digital Ovidiana: http://www.ovidiuspictus.es.

Chmielowski, Benedykt. *Nowe Ateny*. https://literat.ug.edu.pl/ateny/index.htm.

Dickinson Classics Online (DCO) 迪金森古典学在线 : https://dco.dickinson.edu/.

Kinney, Daniel. *Ovid Illustrated: The Reception of Ovid's Metamorphoses in Image and
Text.* http://ovid.lib.virginia.edu/picart.html.

Kline, Anthony S., translator. *Ovid's Metamorphoses.* http://ovid.lib.virginia.edu/trans/
Ovhome.htm.

La Force, Thessaly. "The European Obsession with Porcelain." *New Yorker*, November
11, 2015. https://www.newyorker.com/books/page-turner/the-european-obsession-with-por-
celain.

Maffei, Giovanni Pietro. *Ioannis Petri Maffeii Bergomatis e Societate Iesu historiarum indicarum libri XVI. Selectarum item ex India epistolarum eodem interprete libri IV. Accessit Ignatii Loiolae vita postremo recognita, et in opera singula copiosus index.* Florence: Filippo Giunta, 1588. https://archive.org/details/bub_gb_zOibVyJgfdoC.

Marchant. *90th Anniversary Exhibition of Chinese Export Porcelain.* London, 1996. https://www.marchantasianart.com/wp-content/uploads/2015/04/Chinese-Export_Final1.pdf.

Noël, François（卫方济）. *Francisci Noel Sinensis imperii libri classici sex: nimirum adultorum schola, immutabile medium, liber sententiarum, memcius, filialis observantia parvulorum schola.* Prague: Typis Universitatis Carolo-Ferdinandeae, 1711. http://reader.digitale-sammlungen.de/resolve/display/bsb10219788.html.

Ovid Illustrated: The Reception of Ovid's Metamorphoses in Image and Text: http://ovid.lib.virginia.edu/about.html.

Wintertur Museum. "The Wine Gods" for "Uncorked! Wine, Objects & Tradition." April 28, 2012—January 6, 2013. http://uncorked.winterthur.org/classical-references/the-wine-gods/.

与古典学相关的数字人文参考资料：

Atkins, Daniel. "University Futures and New Technologies: Possibilities and Issues," 2005. http://atkins.people.si.umich.edu/papers/OECD_Paper_ver_2.4.pdf.

Babeu, Alison. *"Rome Wasn't Digitized in a Day": Building a Cyberinfrastructure for Digital Classicists.* Washington, DC: Council for Library and Information Resources, 2011. https://www.clir.org/pubs/reports/pub150/.

Crane, Gregory. "Cyberinfrastructure for Classical Philology," *Digital Humanities Quarterly* 3.1 (2009), http://www.digitalhumanities.org/dhq/vol/3/1/000023/000023.html.

Spiro, Lisa. "Getting Started in the Digital Humanities," *Journal of Digital Humanities*

1.1 (2011), http://journalofdigitalhumanities.org/1-1/getting-started-in-digital-humani-ties-by-lisa-spiro/.

Unsworth, John. http://www.people.virginia.edu/~jmu2m/publications.html.

Zander, Robin. "How to Run an Un-Conference." May 17, 2017. https://medium.com/responsive-org/how-to-run-an-un-conference-92e7cf089831.

缩　写

文集中的缩写

文集中所提到的古代作家，多标注了中文译名，其作品的缩写请参考《牛津古典词典》（*Oxford Classical Dictionary*）第四版的缩写清单。这里不一一列出。

期刊、丛书缩写

参考书目中常见古典学期刊的缩写，遵循的是《牛津古典词典》第四版的缩写。

AE	*L'Année épigraphique*
Ant. Class.	*L'antiquité classique*
AJA	*American Journal of Archaeology*
AJP	*American Journal of Philology*
ANRW	*Aufstieg und Niedergang der römischen Welt*
BICS	*Bulletin of the Institute of Classical Studies*
CJ	*Classical Journal*
BzA	*Beiträge Zur Altertumskunde*
Cl. Ant.	*Classical Antiquity*
CPhil.	*Classical Philology*
CQ	*Classical Quarterly*
CR	*Classical Review*
CW	*Classical World*
G & R	*Greece and Rome*
GRBS	*Greek, Roman and Byzantine Studies*

Hermes	*Hermes: Zeitschrift für klassische Philologie*
Historia	*Historia: Zeitschrift für alte Geschichte*
HSCP	*Harvard Studies in Classical Philology*
JRS	*Journal of Roman Studies*
Latomus	*Latomus: Revue d'études latines*
LCM	*Liverpool Classical Monthly*
MAAR	*Memoirs of the American Academy in Rome*
MD	*Materiali e discussioni per l'analisi dei testi classici*
PCPS	*Proceedings of the Cambridge Philological Society*
Rh. Mus.	*Rheinisches Museum für Philologie*
TAPA	*Transactions of the American Philological Association*
Wien. Stud.	*Wiener Studien - Zeitschrift für Klassische Philologie, Patristik und lateinische Tradition*
ZPE	*Zeitschrift für Papyrologie und Epigraphik*

词典和文献资料集缩写

ARLIMA	Les *Archives de littérature du Moyen Âge* (*ARLIMA*, http://www.arlima.net/index.html)
CIL	Corpus Inscriptionum Latinarum (1863—)
CLE	F. Bücheler and E. Lommatzsch (eds.), Carmina Latina Epigraphica (1895—1926)
CTC	*Catalogus Translationum et Commentariorum.* 11 volumes. 1960—2016
LSJ	Liddell and Scott, Greek-English Lexicon, 9th edn., rev. H. Stuart Jones (1925—1940); Suppl. by E. A. Barber and others (1968)
Lewis & Short	Lewis, Charlton T, E A. Andrews, William Freund, and Charles Short. *A Latin Dictionary Founded on Andrews' Edition of Freund's Latin Dictionary: Revised, Enlarged, and in Great Part Rewritten.* Clarendon Press, 1879.
OCD	Simon Hornblower, Antony Spawforth, and Esther Eidinow, eds., *Oxford Classical Dictionary.* Oxford University Press, 2012 (4th edition)

OLD	P. G. W. Glare, ed., *Oxford Latin Dictionary.* Oxford University Press, 2012 (2nd edition)
TLL	*Thesaurus Linguae Latinae* (1900—)
TrGF	R. Kannicht and B. Snell (eds.), *Tragicorum Graecorum Fragmenta.* Vol. II. *Fragmenta Adespota.* Göttingen, 1981

图书馆、博物馆、档案馆缩写

BAV	Biblioteca Apostolica Vaticana
BMC	Biblioteca Malatestiana, Cesena
BML, Plut.	Biblioteca Medicea Laurenziana (Florence) Plut.
BML	Bibliothèque municipale, Lyon
BMR	Bibliothèque municipal, Rouen
BNM	Biblioteca Nazionale Marciana, Venice
BNC	Biblioteca Nazionale Centrale, Florence
BnF	Bibliothèque nationale de France, Paris
KB	Kongelige Bibliotek, Copenhaguen
SLUB	Sächsische Landesbibliothek-Staats-und Universitätsbibliothek, Dresden